LASS BLUMEN MORDEN

Die Schauplätze der Kurzgeschichten in diesem Buch sind reale Orte. Die Handlungen und die Charaktere hingegen sind frei erfunden. Etwaige Ähnlichkeiten mit lebenden und toten Personen wären reiner Zufall und sind nicht beabsichtigt.

Helmut Exner (Hrsg.)

Lass Blumen morden

13 mörderische Kurzgeschichten

Bibliografische Information der Deutschen Nationalbibliothek
Die Deutsche Nationalbibliothek verzeichnet diese Publikation in der Deutschen Nationalbibliografie; detaillierte bibliografische Daten sind im Internet über http://dnb.d-nb.de abrufbar.

Lass Blumen morden

ISBN 978-3-96901-057-0

1. Aufl. 02/2023

Herausgeber:
Helmut Exner

Umschlagillustration:
Noemi Möhr
artstation.com/moanmei | noemimoehr@gmail.com

Lektorat & dtp:
Sascha Exner

Druck:
WIRmachenDRUCK GmbH, Backnang

Verlag:
EPV Elektronik-Praktiker-Verlagsgesellschaft mbH
Obertorstr. 33 · 37115 Duderstadt · Deutschland
Fon: +49 (0)5527/8405-0 · Fax: +49 (0)5527/8405-21
Web: harzkrimis.de · E-Mail: mail@harzkrimis.de

Ein paar Worte vorweg

Wenn 13 Krimiautorinnen und -autoren zur Feder greifen und jeweils eine Kurzgeschichte schreiben, die etwas mit Bad Gandersheim zu tun hat, dann endet das nicht zwangsläufig in einem Massenmord. Stattdessen sind hier Erzählungen entstanden, die so unterschiedlich sind wie ihre Verfasserinnen und Verfasser. Hier findet sich alles wieder, was gute Unterhaltung ausmacht: Spannung, Humor, Magie, Historie – unterm Strich also das Gegenteil von Langeweile.

Anlässlich der Landesgartenschau in Bad Gandersheim 2023 erhielten die in meinem Verlag publizierenden Harzkrimi-Autoren eine Einladung, das Veranstaltungsprogramm durch Lesungen zu bereichern. Die Nähe des Ortes zum Harz und die Tatsache, dass dieses Mittelgebirge kriminalliterarisch so gut erschlossen ist wie nur wenige Gegenden in Deutschland, waren natürlich gute Gründe, diese Autoren für solche Veranstaltungen zu gewinnen. Mir als (Mit-) Organisator dieser Lesungen reichte das aber nicht. Damit die Besucher der LaGa 2023 und auch diejenigen, die nicht die Möglichkeit haben, daran teilzuhaben, die Geschichten in Ruhe zu Hause lesen können, bat ich meine Kolleginnen und Kollegen um »kriminelle Mithilfe«. An dieser Stelle ein herzliches Dankeschön dafür. So dient das vorliegende Buch vielen Besuchern als Erinnerung an die Landesgartenschau. Auf jeden Fall hat man noch lange danach etwas davon, wenn man es aufschlägt und in die Geschichten eintaucht.

Und nun wünsche ich Ihnen gute Unterhaltung. Vielleicht sehen wir uns ja auf der LaGa in Bad Gandersheim! Wir würden uns freuen.

Helmut Exner
Verleger & Herausgeber

Inhaltsverzeichnis

Andrea Illgen

Lady Roswitha von den Leidenschaften

Katharina Kramp, eine kräftige Frau in den Fünfzigern mit früh ergrauten Haaren, stand in ihrem Gewächshaus und schlug die Hände vor den Mund. »Das kann nicht wahr sein«, flüsterte sie. Und dann so laut sie konnte: »Kiliaaaan!«

Kilian Kramp hatte den Blumenladen samt Gewächshaus von seinem Vater übernommen, und der von seinem, und der von seinem. Angefangen hatte der Krampsche *Blütentraum* mit einem großen Nutzgarten nach dem Krieg, als seine Ururgroßmutter, wie die häufig wiederholte Sage ging, keine Lust mehr auf Gemüse hatte. »Sie hatte einen krummen Rücken und war allergisch gegen Mohrrüben«, was eigentlich schwer zu glauben war, denn das gab's doch eigentlich überhaupt nicht, oder? Jedenfalls wurde für sie ein mittelgroßes Gewächshaus gebaut, gerade groß genug für zwei längere Hochbeete, in denen sie ab sofort ihre ganze Zuwendung Blumen mit besonderen Düften widmete. Es gab dort Nelken, Freesien und Rosen, Lilien, Maiglöckchen, Hyazinthen, Veilchen und Päonien, jede einzelne Abteilung sauber eingefasst mit der unscheinbaren Reseda. Bald begannen die Leute ihre Blumen für Hochzeiten und Beerdigungen dort zu kaufen. Wünsche wurden geäußert, aber wer sich abfällig über die vielleicht zu starken Düfte äußerte, durfte nicht wiederkommen, und auch seiner Verwandtschaft wurde jede Zusammenarbeit verwehrt.

Katharinas Mann Kilian war im Grunde ein gutmütiger Kerl, er war nur stinkfaul. Er hing gern mit den Kumpels ab, wurde selten ohne eine Flasche Bier in der Hand gesehen, und man schloss Wetten darüber ab, wann er das karierte Hemd mit den Ketchupflecken wohl in die Wäsche geben würde. Den Kunden des *Blütentraum*, wo er auch Gemüse vom Großmarkt verkaufte, was offen gestanden besser lief als das Blumengedöns, war das egal. Sie wurden von dem flinken jungen Marokkaner bedient, der so schön lachte. Kilian Kramp hatte ihn für einen minimalen Lohn eingestellt und ihm Lieferwagen und Ladenschlüssel übergeben mit dem strengen Hinweis, er wolle möglichst nicht gestört werden. Ab da bestand Kilians Beitrag zum Geschehen im Laden weitgehend darin, regelmäßig mit den größeren Scheinen aus der Kasse in die nächste Kneipe zu verschwinden.

Nun hatte er, wie alle Gandersheimer, vor einiger Zeit aus der Zeitung erfahren, dass für die interessanteste Neuzüchtung im Rahmen der Landesgartenschau ein Preis ausgesetzt worden war. Da noch ein Rest Ehrgeiz in ihm zu finden war, er die ausgesetzten 2000 Euro auch gern haben wollte und ihn die Aussichten auf Ruhm und Ehre trieben, hatte er vor einem Jahr seine Frau überredet, sich was auszudenken. »Den Preis kriegt sonst der Rosendorffer, das hochnäsige Arschloch, und das kommt überhaupt nicht in Frage. Sein Scheißladen hat sowieso die bessere Lage, da braucht er nicht auch noch den Preis. Was könntest du denn züchten? Oder hast du was?«

Katharina hatte ihren Mann lange abgeschrieben. Sie machte ihre Sachen, traf sich mit den Mädels, fuhr auch allein nach Seesen, wo sie im Café einen Kaffee und einen Kognak trank, las Liebesromane, seufzte und bereitete ihrem Mann das Essen. Immerhin holte er das Geld ran. Und sie mochte Blumen. Ihre Neuzüchtung war lange fertig. Sie hatte eine Lilie und eine Tulpe gekreuzt, woraus eine faszinierende Neuschöpfung entstanden war, die sie Tililie nannte. Die rosagelb gefärbten Blütenblätter neigten sich nicht nach außen, sondern bildeten einen sanften Kelch um die langen goldenen Staubfäden. Damit sollte sie wohl gegen die Rosendorffersche Schöpfung ankommen, aber holla!, denn die ganze Herrlichkeit duftete auch noch ganz zart süß mit einem winzigen Schuss der fruchtigen Herbheit von Tulpen.

Als Kilian seine Frau schreien hörte, verschluckte er sich an seinem Milchkaffee, hustete, wuchtete sich vom Stuhl und ging so schnell, wie es ihm möglich war, zum Gewächshaus. Er sah sofort, was los war. Jede der fünf perfekten Tililienblüten war angefressen, lebhaft gestreifte längliche Käfer saßen auf der restlichen Pracht und schienen sich äußerst wohlzufühlen.

»Er hat die Tür offengelassen. Dein dämlicher Knecht hat die Tür offengelassen, und jetzt haben wir den Salat.« Sie schluchzte.

Kilian wurde schwach zumute, denn er war es selbst gewesen. Gestern Abend hatte er etwas Luft schnappen wollen und sich nochmal kurz die preiswürdigen Prachtstücke seiner Frau angesehen, als sein Telefon klingelte. Wieso verdammt hatte er nicht dran gedacht, die Tür wieder zuzumachen? Er wurde von rasender Wut erfasst, durchsetzt von einem beißend schlechten Gewissen. Jeder Moment seines Lebens, in dem er Unterdrückung und Demütigung erlebt hatte, wuchs zu einem glühenden Klumpen in seinem Bauch.

Er holte aus und schlug seiner Frau ins Gesicht. »Und was soll ich jetzt machen? Das war's mit dem Preis, du dumme Kuh, und ich hab die Jungs schon zum Feiern eingeladen.« Er drehte sich um und verließ das Gewächshaus, wobei er unverständliche Worte vor sich hin murmelte.

Katharina hielt ihre Wange und starrte hinter ihm her.

* * *

Calli lag auf der Matratze hinten in Mimouns Kleintransporter und beobachtete, wie er einen Joint drehte. So dunkel ist er gar nicht, dachte sie. Und eigentlich hübsch. »Ich dachte immer, schwarze Leute riechen. Du nicht.«

»Weiße riechen auch.« Mimoun ließ seinen Blick auf ihrem nackten Körper runtergleiten, während seine Zungenspitze sachkundig das Zigarettenpapier anleckte. »Irgendeine Säure, keine Ahnung.« Er kramte ein Feuerzeug aus seiner

Jacke, die als Knäuel mit Hose und Hemd in Reichweite lag, und nahm einen tiefen Zug.

Calli hörte das typische Knistern des hell verbrennenden Papiers und streckte die Hand aus. »Morgen ist Party bei Mucke. Kommst du mit?«

»Nee. Nicht zu Mucke. Der gräbt dich an.«

Sie machte einen tiefen Zug. »So ein Bullshit. Das ist lange her.«

»Vor einer Woche hast du noch mit ihm geschlafen.«

»Das war ein Ausrutscher, Mann, sei nicht so blöd, das zählt nicht.«

»Ich bin nicht blöd. Du fickst in der Gegend rum und ich ...«

Calli setzte sich auf und griff ihre Klamotten, die Schuhe und ihren Umhängebeutel. »Du kannst mich voll am Arsch lecken, Alter. Ich haue ab. Mach die Scheißkiste auf.«

Während Mimoun sie beobachtete, wie sie mit schnellen Schritten die Straße runterging, dachte er nur, dass er wirklich ein Arschloch war. Ein Arschloch und ein Idiot. Sie war halt nicht treu, na und? Ein Mädchen wie sie konnte zehn an jedem Finger haben, aber er war es, mit dem sie zusammen war. Er musste sich schnell was überlegen, um ihr zu beweisen, dass er der Richtige für sie war. Aber wie? Er könnte ein Auto stehlen oder eine Bank ausrauben oder – ja, was? Würde er für sie in den Knast gehen? Ja, sicher, aber mit wem würde sie dann schlafen? Mit Mucke, ihrem großen weißen Klassenkameraden? Dem, der selbst an jedem Finger zehn hatte? Warum machte sie das bloß? Also kein Knast, zu gefährlich. Ein geklautes Auto, das war das Richtige, ein dicker BMW, und mit dem würde er sie nach Paris fahren. Ein Kumpel von ihm hatte dort mit anderen Hausbesetzern eine Wohnung in St. Denis. Das war doch was. Wenn er die Nummernschilder mit denen von dieser Karre tauschte, würden sie wohl auch nicht angehalten. Und sein Chef – der hatte ihm 500 private Kilometer pro Monat erlaubt, dafür war er für den Wagen zuständig – nach privaten Touren tanken, zur Werkstatt fahren, waschen, parken. Er war voll super, der Alte. Okay, vielleicht etwas faul, aber dafür war er ja da.

Mimoun seufzte und zog die schmuddelige Wolldecke über die Ohren. Morgen musste er früh raus, um pünktlich auf dem Großmarkt zu sein. Diese Fahrten liebte er. Vor allem die Düfte, wenn er durch die Blumenabteilung ging. Seine Eltern stammten aus der Stadt El-Kelâa M'Gouna, deren wichtigster Wirtschaftsfaktor die Herstellung von Rosenöl und Rosenwasser war. Wie oft hatte seine Mutter ihm vom Fest der Rosen erzählt. Am 1. Mai standen Buden und Stände die ganze Strecke entlang des *Wadi Dadès*, dem Tal der Rosen. Es gab Veranstaltungen und überall duftete es nach Rosen. Mimoun sparte einen Teil seines Lohnes, um irgendwann mal hinzufahren. Mit der Erinnerung an die betörenden Düfte schlief er schließlich ein. In seinem Traum stand er mit Calli im Brautkleid vorm Eiffelturm und trug eine Kiste fauler Tomaten im Arm, die entsetzlich stanken.

* * *

Etwa 24 Stunden später knipste Jörg Rosendorffer, Beamter im Friedhofsamt und seit zehn Jahren verwitwet, seine Nachttischlampe aus. Verwitweter Beamter – man könnte auf die Idee kommen, dass er mit seinem Schicksal abgeschlossen hätte. Aber so war es nicht. Rosendorffer verfügte über eine ähnliche Portion Fantasie wie seine Eltern, die ihm den vollen Namen Johannes Maria René verpasst hatten, woraus später Jörg geworden war. Denn leider siegt nicht selten die Bequemlichkeit über die Schönheit. Diesen ererbten Reichtum an Fantasie lebte er abends und nachts in seinem kleinen Gewächshaus aus, wo er sich seit mehreren Jahren der Züchtung von Rosen widmete.

Er warf sich auf die andere Seite, dass der Lattenrost krachte, und zog seine Decke über die Ohren. Morgen war der große Tag. Im Zuge der Landesgartenschau in Bad Gandersheim sollte ein Preis ausgelobt werden für eine innovative Blütenneuzucht.

Und Jörg war es gelungen, eine tiefschwarze Rose zu züchten mit feinen karmesinroten Einsprengseln, die er *Lady Roswitha von den Leidenschaften* genannt hatte. Morgen würde die Kommission auf ihrem Rundgang auch bei ihm vorbeikommen und entscheiden, ob er zugelassen werde.

Ehrlich gesagt hatte er bei der Namensgebung lange gezögert. Vielleicht doch zu kitschig? Dann gestand er sich ein, dass er das im Angedenken an seine Frau getan hatte. Sie hätte den Kopf in den Nacken gelegt und gelacht. Dann wäre sie ihm durch die Haare gestrubbelt. »Die Leute halten dich für einen nüchternen Menschen, aber ich habe dich genommen, weil in deinem Herzen ein romantischer Junge sitzt, der ab und zu hervorkommt.«

Er drehte sich auf die Seite in seine Lieblingseinschlafstellung, seufzte tief und spürte dem absoluten Wohlbehagen nach, das die neue Lage verursachte. Ein letzter Blick auf den Wecker mit dem Leuchtzifferblatt. Es war schon Morgen, ein Uhr. Er öffnete die Augen noch mal. War da eben über der Gardinenstange ein kurzer Lichtschein zu sehen gewesen? Sein Haus mit dem großen Hintergarten grenzte an die Felder, so weit draußen, dass es weit und breit keine Straßenbeleuchtung mehr gab. Die Nächte waren stockdunkel, es sei denn, der Mond schien.

Er stand auf, rutschte in seine Pantoffeln und zog die fast blickdichte Gardine ein Stück beiseite. Nein, nichts. Er legte sich wieder hin und brummte schon wenig später leise und regelmäßig im Schlaf.

* * *

Jörg Rosendorffer pfiff vor sich hin. Er war zwar ein ausgeprägter Morgenmuffel, heute war aber alles anders. Er ließ die beiden Spiegeleier auf seinen Teller gleiten. Heute hatte er sich freigenommen. Er hob ein fetttriefendes Prachtexemplar auf eine Toastscheibe, schob seinen Kopf über den Teller und biss fest ins weiche Eigelb. Als der Kaffee getrunken, die Eier gegessen und Teller und Becher in der Spüle versenkt waren, öffnete er die Hintertür zum kleinen Gärtchen.

Die Sonne schien ihm ins Gesicht. Ein laues Lüftchen strich durch die Blätter des hohen Walnussbaumes, der der Rückseite seines Hauses den erfreulichen Schatten gab, und ging in Richtung des Gewächshauses, um seinen Schätzchen Guten Morgen zu sagen.

Er öffnete die Glastür und rollte einen Stein davor, damit sie nicht mit einem Krach zufiel und womöglich zerbrach. Schon aus den etwa zwei Metern Entfernung sah er, was los war. Seine Schätzchen, seine kostbaren, unwiederbringlichen Rosenblüten waren verschwunden. Nicht zerknickt, verdorrt oder verwelkt, nein, sauber abgeschnitten. Das Laub war unversehrt, glänzend grün gesund standen die Zweige in alle Richtungen, aber alle fünf wundervoll entwickelten Blüten waren einfach weg. Da es eine Edelrose war, gab es auch keine Knospen, auf deren Aufgehen man setzen konnte. Nein, der ganze Rosenstock war kahl, nichts als grünes Laubwerk. Jörg sank auf den klapprigen Holzstuhl, auf dem er in normalen Zeiten nach der Rosenpflege saß und eine verbotene Zigarette durchzog – bei weitoffener Tür verstand sich. Und das auch nur, wenn es regnete.

Jetzt saß er, die Hände fest zusammengepresst, und tat einen entsetzlichen Racheschwur. Das war der Kramp gewesen, ohne Zweifel. Und der würde es büßen, so wahr er Jörg Rosendorffer hieß. Erstens sollte er sich nicht über seine lächerliche Neuzüchtung freuen, was immer es auch sein sollte, dafür werde er sorgen, und zweitens ...

* * *

Am Abend desselben Tages war Kilian Kramp auf dem Nachhauseweg. Er schwankte leicht, hielt aber gerade so weit Kurs, dass er nicht in den Graben fiel. Nun war nur noch die letzte Strecke zu bestehen. Er blieb kurz stehen, fixierte mit größter Mühe das Eckhaus seiner Straße und schlingerte los. Es waren etwa 400 Meter gerade Strecke, von denen er immerhin 200 bereits bewältigt hatte, als hinter ihm ein Motor aufheulte. Kilian Kramp kam in seinem Alkoholnebel nicht dazu, weiter über sein Ende nachzudenken. Der kleine Lieferwagen erwischte ihn voll von hinten. Die vordere Stoßstange drückte seine Knie mit großer Gewalt nach vorn. Der ganze Mann kippte und schlug mit dem Gesicht so heftig auf, dass sein Schädel platzte wie eine Eierschale, wenn das Küken herauswill.

* * *

Kriminalhauptkommissarin Linda Opphevel kaute auf ihrer Unterlippe. Obwohl ihre Mutter verzweifelt versucht hatte, es ihr auszureden, tat sie es nun, nach vollen 45 Jahren, immer noch. Es half eindeutig beim Nachdenken. Linda war ein alter Hase und glaubte einfach nicht, dass dieses Würstchen von Junge, das sie da durch die Scheibe des Verhörraumes am Tisch sitzen sahen, in der Lage sein sollte, seinen Chef einfach umzumangeln.

»Er war's«, sagte der Anwärter.

»Und warum?«

»Rassenhass.« Er war stolz darauf, der Neuen Generation anzugehören. Das sprach er so aus, als ob es mit Großbuchstaben geschrieben wäre. Diese Neue Generation zeichnete sich durch ein großes Gerechtigkeitsgefühl aus, das sämtlichen Erwachsenen abzusprechen und nur ihnen, den Jungen, zuzuordnen sei. Er genderte auf Teufel komm raus, kam mit dem Fahrrad, lebte stramm vegan, opferte sein geringes Gehalt der *guten Sache* und verzweifelte regelmäßig an seiner unkorrekten Chefin, die einfach machte, was sie wollte. »Vielleicht auch aus sexistischen Motiven. Er dachte, die Alte würde am Steuer sitzen. Ein Frauenfeind. Aber eher Rassist.«

Ein nachsichtiger Erwachsener würde seine Marotten vielleicht dem jugendlichen Alter zurechnen, Linda gehörte nicht dazu. Aufdringlich gendern, aber von *der Alten* reden, dachte

Linda. Und passte es eigentlich zum Weltbild der Jungen, dass, wenn ein Schwarzer einen Weißen umbringt, von Rassismus zu reden wäre? Mann, was für Flaschen schicken uns die Leute hierher zur Ausbildung.

Mimoun fasste die ganze Sache nicht. »Ich war's nicht, das können Sie mir schon glauben. Warum sollte ich den Alten denn umfahren? Er ist doch ganz okay.«

»Aber du hattest das Auto.« Der Anwärter, dem Linda zu Übungszwecken die Befragung überlassen hatte, ließ nicht locker.

»Es steht auf der Straße, jeder kann es genommen haben.«

»Wie viele Schlüssel gibt es?«

»Zwei, hab ich schon gesagt.«

»Der zweite ist nicht zu finden.«

Lindas Unterlippe musste wieder herhalten. Was sollte man mit so einem Assistenten machen?

Mimoun antwortete für sie. »Der Täter hat ihn.«

Der Anwärter sagte automatisch: »Oder die Täterin.«

»Ja.«

Es senkte sich Schweigen über das Verhörzimmer. Von draußen klangen schwach nur die Geräusche eines aktiven Büros herein, Telefone klingelten, Leute redeten, der Drucker schabte leise vor sich hin und die silbernen High Heels der neuen Schreibkraft klackerten auf dem Laminat.

Linda Opphevel seufzte. »Danke, Mimoun, nett, dass du da warst. Wir rufen dich an, wenn wir dich wieder brauchen. Und bitte nicht verreisen.«

Kaum hatte er die Tür hinter sich geschlossen, als der Anwärter störrisch wurde. Seine Chefin begriff es nicht. Natürlich hatte dieser Marokkaner den Lieferwagen gefahren. Nur jemand wie er wäre so blöd, das Auto am Tatort stehen zu lassen und die Flucht zu ergreifen, das sah doch ein Blinder. Wieso war er bloß in dieser Klitsche gelandet, bei einer Frau, die seit 100 Jahren im Amt sein musste und mittlerweile eine Betriebsblindheit erreicht hatte, die für die Polizeidienststellen ganz Niedersachsens reichte.

»Wir können den Typ doch nicht einfach laufenlassen. Er war's, ich fühle das.«

»Motiv?«

»Das kriege ich schon noch raus. Er hatte den Wagen praktisch unbegrenzt zur Verfügung, und er hat ein lächerliches Alibi. Wer glaubt schon einer Freundin, dieser Calli, die hat doch klar das Interesse, ihn zu entlasten. Und das Motiv? Was weiß denn ich. Krach zwischen Arbeitgeber und Arbeitnehmer. Vielleicht wollte der Tote ihn entlassen, weil er ...«

»Weil er was?«

»Sie wollen es nur nicht glauben, weil es keine Kamerabilder gibt.«

»Und keine Zeugen.«

Wieder Schweigen. Linda hatte die Nase voll.

»Der Wagen hat nichts hergegeben, wir haben nur Mimouns Abdrücke und die des Toten. Mimouns Abdrücke erklären sich von selbst und die von Kramp ebenfalls. Das Lenkrad ist sauber abgewischt, genauso die Türgriffe. Das stinkt in alle Richtungen. Der Junge hätte nichts abwischen müssen, klar?«

»Ich verstehe nicht, wieso der Täter das Auto stehenließ.«

»Oder die Täterin.« Linda grinste breit. »Morgen werden wir uns mit dem Rosendorffer befassen, er ist ein Konkurrent von Kramp.«

»Wie jetzt, finden die beide die gleiche Frau geil?«

»Herrgott, nein, sie züchten Blumen.«

»Ach so.« Der Anwärter verlor schlagartig das Interesse. Blumen züchten lag außerhalb seines Gesichtskreises. »Wir sollten doch aber anfangen mit den Leuten, die direkt Zugang zum Tatfahrzeug hatten. Also Mimoun.«

Linda gab es auf.

Der Anwärter drehte einen Kugelschreiber in der Hand. »Ich rede nochmal mit der Freundin.«

»Machen Sie das.« Linda blieb beim Sie, das wäre ja noch schöner.

* * *

»Beschreib noch mal genau, wie der Abend verlaufen ist.«

»Hab ich schon zehnmal.« Calli gnatschte ihr Kaugummi breit. Dieser Typ ihr gegenüber war eine Lachnummer.

Der Anwärter, unsensibel für derartige Schwingungen, fühlte sich wohl. Es war ganz wie im Fernsehen, die Beschuldigte ... nein, die Zeugin log offensichtlich, das war ja klar.

»Wir waren im Club, haben anschließend mit ein paar Typen zuhause noch was getrunken und sind dann getrennt abgegangen.«

»Wo war das Auto den ganzen Abend?«

»Wir hatten das nicht. Mimoun hat's stehen lassen, weil er keine Kohle mehr für Benzin hatte. Er hätte nachtanken müssen, weil der Alte heute mit dem Ding nach Kassel wollte.«

Richtig, der Tank war praktisch leer gewesen. »Ich denke, Mimoun war auch fürs Tanken zuständig?«

»Nee, nur wenn er gefahren war.«

Mist. Und jetzt? Angriff. »Du lügst vor dich hin. Denk dran, dass man der Polizei sagen muss, was man weiß, man macht sich sonst strafbar.«

»Langweilig.« Calli kaute auf ihrem Kaugummi und lehnte sich zurück. Sie hatte nichts zu befürchten und Mimoun auch nicht. Er war die ganze Nacht in ihrem Zimmer gewesen, was sie aber nicht sagen konnte, weil ihre Eltern ihr die Hölle heiß machen würden, wenn dieser Versager von Bulle damit zu ihnen käme wegen der Bestätigung.

* * *

Der Todeszeitpunkt war von der Kriminaltechnik auf etwa 2 Uhr morgens festgelegt worden, plus minus eine Stunde. Linda Opphevel stand vor dem Haus, vor dem der Unfall sich ereignet hatte. Es musste doch irgendwer was gehört haben, so ein Unfall findet doch nicht leise statt. Sie ließ ihren Blick über die Fenster der Straßenfront gleiten. Gestern hatten sie nur erfahren, dass zwei Mietparteien im Urlaub waren, schließlich war Sommer, und was die dritte anging, die Parterrewohnung, da hatte niemand aufgemacht. Sie drückte energisch auf den Klingelknopf, dann nochmal und dann nochmal. Nichts. Sie trat einen Schritt zurück und sah aus dem Augenwinkel, dass eine Gardine sich leicht bewegte.

Sie rief so laut sie konnte: »Machen Sie die Tür auf. Ich bin von der Polizei und will Ihnen nur ein paar Fragen stellen. Es geht ganz schnell.«

Die Hälfte eines Gesichts erschien, die Gardine fiel wieder zu, aber – oh, Glück, der Summer summte.

Eine ältere Frau öffnete die Wohnungstür. »Was ist denn?« Die Kette lag noch vor.

»Ich würde gern mit Ihnen über den Unfall vor zwei Tagen sprechen.«

»Unfall?«

Sie musste doch was mitgekriegt haben. »Schlafen Sie gut?«

»Was?«

»Kann ich vielleicht mal kurz reinkommen?«

»Ausweis.«

Linda fummelte in ihren Taschen und fand ihn schließlich. Es klebte ein Zahnstocher dran.

»Gut, kommen Sie rein, aber nur kurz. Mein Neffe kommt gleich. Er kauft für mich ein.«

Die Wohnung war stickig, ungelüftet und roch nach gekochtem Kohl.

»Schlafen Sie gut?«

»Alte Leute schlafen nie gut.«

»Vor zwei Nächten hat hier nachts vor dem Haus ein Unfall stattgefunden.«

»Ich hab nichts gesehen.«

»Gar nichts? Es muss doch einen Krach gegeben haben.«

»Ich höre nicht gut.«

Linda saß ganz still, den Eindruck hatte sie überhaupt nicht. Aber hier war nichts zu holen. Trotzdem versuchte sie es weiter von verschiedenen Seiten aus, ohne Erfolg. Schließlich stand sie auf. »Dann will ich Sie nicht länger stören.«

Draußen vor der Tür setzte sie ihre Brille auf und las für

ihren Bericht sorgfältig den Namen auf dem Klingelschild. Die Zeugin mit Vornamen Gudrun hieß Gansewinkel, nicht Gänse. Irgendwas klingelte in ihrem Hirn. Gansewinkel war ja nun kein häufiger Nachname.

* * *

Zurück auf dem Revier, es war schon ziemlich spät, fand sie die Lösung. Der Name war ihr bekannt vorgekommen, weil Katharina Kramp eine geborene Gansewinkel war. Gab es da eine Verwandtschaft? Und wenn ja, wäre das ein reiner Zufall? Eine Zeugin, die erklärtermaßen nichts gesehen hat, mit dem Mordopfer aber verschwägert ist?

Linda tippte ein paar Namen ein, und tatsächlich. Katharina Kramp hatte zwei Schwestern, eine hieß Gudrun mit Vornamen und wohnte in der ... richtig. Plötzlich war alles klar. Nicht der Junge hatte den alten Kramp umgefahren, es war seine Frau gewesen, und ihre Schwester schützte sie, indem sie eisern leugnete, etwas von dem Vorfall mitgekriegt zu haben. Fall gelöst. Der Ehefrau ein Motiv zuzuordnen, würde wohl nicht schwer werden, eine Beziehungstat war oft leichter zu lösen als die eines anonymen Täters. Was wohl der Anwärter dazu sagen würde.

Linda gähnte und beschloss, nach Hause zu gehen. Mit einem Krimi und einem langen Gin Tonic ins Bett, was für eine herrliche Aussicht! Vielleicht der neueste von diesen Wolkenreich-Romanen. Den Harz hatte sie schon immer geliebt.

Im gleichen Moment, als Linda die Königin über ihren Mordfall wurde, hielt Calli ihre Nase dicht an die fünf schwarzen Rosen mit den winzigen roten Flecken. Sie standen in einem hohen Würstchenglas auf ihrem unaufgeräumten Schreibtisch und verteilten den betörenden Duft der perfekten Blüten im ganzen Zimmer. Calli atmete ihn tief ein und lächelte, ohne dass es ihr bewusst war. Vielleicht würde sie Mimoun doch mal zum Abendessen mit nach Hause mitnehmen, gleich nach dem Kurztrip nach Paris.

Karla Letterman

Blaublütig

»Guten Tag, meine Herren. Mein Name ist Liane, und ich werde Sie heute Nachmittag mit den Geheimnissen des blauen Blütenpfades vertraut machen. Weil Sie uns als prominente Gäste natürlich ganz besonders am Herzen liegen, wartet nachher zum Abschluss eine kleine Überraschung auf Sie. Also am Ende der Führung bitte nicht gleich aufbrechen! Doch jetzt möchte ich Sie einladen, zusammen mit mir zu starten und manches – nun wie soll ich sagen – blaue Wunder zu erleben ...«

Liane fand den Text, den sie weisungsgemäß wortwörtlich wiedergab, albern. Sie begleitete ihre Worte mit einem hintergründigen Lächeln, um sie nicht nach Kindergeburtstag klingen zu lassen. Dem Publikum – sieben anzugtragenden Herren mittleren bis fortgeschrittenen Alters – schien es zu gefallen. Beim Wort ›Überraschung‹ machte sich sogar eine gewisse Aufgeregtheit bemerkbar, ein kleiner Ellbogenstoß hier, ein lüsternes Raunen da. *Jetzt denken sie an eine blütenbekränzte Hostess, die im knappen Bikini aus der Torte steigt.* Dabei würden sie in Wahrheit mit einer Handvoll trockener Kekse und einer Pfütze Blaubeerwein abgespeist. Den Katlenburger Fruchtwein, Sorte Heidelbeere, fand Liane gar nicht schlecht, nur hätte man daraus auch einen raffinierten Cocktail zaubern können. Genauso wie aus dem Erdbeer- und dem Apfelwein, die man den Gästen auf dem roten und dem gelben Blütenpfad reichte. Doch sie machte sich zu viele Gedanken, letztlich war es nicht ihr Problem, wenn die sogenannten VIPs später enttäuscht von dannen zogen.

Sie warf ihre rotblonde Mähne zurück, schnippte mit dem Finger und ging fünfzig Meter voraus, bis sie vor einer üppigen Rittersporngruppe stehen blieb.

»Wer von Ihnen kennt denn den botanischen Namen dieser Prachtstaude?«

Der hagere Endsechziger, der sich mit einer steifen Bewegung aufrichtete und umständlich räusperte, hieß Eichblatt und war Staatssekretär im Niedersächsischen Landwirtschaftsministerium gewesen. Vor zehn Jahren hatte man ihn von dort in irgendein prestigeträchtiges, aber unwichtiges Amt weggelobt, seitdem reiste er durch seinen Heimatlandkreis Northeim und verbrachte die Tage damit, sich stolz wie ein Gockel neben Entscheidungsträgern ablichten zu lassen. Eichblatt war bei der Entwicklung des Landesgartenschau-Konzepts beratend tätig gewesen.

»Rittersporn heißt diese Staude, hier sehen wir den großblütigen.« Eichblatt wies mit dem gestreckten Zeigefinger auf einige himmelblaue Exemplare, danach deutete er auf seine rechte Seite. »Hier sehen wir den verzweigten … und dort den hochwachsenden.«

Ich fragte nach dem botanischen Namen, du Trottel! Laut sagte Liane: »Oh, meine Herren, ich sehe, wir haben einen Experten unter uns.« Sie schickte ein zuckersüßes Lächeln in Eichblatts ungefähre Richtung, bevor sie fortfuhr. »Und wer möchte nun einen Tipp abgeben, wie viele Sorten es von dieser Gattung mit dem wissenschaftlichen Namen Delphinium gibt?«

Niemand antwortete ihr. Stattdessen fistelte ein Männlein mit schlammfarbenem Schnauzer seinem Nachbarn zu: »Rittersporn, hehe. Habe mich immer gefragt, was die Ritter unter der starren Rüstung mit ihrem Sporn machen. Falls er mal anschwillt, meine ich.«

Liane überhörte geflissentlich den Einwurf und schränkte stattdessen die Antwortmöglichkeiten auf ihre Frage ein. »Denken Sie: bis zu 50 Sorten, 50 bis 100 oder sogar mehr als 300 Sorten?«

Der Glatzkopf neben dem Schlammfarbenem stieß wie wild seinen Arm in die Luft, wie ein übereifriger Schüler, der seiner Lehrerin einen Gefallen tun will. Sie erteilte ihm mit einer anmutigen Handbewegung das Wort.

»Ich denke, es könnte so um die 228 Sorten geben.« Der Mann grinste wie ein Honigkuchenesel, wusste er doch die Lacher auf seiner Seite. Besonders laut giggelte ein leicht hinkender Rotschopf in den späten Vierzigern. Er hieß Hanno Deutz und besaß eine Baumschule in Einbeck-Salzderhelden. Sein Betrieb stattete auffällig viele öffentliche Veranstaltungen aus; man munkelte, Deutz reiche seinen Verhandlungspartnern in Behörden hin und wieder Briefumschläge unter Tischplatten durch.

Liane war über ihre Besuchergruppe bestens informiert. Der verklemmte Schnauzer-Mann vertrat die Wirtschaftsförderung des Landkreises; sein Name lautete Blindnagel, und es war eine Art offenes Geheimnis, dass er eine Vorliebe für äußerst junge Mädchen hegte. Der Glatzenträger neben ihm betrieb eine Werbeagentur in Göttingen und versuchte sein Glück immer wieder mit hemdsärmeligem Witz. Er hieß Meyer oder Müller, Liane konnte sich das nicht merken. Bei den dreien, die noch nicht besonders in Erscheinung getreten waren, handelte es sich um verdiente Lokalpolitiker. Auch sie waren, genau wie die anderen vier, Mitglieder der ›Vorbereitungskommission LaGa Bad Gandersheim‹ gewesen.

Liane machte sich keine Illusionen darüber, warum sie den Job als Gartenschau-Hostess bekommen hatte. Der Grund waren weder ihr Humor noch ihr Charme, ihr souveränes Auftreten genauso wenig wie ihr Körperbau. Die Veranstalter hatten einfach ein schlechtes Gewissen ihrer Mutter gegenüber, Punkt. Nun gut, sie konnte das kleine Zusatzeinkommen gebrauchen, und schlecht bezahlt war die Arbeit nicht. Sie hätte sich nur etwas mehr Freiheit gewünscht. Gewitzt und einfallsreich war sie, vermutlich mehr als all diese Deppen zusammen. Und die zählte man nun zur regionalen Crème de la Crème! Sie lockerte das himmelblaue Halstuch, unter dem sie zu schwitzen begann, und konzentrierte sich auf ihre nächste Station, die Pfirsichblättrigen Glockenblumen.

»Was halten Sie denn von dieser Bepflanzung zusammen mit der ›Grandiflora Alba‹?«, sprach sie Hanno Deutz, den Baumschulbesitzer, an. »Finden Sie die Kombination aus violetten und weißen Blüten genauso zauberhaft wie ich?«

»... genauso zauberhaft wie Sie? Na, wenn das nicht doppeldeutig ist, was, Herr Deutz?«

Es war der glatzköpfige Müller oder Meyer, der da reingrätschen musste. Natürlich! Er meinte wohl, sich als redegewandter Werbefachmann zu präsentieren. Liane verzog einen Mundwinkel. Der Mann verwechselte Sprachgewandtheit mit Geschwätzigkeit! Er sah jetzt Beifall heischend in die Runde, wobei sein Blick besonders intensiv auf dem Schnauzermann von der Wirtschaftsförderung ruhte, als sei ihm dessen Urteil überaus wichtig. *Na klar, der verfügt über das Geld.* An den hätte sich ihre Mutter besser auch herangewanzt!

Deutz strich verlegen über seine roten Stoppelhaare. Liane sah das Zaudern in seinem Mienenspiel: Sollte er auf ihre Fachfrage antworten oder lieber beim Männchenspiel mitmachen? Er entschied sich für die seriöse Variante. »Ich mag diese Kombination hier, finde aber auch violette Glockenblumen zusammen mit weißer und gelber Schafgarbe reizvoll.«

Der hagere Eichblatt, der jetzt neben dem Wirtschaftsförderer stand, flüsterte diesem etwas zu. Beide schüttelten entschieden die Köpfe. Blindnagel zupfte an den Enden seines schütteren Schnauzbarts und wandte sich dann, als hätte das Ritual ihn dazu ermutigt, direkt an Liane.

»Junge Frau ... sprachen Sie vorhin nicht von Geheimnissen? Und Wundern? Und jetzt ziehen Sie hier mit uns nur eine Botaniklektion durch. Ich muss schon sagen, wir – der Herr Staatssekretär und meine Wenigkeit jedenfalls – sind bislang sehr enttäuscht.«

Liane zeigte beim Lächeln blütenweiße Zähne. »Ein wenig Geduld, meine Herren. Wir haben ja gerade erst angefangen, und ganz ohne Botanik kommen wir bei einer Gartenschau nicht aus.«

Diesmal lachte einer der Lokalpolitiker, ein gedrungener

Lockenkopf, herzlich und ungezwungen. Liane beschloss, ihn im Auge zu behalten.

Sie ließ das Beet mit den Kornblumen links liegen, verlangsamte nur kurz ihre Schritte und deutete im Vorübergehen lächelnd darauf, dann hielt sie erst wieder in der Mitte eines spektakulären Laubengangs an, dort, wo der Schatten am tiefsten war und die Atmosphäre konspirativ. Sie senkte die Stimme. »Wer würde denken, dass diese hinreißende Clematis gemeine Tücken hat?«

Sieben Augenpaare waren jetzt aufmerksam auf sie gerichtet. Der Wirtschaftsförderer und der grobspaßige Werbe-Glatzkopf hatten endlich zueinandergefunden, was nach Lianes Beobachtung an der Bemühung des Werbemannes lag. Offenbar war Blindnagels schmierige Ausstrahlung nicht ohne Einfluss auf ihn geblieben.

Meyer (oder Müller) räusperte sich nun und tönte: »Ein Totalversagen als Aphrodisiakum? Das wäre doch wohl eine der schlimmsten Tücken, die sich denken lässt ...«

Liane schaltete schnell. Sie unterdrückte ein angewidertes Lächeln und holte stattdessen tief Luft. »Ein Einsatz als Scharfmacher könnte tatsächlich fatale Folgen haben. Denn der Pflanzensaft ist giftig. Hautreizungen mit Blasenbildung wären noch das geringste Problem.«

Schnauzbart Blindnagel schüttelte sich.

»Und damit sind wir endlich beim eigentlichen Thema.« Liane lächelte einladend in die Runde. »Können Sie sich jetzt denken, mit welchen Geheimnissen auf unserem hübschen blauen Blütenpfad ich Sie heute vertraut machen möchte?«

»Aphro...«, begann Blindnagel, kassierte jedoch einen Rippenstoß vom Glatzkopf und verstummte.

»Gift.« Das war Eichblatt, der Ex-Staatssekretär.

Liane trat mit verschwörerischer Miene einen Schritt auf die Gruppe zu. »Genau«, wisperte sie. »Und was wir hier besprechen, muss nicht gleich jeder andere Besucher erfahren. Deshalb möchte ich Sie bitten, sensibel mit den Informationen umzugehen.«

»Dürfen wir denn ein paar Proben mitnehmen?« Glatzkopf konnte es nicht lassen. Er zwinkerte vielsagend in die Runde. »Man weiß ja nie, wofür man sowas mal brauchen kann …«

Klar, du Depp, bedien dich nach Herzenslust, pflück massenweise Stechäpfel! Und dann leck dir die feisten Finger gründlich ab!

»Ich habe mal gehört, sogar Buchsbaum soll giftig sein, stimmt das?«, meldete sich der lockenköpfige Politiker zu Wort.

»Ja, das stimmt«, bestätigte Liane, während sie Deutz, den Baumschulmann, resigniert nicken sah. Er bekam Fragen wie diese vermutlich jeden Tag zu hören. Liane hob leicht die Stimme. »Sehr viele dekorative Arten, die wir gedankenlos in unsere Ziergärten pflanzen, sind toxisch. Ich werde Sie später sogar mit der giftigsten Pflanze Europas bekanntmachen!«

Während der folgenden zwanzig Minuten genoss Liane die ungeteilte Aufmerksamkeit der Gruppe. Selbst Deutz, der ihr fachlich sicher ebenbürtig war, hörte interessiert zu. Liane schrieb das seinem Interesse am Vortrag einer Konkurrentin zu.

Sie erklärte den Unterschied zwischen der giftigen Herbstzeitlosen und dem harmlosen Herbstkrokus, wies darauf hin, dass der Verzehr von Pflanzenteilen des Blauregens zum Kreislaufkollaps führen könne, referierte über die erwünschte halluzinogene Wirkung der Tollkirsche und die unerwünschten todbringenden Krämpfe und warnte vor einem Trend in der Cannabisszene, getrocknete Hortensienblüten zu rauchen. »Beim Verbrennen wird viel Blausäure freigesetzt, und die sollte man nicht unterschätzen. Sie kann zu Erstickung oder sogar zum Herzstillstand führen.«

Schließlich war sie beim Höhepunkt ihrer Führung angelangt: der Eisenhut-Rabatte. »Nur zwei Gramm von der Wurzel dieser Pflanze können einen Erwachsenen umbringen. Wussten Sie das?«

Deutz nickte, und Eichblatt brummte etwas Zustimmendes, die anderen schüttelten die Köpfe.

»Doch schon der bloße Hautkontakt kann Herzrhythmusstörungen und Kreislaufkollaps verursachen«, fuhr Liane fort. »Also pflanzen Sie diesen wunderschönen Blaublütler besser nicht in Ihren Garten, vor allem nicht, wenn Sie Kinder oder Haustiere haben.«

Etwas bedröppelt folgte ihr die Gruppe zurück in die Lounge.

»Gut gemacht, Liane von Morgenthau!« Hanno Deutz, der als Letzter hereingehinkt kam, richtete publikumswirksam das Wort an sie und begann laut in die Hände zu klatschen. Die anderen folgten seinem Beispiel.

Liane zog eine Flasche Fruchtwein aus der Kühlung. Die Gläser hatte sie bereits vor der Führung auf einem silberfarbenen Tablett drapiert. Sie füllte runde Kekse mit lilafarbenen Sprenkeln in vier Keramikschalen, die sie auf den Bistrotischen verteilte.

»Ach was ... von Morgenthau ...?« Aus dem Augenwinkel beobachtete Liane, wie sich Blindnagel über die schlammfarbenen Barthaare strich. Er war offensichtlich überrascht. Er trat näher an Deutz heran und flüsterte vertraulich: »Sie ist doch nicht etwa die Tochter von ...?«

»Oh doch.« Deutz nickte vielsagend.

Erschrocken angelte sich der Wirtschaftsförderer einen Keks aus dem nächstbesten Schälchen.

»Bedienen Sie sich gern schon.« Liane wies auf die Stehtische. »Ganz stilecht haben wir Lavendelkekse für Sie ausgesucht. Und selbst unser Getränk schillert heute im schönsten Blau.«

»Sie wollen uns aber nicht Papa Blues in die Arme treiben, oder?« Das war der lockenköpfige Politiker.

Sie am liebsten nicht. Gehen Sie einfach! Das allerdings konnte Liane nicht laut sagen. Also schwieg sie und versuchte, den Mann mit eindringlichem Blick aus dem Raum zu dirigieren. Zu ihrer Überraschung sah er gleich darauf auf die Armbanduhr, murmelte, er müsse leider los, verabschiedete sich winkend und eilte hinaus. Liane blickte ihm sinnierend hinterher. Eine aufdringliche Stimme holte sie zu den Anwesenden zurück.

»... höhö, sonst müssten wir morgen noch blaumachen, was?« Müller-Meyer verschluckte sich an einem Krümel und keuchte.

Eichblatt, der hagere Ex-Staatssekretär, kratzte sich mit verdorrtem Zeigefinger am Hinterkopf. Ihn schien die Situation, ebenso wie den Wirtschaftsprüfer, peinlich zu berühren. Auch er versuchte seine Unsicherheit dadurch zu überspielen, dass er dem Gebäck zusprach. Die anderen taten es ihm nach. Liane platzierte die gefüllten Gläser vor ihren Gästen. Bis auf Hanno Deutz, der sie nachdenklich musterte, wichen alle ihrem Blick aus.

Schließlich räusperte sich der Wirtschaftsprüfer. »Sie müssen uns auch verstehen«, forderte er und sah knapp an Lianes linkem Ohr vorbei. »Ihre Mutter hat sich trotz wiederholter Einladung nie im Wirtschaftszirkel blicken lassen. Was glauben Sie, was das für einen Eindruck macht? Da hat man natürlich das Gefühl, einer Blaublütigen nicht würdig zu sein.«

»Am Marketingkreis hat sie nur ein einziges Mal teilgenommen«, ergänzte der Werbe-Glatzkopf. Er hustete erneut. »Und dabei hat sie uns ganz klar signalisiert, dass sie sich nicht zu unseresgleichen zählt.«

Ist sie auch nicht, du Proll! Liane verkniff sich ein Siegerlächeln. Gerade eben war der Punkt überschritten, an dem es noch ein Zurück gegeben hätte. Sie schritt von Stehtisch zu Stehtisch und füllte mit höflicher Geste Kekse nach.

»Sagen Sie, sind das eigentlich die Lavendeltaler aus der Altstadt-Konditorei?« Eichblatt fixierte einen Keks zwischen Daumen und Zeigefinger und hielt ihn gegen das Licht. »Die habe ich irgendwie ... glatter in Erinnerung. Und etwas kleiner.«

Liane nickte, erwiderte jedoch nichts.

»Und Ihre Mutter hat ja schließlich lukrative Projekte beim Grafen von Hardenberg, wie man hört. Die braucht doch so einen einmaligen Gartenschau-Auftrag nicht.« Blindnagel klang, obwohl er seine Worte mit entschlossenem, rhythmischen Nicken begleitete, selbst nicht ganz überzeugt.

Dir ist doch klar, dass das nicht stimmt. Jeder weiß, dass der Graf jetzt eine Gartenarchitektin aus der eigenen Verwandtschaft engagiert hat. Liane schickte dem Wirtschaftsprüfer einen hasserfüllten Blick zu, sie konnte nicht anders. Er und diese anderen abgehalfterten Gestalten hatten verhindert, dass der Betrieb ihrer Familie bei der Landesgartenschau Geschäfte machte. Dabei hätte ein solcher Auftrag sie retten können! Doch ihre wirtschaftliche Schieflage nützte natürlich einem Hanno Deutz, von dem bestimmt der eine oder andere in der Runde schon einen Umschlag angenommen hatte. Und sie, die auf fett bezahlten Posten saßen, redeten sich ihre herzlose Entscheidung damit schön, dass *diese arrogante Adlige* selbst schuld sei.

Liane sog die Luft scharf ein. Dann besann sie sich und atmete konzentriert aus. »Gleich kommen wir zur angekündigten Überraschung«, flötete sie und kräuselte die Mundwinkel wie zu einem Lächeln. Ihre Augen jedoch schossen eiskalte Blitze auf die Besucherschar ab. »Einen kleinen Moment noch.« Sie schritt zur einzigen Tür in der Rückwand des Raumes – die dreifach verglaste Fensterfront hatte sie längst ein- und ausbruchsicher verschlossen – und hielt vor dem Öffnen kurz inne.

»Unser heutiger Rundgang sollte Sie ja den blaublütigen Toxinen näherbringen. Lernen Sie jetzt exklusiv die Wirkung von Aconitin kennen, dem Gift des Blauen Eisenhuts! Es handelt sich um die giftigste Pflanze Europas.«

Bevor Hanno Deutz, der die Bedeutung ihrer Worte sofort verstand, zum rettenden Ausgang humpeln konnte, schloss Liane die Tür von außen und drehte den Schlüssel zweimal im Schloss. Handy-Empfang gab es hier nicht, und natürlich hatte sie dafür gesorgt, dass ihre Führung die letzte Aktivität des heutigen Tages war.

Nachdem sie sich auf ihr Fahrrad geschwungen und das Gartenschaugelände verlassen hatte, war niemand mehr da, der hätte auf Wimmern, Schreien oder Stöhnen reagieren können.

Rüdiger A. Glässer

Die unliebsame Reporterin

Silvia Korten tuckerte mit ihrem alten Peugeot über die Landstraße. Ihr heutiges Ziel war Bad Gandersheim, eine Kleinstadt irgendwo im Nirgendwo.

Sie war eine attraktive Frau mit schulterlangem schwarzem Haar und einem mediterranen Teint. In einem Monat würde sie achtundzwanzig Jahre alt werden. Wenn es keinen besonderen Anlass gab, dann war sie mit einer Jeanshose und einem T-Shirt bekleidet. War es zu kalt, dann zog sie einen Pullover über das Shirt. Jacken oder Mäntel trug sie nur, wenn es Frosttemperaturen gab.

Vor sechs Monaten hatte sie ihr Studium abgeschlossen und vor einem Monat hatte sie eine feste Anstellung bei einer großen Braunschweiger Zeitung bekommen. In ihrer ersten Reportage sollte sie über die Planung und Erschließung eines großen Windparks in einer Stadt nahe Braunschweig berichten. Mit großem Engagement hatte sie sich an die Arbeit gemacht. Hatte die verschiedenen Entwürfe studiert, zuständige Verwaltungskräfte der Stadt interviewt, das zukünftige Gelände inspiziert und fleißig Berichte für ihre Zeitung geschrieben.

Zwei Tage vor Vergabe des Auftrags, er hatte ein Volumen von 120 Millionen Euro, hatte sie einen Anruf eines Mannes erhalten, der anonym bleiben wollte. Wenn sie eine große Story bekommen wolle, sollte sie sich zu einem bestimmten Termin in einer kleinen Gaststätte bei Wolfenbüttel einfinden, wo es zu einem ›Gespräch des Bürgermeisters mit einem Industriellen‹ kommen würde. Damit sie auch alles mitbekam, sollte sie sich ein gutes Abhörsystem beschaffen. Das war kein Problem, die Zeitung verfügte natürlich über derartige Geräte, die nicht größer als eine Zigarettenschachtel waren.

Nach dem Gespräch hatte sie die Gaststätte verlassen, war in ihr Auto eingestiegen und losgefahren. Aber ihre Neugier war so groß gewesen, dass sie schon beim nächsten Parkplatz angehalten hatte. Sie hatte sofort das Abspielgerät eingeschaltet. Was sie in den nächsten Minuten zu hören bekam, war unglaublich. Der Industrielle hatte dem Bürgermeister fünf Millionen Euro geboten, wenn er den Zuschlag bekäme! Und der Verwaltungschef hatte sofort zugestimmt. Von ihrem Platz aus hatte sie beobachten können, wie der Unternehmer diesem einen Metallkoffer übergab, in dem mit Sicherheit das Geld war. Das würde eine Story geben, die wie eine Bombe einschlug. Sie war sofort in die Redaktion gefahren, um dem Chefredakteur den Mitschnitt vorzuspielen.

Als sie dort eingetroffen war, sagte ihr Chef, dass er in den nächsten zwei Stunden eine wichtige Konferenz habe, danach würde er sich das Gespräch anhören. Sie solle am Abend wiederkommen, dann würde man über das weitere Vorgehen beraten. Stolz hatte sie ihm das Speicherteil übergeben.

Inzwischen war es dunkel geworden. Ein Hinweisschild zeigte an, dass es bis nach Bad Gandersheim noch fünfzehn Kilometer waren.

Obwohl das Gespräch mit dem Chefredakteur nun einen Tag zurücklag, war sie immer noch wütend und hatte sich nicht beruhigt. Und sie musste sich eingestehen, dass sie einen unverzeihlichen, ja anfängerhaften Fehler gemacht hatte. Als sie sich am Abend mit ihrem Chef getroffen hatte, führte er sie gleich in sein Zimmer und zog ein ernstes und strafendes Gesicht. Eigentlich hatte sie eine euphorische Miene erwartet.

»Frau Korten, ich muss Ihnen leider mitteilen, dass ich den Mitschnitt des Gespräches einbehalten und schon gelöscht habe. Ich brauche Ihnen nicht zu sagen, dass die Aufnahme illegal zustande gekommen ist.«

Ihr Gesicht hatte sich verdunkelt. Was hatte dieser Spießer ihr damit sagen wollen? Doch nicht etwa …

Der Chefredakteur hatte ihren Gedankengang nicht unterbrochen, er hatte ihn mit einem drohenden Blick fortgeführt. »Die Story ist gestorben. Wenn die Staatsanwaltschaft Wind von Ihren Methoden bekommt, dann taucht die mit einer Meute von Ermittlungsbeamten hier auf und die nehmen alle Akten und Computer auseinander. Das wäre ein irreversibler Schaden für unsere Zeitung. Bei der heutigen Konkurrenz würde das den Ruin für uns bedeuten.« Und scheinbar beiläufig hatte er hinzugefügt: »Haben Sie Kopien angefertigt?«

Silvia Korten hatte ihn angesehen. Dieser aalglatte Typ. Er hatte auch noch mögliche Kopien einkassieren wollen. »Nein, leider habe ich noch keine anfertigen können.«

Er hatte sie lange gemustert. Hatte er ihr geglaubt? Es schien, als hätte er Zweifel gehabt.

Sie war wütend geworden, hätte ihm am liebsten eine rechts und links um die Ohren gehauen. Die ganze Arbeit der letzten Wochen war umsonst gewesen. Aber das war nicht das Schlimmste. Die Öffentlichkeit würde nichts von den Machenschaften des korrupten Bürgermeisters und seines kriminellen Partners erfahren.

Silvia Korten war aufgestanden und im Begriff, den Raum zu verlassen. Der Chefredakteur hatte sie zurückgehalten. Seine Gesichtszüge hatten sich entspannt, er hatte sogar gelächelt. Noch nie hatte sie ihn so gesehen. Eigentlich war er für seinen ruppigen und grantigen Umgangsstil mit seinen Mitarbeitern bekannt.

»Liebe Frau Korten, sie sind eine sehr talentierte Journalistin. Ich möchte Sie nicht an die Konkurrenz verlieren. Führen Sie Ihre Recherchen beim nächsten Fall auf legale Art und Weise durch und Sie werden Ihr Ziel erreichen. Dann haben Sie auch meine volle Unterstützung.« Er hatte auch noch den Schmeichler und Gönner gespielt. Nach einer kurzen Pause hatte er hinzugefügt: »Ich habe einen neuen Auftrag für Sie. In Bad Gandersheim beginnt im nächsten Frühjahr die Landesgartenschau. Die Vorbereitungen dort laufen auf Hochtouren. Ich möchte Sie bitten …« Jetzt hatte er auch noch eine

Höflichkeitsfloskel verwendet! Das konnte nur etwas mit dem kommenden Auftrag zu tun haben. »… für zwei Tage nach Bad Gandersheim zu fahren und einen Fotoreport über den Stand der Vorbereitungen zu machen.«

Eine Reportage über eine Landesgartenschau!? Das konnte doch weiß Gott ein Lokalreporter übernehmen.

Am liebsten hätte sie alles hingeworfen und gekündigt. Aber da gab es ein kleines, eher größeres Problem. Sie hatte sich Möbel für ihre Wohnung gekauft, einen neuen Laptop und eine neue Fotoausrüstung. Da sie kein Geld gespart hatte, hatte sie einen Kredit aufnehmen müssen. Den konnte sie nur zurückzahlen, wenn sie einen festen Job hatte.

Der Chefredakteur schien ihre Gedanken erraten zu haben. »Sie bekommen für die beiden Tage den vollen Spesensatz, die Zeitung übernimmt natürlich die Hotelkosten. Haben Sie darüber hinaus Ausgaben, dann werden wir die hinterher erstatten.«

Sie hatte ihn angeschaut. Aus seiner Mimik war nichts abzulesen. Irgendwie hatte sie das Gefühl, dass er sie nur für ein paar Tage loswerden wollte. Wenn er glaubte, dass sie die Recherche über den Bürgermeister und seinen Kumpanen aufgeben würde, dann hatte er sich gewaltig geschnitten. Sobald sie aus Bad Gandersheim zurückkehrte, würde sie in der Freizeit ihre Untersuchungen fortsetzen. Schließlich hatte sie eingewilligt.

Ein Hinweisschild zeigte an, dass sie Bad Gandersheim in fünf Kilometern erreichen würde.

Als sie sich im Internet heute Mittag ein Hotel aussuchen wollte, war sie überrascht. In der Umgebung von Bad Gandersheim gab es zwar mehrere Hotels, die waren aber teilweise über zehn Kilometer von der Stadt entfernt. In der Stadt selbst gab es nur ein einziges! Im Internet hatte sie sich das Gästehaus schon angeschaut. Es war klein, in einem schönen alten Fachwerkhaus untergebracht, und bot Frühstück an. Es hieß ›Hotel zum Amtsrichter‹ und lag in der Altstadt. Na ja, wenigstens das Ambiente schien vielversprechend.

Um zwanzig Uhr erreichte sie ihr Ziel. Ihr Auto stellte sie auf dem hoteleigenen Parkplatz ab.

Nachdem sie von den Hoteliers freundlich empfangen worden war, erhielt sie die Zimmerschlüssel und marschierte mit ihrem großen Reiserucksack auf ihr Zimmer. Es gab alles, was auch die großen Gästehäuser außerhalb von Bad Gandersheim anboten: kostenlose WLAN-Verbindung, ein Badezimmer mit Dusche, eine kleine Küche, Sitzecke und einen Schreibtisch. Dazu Fernseher und ein Schlafzimmer. Und diese Wohnung hatte eine wunderbare Atmosphäre, wie man sie bei den Großen nicht mehr empfand. Sie machte es sich gemütlich und begann, sich in den Stadtplan von Bad Gandersheim und später in den Plan der Landesgartenschau zu vertiefen.

Nun, dachte sie, als sie damit fertig war, die Organisatoren hatten sich einiges vorgenommen. Tausende von Blumen würden zu sehen sein, ein Sport- und Spielpark würde entstehen, das Freibad würde zu einem Naturbad umgebaut werden, eine Seebühne würde angelegt, auf der zahlreiche Vorstellungen geplant waren, und der Kurpark würde ausgebaut werden. Auch ein Skulpturenweg war vorgesehen. Der Großteil der Attraktionen befand sich in den Talauen der Flüsschen Gande und Eterna, in denen malerische Seen entstanden waren.

Wenn alles bis zum 15. April fertig werden sollte, dann würde das ein tolles Projekt werden. Morgen würde sie sich einen Eindruck machen können, wie weit man mit den Arbeiten schon fortgeschritten war.

Sie steckte die Ladegeräte ihrer Kamera und ihres Tablets in die Steckdosen. Dann legte sie sich ins Bett.

Nach einem reichhaltigen Frühstück mit mehreren Tassen Kaffee nahm sie ihren Rucksack auf und stiefelte los. Den ganzen Vormittag und bis in den späten Nachmittag hinein schaute sie sich die einzelnen Bereiche der Landesgartenschau an. Im Anschluss ging sie zum Aussichtspunkt im Aupark. Hier hatte sie einen guten Überblick über das Gelände und machte zahlreiche Fotos.

Um siebzehn Uhr erstarb schlagartig der Lärm der Baumaschinen. Die Bauarbeiter schienen, als habe eine Sirene einen Katastrophenalarm angekündigt, fluchtartig das Gelände zu verlassen. Nach noch nicht einmal zehn Minuten hatte auch der Letzte seine Baustelle verlassen. Es war schon eine gespenstige Stille, die sich inzwischen ausgebreitet hatte.

Sie verließ den Aussichtspunkt, ging in Richtung Freibad und entdeckte noch ein paar schöne Motive in der Talaue. Im Display der Kamera bemerkte sie, dass ein Arbeiter noch keinen Feierabend gemacht hatte. Sie legte den Fotoapparat in den Rucksack und schnallte diesen um. Vielleicht konnte sie von dem Gärtner noch einige Insiderinformationen über die Gartenschau bekommen. Sie ging auf ihn zu und winkte. Er tat es ihr gleich.

Sie war vielleicht noch dreißig Meter von ihm entfernt, als sie ein merkwürdiges Geräusch hörte, fast so, als würde eine wild gewordene Hornisse durch die Luft schießen. Plötzlich sackte der Arbeiter zusammen und blieb auf dem Bauch liegen!

Der hatte bestimmt einen Herzinfarkt oder einen Schlaganfall erlitten. Sie sprintete los, um ihm zu helfen. Nach ein paar Sekunden erreichte sie ihn. Er rührte sich nicht. Sie drehte ihn auf den Rücken, um zu sehen, ob sie Herzmassage und Beatmung durchführen musste. Sie fasste an die Halsschlagader, fühlte keinen Puls mehr. Sie legte die Hände übereinander und wollte mit der Herzmassage beginnen. Plötzlich erstarrte sie. Dort, wo sein Herz sein musste, hatte sich ein riesiger Blutfleck auf seinem grauen T-Shirt ausgebreitet. Der Mann hatte keinen Herzinfarkt erlitten, er war erschossen worden. Sie hatte das schon oft in Krimis im Fernsehen gesehen, aber noch nie in der Realität. Und … wer erschießt denn einen Bauarbeiter?

Sie öffnete ihren Rucksack und holte ihr Handy heraus. Sie musste die Polizei anrufen. Leider bemerkte sie, dass der Akku ihres Handys vollständig leer war. Dummerweise hatte sie es gestern nicht mehr aufgeladen. An Telefonieren war nun nicht mehr zu denken.

Sie schaute sich um, vielleicht gab es irgendwo noch eine Person, die ein Handy besaß und die Polizei benachrichtigen konnte. Aber trotz intensiver Suche konnte sie nicht einen einzigen Menschen ausmachen.

Die Szenerie wirkte so irreal. Träumte sie? Nachdem sie sich in den Unterarm gezwickt hatte und einen Schmerz empfand, wurde ihr klar, dass sie sich keineswegs in einem Traum befand, sondern Zeugin eines realen Mordes geworden war.

Sie schnallte ihren Rucksack auf den Rücken und lief in Richtung Altstadt los, die nur einen Kilometer von hier entfernt war. Dort befand sich auch das Polizeikommissariat.

Nach einer Viertelstunde erreichte sie das Gebäude und klingelte.

»Ja bitte«, ertönte es aus dem Lautsprecher, der in Schulterhöhe neben der Eingangstür angebracht war.

»Mein Name ist Sylvia Korten, auf dem Gelände der Landesgartenschau ist ein Mann erschossen worden!«

Einen Moment war es still. Sie wunderte sich, dass nicht gleich eine Reaktion kam. Schließlich: »Ein Mord hier in Bad Gandersheim und dann auch noch auf dem Gelände der LaGa?« Die Zweifel des Polizisten waren unüberhörbar.

Sylvia Korten war einen Moment sprachlos. Dann wollte sie dem Beamten die Dringlichkeit des Vorfalls klar machen, aber in diesem Moment sagte der Polizist: »Ich schicke zwei Beamte raus, die werden mit Ihnen gleich zum Ausstellungsgelände fahren.«

Die Tür ging auf und zwei Polizisten traten nacheinander aus dem Gebäude. Sie stellten sich vor. Einen der beiden Beamten schätzte sie auf Ende fünfzig, der andere schien etwa zwanzig Jahre jünger zu sein.

»Wo haben Sie den Toten gesehen?«, fragte der Ältere.

Sie beschrieb ihnen die genaue Lage, dann stiegen sie in das Fahrzeug ein. Sie nahm auf dem Rücksitz Platz und legte ihren Rucksack neben sich. Die beiden Polizisten setzten sich nach vorn.

Als sie in der Nähe des Tatortes ankamen, stieg Sylvia sofort aus dem Auto und rannte mit dem Rucksack voraus. Als sie die Stelle erreichte, schien sie ihren Augen nicht trauen zu können. Da lag keine Leiche! Auch die Schubkarre und die Schaufel waren verschwunden.

Inzwischen hatten die Beamten den Tatort erreicht. Der Jüngere fragte: »Frau Korten, wo ist die Leiche? Ich sehe keine. Haben Sie vielleicht den Standort verwechselt?«

»Nein, nein, genau hier lag er«, antwortete sie und deutete mit dem Finger auf die Stelle.

»Wie ist der Mann denn zu Tode gekommen?«, fragte wieder der Jüngere.

»Er ist erschossen worden. Sein T-Shirt war in der Herzgegend blutdurchtränkt.«

Der Beamte kniete sich auf den Boden und suchte ihn ab. »Wenn der Mann in der Brust getroffen worden wäre, dann müsste Blut auf dem Boden zu finden sein. Das ist aber nicht der Fall«, sagte er nach ein paar Sekunden und zog ein ungläubiges Gesicht.

Der ältere Beamte hatte die weitere Umgebung abgesucht und stand inzwischen neben seinem Kollegen.

»Hast du irgendwo Blut finden könnte, Franz?«, fragte er den älteren Kollegen.

»Nein«, antwortete dieser und schüttelte den Kopf.

»Frau Korten, haben Sie einen Schuss gehört«, fragte der junge Polizist.

»Nein.«

»Hm, das ist aber merkwürdig«, sagte er in einem zweifelnden Unterton. Sein Gesichtsausdruck war arrogant. Dann wurde er, wie sie fand, anmaßend. »Frau Korten, haben Sie Drogen genommen?«

»Na hören Sie mal, jetzt werden Sie nicht unverschämt. Ich habe noch nie in meinem Leben Rauschgift genommen«, antwortete sie. Was nicht ganz stimmte. Als sie achtzehn Jahre alt war, hatte sie mal Marihuana mit Freundinnen geraucht. Das war ihr nicht bekommen, und deshalb hatte sie sich geschworen, das Zeug nie wieder auch nur anzufassen. Sie hatte ihren Schwur nie gebrochen. Das musste sie diesem Ignoranten aber nicht auf die Nase binden.

»Ich bin doch nicht verrückt … Jemand muss die Leiche und die Utensilien weggeschafft haben!«, sagte Silvia Korten verärgert.

Der jüngere Beamte setzte eine zynische Miene auf.

»Also, ich sehe hier jedenfalls keine Leiche und auch keine Spuren, die darauf hinweisen könnten. Oder hast du etwas gefunden, Franz?«

Dieser schüttelte den Kopf, sagte aber nichts. Korten war aufgefallen, dass der ältere Polizist die ganze Zeit über zurückhaltend, eher sogar nachdenklich gewesen zu sein schien.

»Sollten Sie noch eine Leiche finden, dann können Sie uns ja benachrichtigen«, sagte der jüngere Beamte ironisch. »Wir verlassen das Gelände wieder. Wir haben Wichtigeres zu tun, als Ihrem mysteriösen Toten nachzugehen.«

Am liebsten hätte sie diesem arroganten und ignoranten Macho eine geknallt.

Dann verließen die beiden Polizisten den Tatort.

Korten sah den beiden noch einen Moment nach und bemerkte, dass der ältere Beamte sich noch einmal kurz zu ihr herumdrehte. Sie hatte das Gefühl, dass dieser die Meinung seines Kollegen nicht gänzlich teilte.

Sie schaute sich noch einmal um, bemerkte aber nichts, was auf den Mord hätte hindeuten können. Nein, sie war nicht verrückt, wie der jüngere der beiden Polizisten es hingestellt hatte. Die Tat war auch kein Produkt ihrer Fantasie. Ihr war klar, dass der Mörder, als sie zum Polizeikommissariat geeilt war, alle Spuren seiner Tat gründlich beseitigt hatte. Aber … das Opfer würde bald vermisst werden, und dann mussten die Ordnungshüter aktiv werden.

Sie nahm den Rucksack auf und trottete über die Gandepromenade zum Hotel zurück. Von der Stiftskirche, den schönen alten Fachwerkhäusern in der Altstadt, an denen sie vorbeiging, nahm sie nichts wahr. Zu sehr war sie in ihren Gedanken mit den Geschehnissen im Auepark beschäftigt.

Zwanzig Minute später betrat sie das Hotel und ging auf ihr Zimmer. Dort erwartete sie der nächste Schock. Die Schranktür im Schlafzimmer stand offen, ihre Kleidung war durchwühlt worden. Jemand war in ihr Zimmer eingebrochen. Sie blickte auf den kleinen Tisch in der Küche, dort hatte sie heute Morgen ihren Laptop hingestellt. Er war verschwunden! Der Einbrecher hatte ihn mitgehen lassen. Warum?

Sie überlegte einen Moment, ob sie den Einbruch und den Diebstahl melden sollte. Aber sie entschied sich dagegen. Wahrscheinlich würde der ignorante Beamte, der Nachtdienst hatte, vorbeikommen und alles ihrer blühenden Fantasie zuschreiben. Darauf hatte sie jetzt keinen Bock. Das würde sie morgen früh nachholen, wenn andere Beamte Dienst hatten. Zum Glück hatte sie noch ihr Tablet, das sie heute Morgen aus einem Impuls heraus in ihren Rucksack gelegt hatte. Auch wenn der Sinn ihr im Moment nicht danach stand, sie musste einen Vorbericht schreiben, zwei Bilder auswählen und noch heute an die Redaktion senden.

Den Bericht hatte sie schnell geschrieben, dann kopierte sie die Fotos auf das Tablet. Es waren über hundert. Sie überflog die Bilder, wählte zwei aus und mailte sie und den Text an die Redaktion.

Danach kochte sie sich einen Kaffee und setzte sich an den Küchentisch. Nachdem sie den ersten Schluck getrunken hatte, kam ihr eine Idee.

Sie hatte zahlreiche Fotos von dem Gelände der Landesgartenschau, insbesondere im Auepark, gemacht. Auch noch kurz bevor der Mörder den tödlichen Schuss abgegeben hatte. War auf den Bildern irgendetwas enthalten, was auf den Täter hinwies?

Sofort begann sie die Aufnahmen zu durchforsten. Nach eineinhalb Stunden stieß sie auf etwas Auffälliges. Sie vergrößerte das Bild. Neben einem Baumstamm, etwa einen Meter davon entfernt, stand eine Person! Sie wählte eine weitere Vergrößerung. Jetzt ließen sich Konturen ausmachen. Sie war froh, dass sie sich eine Kamera mit einer hohen Auflösung gekauft hatte.

Ein Mann hielt ein Gewehr in einem Winkel von fünfundvierzig Grad mit dem Lauf nach unten. Das rechte Bein war verschwommen und hatte sich vom Boden gelöst, was zeigte, dass er gerade Deckung hinter dem Baumstamm suchen wollte. Sie sah das Gesicht zwar nur im Profil und auch undeutlich, aber es hatte etwas Markantes: eine große gebogene Nase. Noch einmal vergrößerte sie das Bild, aber nun war es so stark verpixelt, dass man nichts mehr damit anfangen konnte. Intensiv durchsuchte sie weitere Fotos, aber sie enthielten nichts, was in dem Mordfall hätte weiterhelfen können. Noch einmal betrachtete sie den Ausschnitt des Bildes, auf dem man die markante Nase des Täters erkennen konnte. Minutenlang. Irgendwo hatte sie diesen Mann schon einmal gesehen, aber so sehr sie sich auch anstrengte, sie konnte sich nicht erinnern, wo das gewesen war.

Eigentlich wollte sie ins Bett gehen, aber sie beschloss, noch eine Zigarette zu rauchen. Da das im Gebäude nicht erlaubt war, ging sie nach unten vor das Eingangsportal. Wieder dachte sie über das Gesicht des Mörders nach. Wo nur hatte sie ihn schon einmal gesehen? Und wieder kam sie zu keinem Ergebnis.

Silvia Korten nahm den letzten Zug aus ihrer Zigarette, warf die Kippe auf den Boden und trat sie mit dem Fuß aus. Als sie an der Rezeption vorbeiging, grüßte sie ein junger Mann, der offensichtlich der Nachportier war.

»Ich wünsche Ihnen eine gute Nacht«, sagte er höflich und lächelte.

»Danke, und ich wünsche Ihnen eine ruhige Nachtwache«, antwortete sie mit einem ebenso freundlichen Lächeln.

Als sie in den Flur ihrer Etage kam, brannte die Notbeleuchtung. Obwohl es hell genug war, betätigte sie den Lichtschalter. Sofort schaltete sich das Licht ein. Unwillkürlich schaute sie nach oben und bemerkte eine Glaskugel. Das ist keine Lampe, dachte sie, das ist eine Überwachungskamera! Wenn die in Betrieb ist … dann müsste man den Einbrecher überführen können.

Sie machte auf dem Absatz kehrt und eilte zur Rezeption zurück. Der Portier stand hinter dem Tresen und führte gerade ein Telefongespräch. Seinen Worten entnahm sie, dass er mit seiner Freundin sprach. Sie schaute auf sein Namensschild. Er hieß Julian Schubert.

»Ich muss jetzt Schluss machen, ein Hotelgast möchte etwas von mir«, sagte er und legte auf. Wieder lächelte er. »Was kann ich für sie tun?«

»Herr Schubert, die Überwachungskamera im zweiten Stock, ist die im Betrieb?«, fragte Frau Korten.

»Ja, der Hotelmanager hat vor zwei Jahren Überwachungskameras in den Gängen des Gebäudes einbauen lassen, weil es einen Einbruch gegeben hatte, der nicht aufgeklärt werden konnte. Das wollte er nicht noch einmal erleben. So etwas schadet dem Ruf eines Hotels gewaltig.«

»Verstehe … heute ist in mein Zimmer eingebrochen worden. Meine Sachen sind durchwühlt und mein teurer Laptop ist gestohlen worden. Ich werde es morgen früh der Polizei melden. Könnten wir uns die Aufnahmen der Kamera anschauen?«, fragte sie.

»Ich weiß nicht … eigentlich dürfen nur der Hotelmanager und die Polizei die Aufnahmen sichten.«

Sie machte ihm schöne Augen.

»Bitte … Ich habe erst seit zwei Monaten eine feste Anstellung, den Laptop musste ich auf Kredit kaufen. Ich muss ihn unbedingt wiederhaben.«

Er antwortete nicht gleich, schien unentschlossen. Sie wollte noch einmal nachsetzen, was aber nicht mehr notwendig war.

»Also gut, aber sie müssen mir versprechen, dass sie niemandem davon erzählen.«

»Versprochen.«

»Wir gehen in den Nebenraum, dort befindet sich die Anlage«, sagte Schubert.

Er ließ die Tür auf, damit er zur Rezeption blicken und einen möglichen Gast bemerken konnte. Er klickte auf dem Computerbildschirm das Symbol der entsprechenden Kamera an. Diese besaß ein Weitwinkelobjektiv, der komplette Gang war einsehbar.

»Wann haben Sie das Hotel verlassen?«, fragte Schubert.

»So gegen zehn Uhr.«

»Wann sind Sie wieder zurückgekommen?«

»Um neunzehn Uhr.«

»Dann wählen wir den Schnelldurchlauf für diesen Zeitraum.«

Von zehn bis elf tat sich nichts. Zehn Minuten später erschien eine Raumpflegerin mit ihrem Putzwagen und reinigte die Zimmer. Silvia Korten schaute genau hin, als die Frau ihr Zimmer betrat und es wieder verließ. Sie schob einen Staubsauger mit der rechten Hand durch die Tür. Dann kam sie mit dem Staubsauger zurück, lehnte ihn an den Wagen und kehrte mit einem kleinen Eimer und einem Wischtuch ins Zimmer zurück. Zehn Minuten später kehrte sie mit denselben Utensilien zurück und bewegte sich zum nächsten Raum. Als sie mit dem letzten fertig war, durchquerte sie den Gang, ohne noch einmal einen der Hotelräume zu betreten.

»Eine unserer Raumpflegerinnen war es jedenfalls nicht«, sagte der Nachtportier und stieß einen Seufzer der Erleichterung aus.

Bis zur Zeitanzeige von dreizehn Uhr tat sich nichts. Plötzlich erschien ein Mann mit Jeans und einem Parka bekleidet im Gang. Die Kapuze der Jacke hatte er über den Kopf gezogen, sein Gesicht war nicht zu erkennen. Zielgerichtet ging er zu ihrer Eingangstür. Er schaute sich um, dann fasste er in eine Parkatasche, holte einen Gegenstand heraus und hantierte mit diesem am Türschloss herum. Sekundenbruchteile später drückte er gegen die Tür und verschwand im Zimmer.

»Das ist ein Profi. So schnell habe ich noch niemanden eine verschlossene Tür öffnen sehen«, sagte der Portier.

Fünf Minuten später öffnete sich die Tür einen Spalt, der Einbrecher blickte heraus. Als er sich sicher war, dass sich keiner im Flur befand, verließ er das Zimmer und zog die Tür hinter sich zu. Dann drehte er sich in Richtung der Kamera um und schritt zügig durch den Gang. Für den Bruchteil einer Sekunde rutschte die Kapuze nach hinten und sein Gesicht war zu erkennen.

»Da haben wir unseren Dieb und auch ein Gesicht. Er hat den Laptop unter den Parka geklemmt, aber man kann einen Teil davon deutlich erkennen«, frohlockte der Portier und schaute Silvia Korten freudig an.

Sie nahm seine Erfolgsmeldung nicht wahr. Sie starrte wie hypnotisiert auf den Bildschirm.

»Was ist Frau Korten, haben Sie soeben den Teufel gesehen?«

Was sie erblickt hatte, war nicht der Teufel. Es war der Mann, der den Arbeiter im Auepark erschossen hatte. Seine große gebogene Nase war unverkennbar. Was sie in Schrecken versetzt hatte, war die schlagartig einsetzende Erkenntnis, dass der Anschlag nicht diesem armen Gärtner gegolten hatte, sondern ihr! Sie erinnerte sich an das Geräusch, das ihr vorgekommen war wie der Fluglärm einer wild gewordenen Hornisse. Es hatte sich um das Projektil gehandelt, das sie knapp verfehlt hatte. Warum war sie das Ziel des Anschlags geworden und warum hatte der Killer ihren Laptop gestohlen? Hatte dieser im Auftrag des Bürgermeisters gehandelt … aber dann musste der Verwaltungschef wissen, dass sie ein ihn belastendes Gespräch aufgenommen hatte. Das wiederum konnte er nur von einem gewusst haben: ihrem Chefredakteur. Dieser hatte ihr nicht abgenommen, dass keine Kopie existierte und den Bürgermeister darüber informiert. Es gab keine andere Erklärung.

Eine erdrückende Angst stieg in ihr auf. Der Killer würde wiederkommen, um das Problem zu beseitigen. Sie war im Hotel nicht mehr sicher.

»Herr Schubert, der Mann, den wir auf den Aufnahmen der Überwachungskamera gesehen haben, hat nicht nur meinen Laptop gestohlen, er hat auf dem Gelände der Landesgartenschau einen Arbeiter erschossen. Das eigentliche Ziel war ich. Rufen Sie sofort die Polizei, berichten Sie über den Einbruch und sagen Sie ihnen, dass ich Beweise für den Mord habe. Wenn Sie den Anruf abgesetzt haben, dann suchen sie sich ein sicheres Versteck. Der Mörder wird auch kommen, um die Aufnahmen der Überwachungskamera zu zerstören, dann werden Sie Ziel seines Angriffs werden. Mit dem ist nicht zu spaßen. Ich gehe jetzt auf mein Zimmer, werde meine Beweise holen und hier verschwinden.«

Schubert war verdattert. »Sind Sie sicher?«

»Ich habe ihn mit dem Gewehr in der Hand fotografiert, kurz vor dem tödlichen Schuss.«

»Gut, aber vorher werde ich eine Sicherheitskopie machen.«

»Okay, aber beeilen Sie sich!«, sagte sie und rannte die Treppe hinauf.

Noch bevor sie in den Gang erreichte, in dem ihr Zimmer war, hörte sie einen dumpfen Ton und einen Schrei.

Verdammte Scheiße!

Der Killer war in das Hotel eingedrungen und hatte Schubert außer Gefecht gesetzt. Hoffentlich war ihm nichts Schlimmes passiert.

Sie rannte durch den Flur, erreichte ihre Zimmertür, schloss sie auf und, als sie im Zimmer war, sofort zu. Sie wusste, dass der Killer die Videoanlage erst später zerstören würde, nachdem er sie getötet hatte. Damit wäre das Hauptproblem ja erst mal beseitigt. Die Tür würde er in nicht mal einer Sekunde geöffnet haben. Ihr musste etwas einfallen, damit sie ihn zumindest solange aufhalten konnte, bis sie am Fallrohr, das in der Nähe des Fensters war, nach unten klettern konnte.

Sie sprintete in die Küche, riss die Schubladen auf, holte drei gebogene Gabeln heraus und hetzte zur Eingangstür. Dort klemmte sie die Gabeln unter die Türkante. Sie würden wie ein Türkeil wirken und das Eindringen in das Hotelzimmer verzögern. Sie rannte in das Wohnzimmer, packte den Fotoapparat und das Tablet in den Rucksack und nahm ihn sofort auf. Kurz nachdem sie das Fenster geöffnet und das Fallrohr mit beiden Händen umschlossen hatte, hörte sie, wie die Tür in den kleinen Flur knallte. Sie glitt etwa sechs Meter nach unten, bis sie festen Boden unter den Füßen hatte. Sofort sprintete sie los, um den Hinterhof so schnell wie möglich zu verlassen. Ihr war klar, er würde ohne zu zögern auf sie schießen, wenn er am geöffneten Fenster stand.

Plötzlich hörte sie ein Plopp und eine Kugel in eine Holzwand einschlagen. Zum Glück hatte der Mörder sie verfehlt. Kurz bevor er den zweiten Schuss abfeuern konnte, hatte sie den Hinterhof verlassen und war um eine Hausecke gerannt. Sie glaubte nicht, dass der Killer das Fallrohr herunterklettern würde. Er würde über die Hoteltreppe herunterrennen und versuchen, ihr zu folgen.

Sie lobte sich selbst, dass sie den Stadtplan von Gandersheim intensiv studierte hatte. Sie kannte den Weg zum Polizeikommissariat. Es lag in der Stiftsfreiheit, nur etwa zweihundert Meter vom Hotel entfernt. Nur zweihundert Meter und dennoch fast unerreichbar weit.

Wenn sie es unbeschadet erreichte, dann würde das ihre Rettung bedeuten. Nur konnte sie das nicht auf direktem Wege machen. Der Mörder wusste das mit großer Wahrscheinlichkeit auch und würde versuchen, sie auf dem Weg dorthin abzupassen. Sie musste Umwege machen und versuchen, ihn irgendwie zu umgehen.

Sie befand sich ›Am Stadtwall‹, bog in die Straße ›Am Plan‹ ein, um zu sehen, ob der Killer über diesen Weg die Verfolgung aufgenommen hatte. Tatsächlich sah sie einen Mann, der gerade in die Straße kam, aber der war kleiner als der Mörder. Er hielt eine Pistole in der Hand und feuerte sofort auf sie. Die Kugel knallte in das Mauerwerk des Gebäudes, an dessen Ecke sie stand, vielleicht zwei Meter von ihr entfernt. Schlagartig wurde ihr bewusst, dass sie von zwei Leuten verfolgt wurde. Sie nahmen sie in die Zange. Ihre Chancen, zu entkommen, standen sehr schlecht. Die Verfolger hatten mit Schalldämpfer versehene Pistolen – und was hatte sie? Noch nicht mal eine Dose Pfefferspray!

Sie rannte in die Stadtwallstraße zurück, aber nicht weiter bis zur Hennebergstraße, weil der Killer von dort aus kommen würde. Sie sprintete nach rechts über einen kleinen Parkplatz, dann an einem Haus vorbei, um es zu umrunden. Von hier aus rannte sie über Weiden und gelangte schließlich in die Baderstraße. Vorsichtig und schwer atmend versteckte sie sich hinter einem Auto. Hier war niemand zu sehen. Sie verließ die Straße und flitzte hinter einer Autowerkstatt entlang, rannte um eine Hausecke herum. Das Grundstück war im vorderen Bereich von einer etwa einen Meter hohen Hecke begrenzt. Fast wäre sie über Pflastersteine gestolpert, die davor lagen. Offensichtlich sollte hier eine Fläche mit Betonsteinen gepflastert werden.

Plötzlich hörte sie schnelle Schritte. Sofort tauchte sie neben der Hecke ab. Die Schritte verlangsamten sich. Durch eine kleine Lücke sah sie, wie zwei Männerbeine direkt neben ihr standen. Dann schaute er mit der Pistole in der ausgestreckten Hand in den Garten, bemerkte Silvia aber nicht. Es war der Kleinere. Er drehte sich zur Straße hin und schien etwas zu mustern.

Sie musste handeln, bevor er sie am Ende doch noch entdeckte und umbrachte. Blitzschnell nahm sie einen schweren Betonstein in beide Hände, sprang auf und donnerte ihn an den Hinterkopf des Mannes. Dieser stöhnte erst, dann sackte er zusammen und blieb bewusstlos am Boden liegen.

Plötzlich hörte sie ein Rauschen, dann eine Stimme. »Oskar, hast du sie erwischt?«

Erst jetzt bemerkte sie, dass der Bewusstlose ein Funkgerät bei sich hatte. Es lag neben ihm am Boden.

»Oder hat dich die Tusse überwältigt?«

Sie erstarrte. Die Stimme aus dem Lautsprecher hatte einen merkwürdigen Nachhall. Sie blickte durch die Gasse in Richtung Baderstraße. Das Blut schien ihr in den Adern zu gefrieren. Dort stand der Mörder. Er zog die Pistole hoch und zielte. Sofort sprintete sie im Zickzack los und hoffte, dass sie nicht getroffen wurde. Sie hörte ein Plopp und ein Scheppern. Er hatte eines der Autos getroffen, die in der Gasse standen.

Sie musste den Killer hinter sich herziehen und in Richtung Polizeistation laufen. Sie hoffte, dass sie ihn trotz der Last des Rucksacks auf Distanz halten konnte.

Silvia flitzte über einen asphaltierten Platz, dann über einige Gartengrundstücke. Sie konnte seine Schritte hören, als er über die asphaltierte Fläche lief.

Sie rannte hinter einigen Häusern entlang und bemerkte neben sich das Ufer der Gande. Nachdem sie wieder mehrere Gärten durchlaufen hatte, erreichte sie die Steinstraße. Im Schatten der Häuser lief sie so schnell sie konnte. Das freigesetzte Adrenalin sorgte dafür, dass sie ihr hohes Tempo beibehalten konnte. Wieder hörte sie seine Schritte. Kurz vor der Einmündung der Wächterstraße in die Steinstraße stürzte sie über ein abgestelltes Fahrrad und blieb liegen. Ihr Schienbein tat höllisch weh. Sie versuchte aufzustehen, aber der Schmerz war zu groß. Wenige Sekunden später stand er über ihr.

Hier würde ihr Leben gleich zu Ende sein und ihre Leiche würde irgendwo in einem Wald verwesen. Der Mörder schaute grinsend auf sie herunter und richtete die Pistole auf sie.

Plötzlich donnerte eine Stimme: »Auf den Boden, Waffe fallen lassen oder ich erschieße Sie!«

Der Killer war völlig überrascht. Wie eine Marionette ließ er die Waffe fallen, legte sich mit dem Bauch auf den Boden und hielt die Hände in den Nacken.

Silvia Korten schaute überrascht und dankbar zu dem Mann, der aus dem Schatten der Wächterstraße trat. Es war der ältere der beiden Polizisten, die sie zu der Stelle geführt hatte, wo der Gärtner erschossen worden war. Immer noch mit vorgehaltener Pistole ging er zu dem Verbrecher und legte ihm Handschellen an. Dann sprach er in sein Funkgerät. Wenig später kam sein Kollege mit dem Streifenwagen und bugsierte den Gefangenen in den Fond des Wagens.

Inzwischen war der ältere Polizist zu Frau Korten geeilt und half ihr auf die Beine.

»Danke«, sagte die Journalistin, »Sie haben mir das Leben gerettet.«

»Das war ich Ihnen aber auch schuldig«, antwortete der Beamte. »Dazu später mehr. Jetzt fahren wir erst mal ins Kommissariat und werden diesen Verbrecher verhören. Wenn wir mit ihm fertig sind, kommt er in Untersuchungshaft. Und dort wird er bis zum Prozess bleiben. Das verspreche ich Ihnen … können Sie laufen?«

»Es wird schon gehen«, antwortete sie und humpelte zu einem zweiten Streifenwagen, der inzwischen eingetroffen war. Sie drehte sich noch einmal zu ihrem Retter um. »Übrigens, in der Nähe der Autowerkstatt müsste der Kumpane von dem Killer liegen. Ich habe ihn mit einem Betonstein k.o. geschlagen.«

Der Beamte nickte anerkennend. »Dann werden wir den jetzt einsammeln.«

Sie stieg in den zweiten Polizeiwagen ein, der ältere Polizist in den ersten. Zusammen fuhren sie an die Stelle, wo sie den zweiten Verfolger außer Gefecht gesetzt hatte. Er lag immer noch am Boden, stöhnte aber. Einer der Beamten rief über Funk einen Krankenwagen. Fünf Minuten später traf dieser ein. Die Sanitäter legten ihn auf eine Trage und schoben diese in den Rettungswagen. Ein Polizist stieg mit ein, um den Kriminellen zu überwachen. Er würde später auch im Krankenhaus bleiben.

»Noch etwas ist wichtig, der Gangster hat den Nachportier in meinem Hotel zusammengeschlagen, auch er muss dringend versorgt werden und …«, sagte Silvia Korten.

Der Polizist unterbrach sie.

»Ist alles schon erledigt. Schubert war noch ein wenig

benommen, aber es geht ihm den Umständen entsprechend gut.«

Als sie das Kommissariat erreichten, wurde der Mörder erst einmal in eine Zelle gebracht. Der ältere Polizist, der Frankenberg hieß und Oberkommissar war, ging mit Silvia Korten die Beweise durch, die sie präsentierte. Diese würde Frankenberg dem Täter vorlegen. Nur wenn er damit konfrontiert wurde, so glaubte der Beamte, würde er ihn zum Reden zu bringen. Er hoffte, dass der Mörder nicht die Aussage verweigern und einen Anwalt verlangen würde. Die Identität des Killers wurde inzwischen ermittelt. Er hieß Peter Brandt und stammte aus Braunschweig.

Eine Stunde später wurde der Mann ins Verhörzimmer geführt. Silvia Korten durfte die Vernehmung hinter dem Spiegel mitverfolgen.

Frankenberg hatte das vergrößerte Foto, auf dem der Schütze zu sehen war, auf den Tisch gelegt. Daneben stand ein Laptop, mit dem er Brandt den Film der Überwachungskamera zeigen würde. Schubert hatte trotz seiner Verletzung an den Film gedacht und dem Oberkommissar eine Kopie mitgegeben.

Und dann geschah das Unerwartete. »Ich werde Ihnen alles erzählen. Ich sehe nicht ein, dass ich mit ein paar tausend Euro abgespeist werde und ins Gefängnis komme, während die Hintermänner Millionen einkassieren und am Ende ungeschoren davonkommen«, sagte Brandt und berichtete. Er bestätigte alles, was Silvia schon in Erfahrung hatte bringen können.

Der Bürgermeister einer Stadt in der Nähe von Braunschweig hatte einen Auftrag über den Bau eines Windparks ausgeschrieben. Zwei Tage vor der Entscheidung hatte es ein geheimes Treffen zwischen dem Verwaltungschef und einem Multimillionär in einem kleinen Lokal bei Wolfenbüttel gegeben. Dabei bot der Industrielle dem Bürgermeister fünf

Millionen Euro Schmiergeld an, wenn er den Zuschlag für das Projekt bekäme. Natürlich sagte dieser sofort zu. Noch im Lokal erhielt er das Geld in einem Metallkoffer. Brandt saß bei diesem Gespräch am Nachbartisch. Er war Sicherheitsmann und Vertrauter des Millionärs. Er hatte vorher überprüft, ob auch keiner das Gespräch belauschen konnte. Eigentlich war die Angelegenheit damit erledigt. Aber dann erhielt der Verwaltungschef einen Tipp von einem guten Freund, dem Chefredakteur einer Braunschweiger Zeitung. Eine Reporterin seiner Zeitung hatte das Geheimgespräch komplett aufgezeichnet und ihm übergeben. Der Redakteur war sich sicher, dass seine Kollegin eine Kopie angefertigt hatte, und übergab dem Bürgermeister den Mitschnitt des Gesprächs.

Als dieser es sich angehört hatte, war er zutiefst erschrocken. Wenn das an die Öffentlichkeit gelangte und die Staatsanwalt sich einschaltete, dann wäre nicht nur seine Karriere ruiniert, er würde auch für Jahre ins Gefängnis gehen müssen. Er nahm Kontakt mit dem Industriellen auf. Dieser versprach, das Problem zu lösen. Er beauftragte Brandt, sämtliche elektronischen Geräte der Frau zu stehlen und sie in Bad Gandersheim zu liquidieren. Dafür versprach er Brandt huntertausend Euro. Die Hälfte erhielt er im Voraus, den Rest würde er bei Erledigung des Auftrages bekommen. Der Kumpane des Killers beseitigte die Leiche des Arbeiters und war bei der Verfolgung von Frau Korten beteiligt. Mit dem eigentlichen Mord hatte er nichts zu tun.

Im Nebenraum hinter dem Spiegel war Silvia bleich geworden. Dieser Mistkerl von Redakteur hatte die ganze Sache ins Rollen gebracht. Wahrscheinlich hatte er eine hohe Geldsumme erhalten und dafür ihren Tod billigend in Kauf genommen. Um ihn hinter Gitter zu bringen, würde sie als Nebenklägerin auftreten, das war sicher.

Als sie später mit Frankenberg und zwei anderen Polizisten in dessen Dienstzimmer saß, fragte sie: »Wie kam es, dass Sie als mein Lebensretter aufgetaucht sind? Und wo ist ihr unverschämter Kollege? Den habe ich während der ganzen Aktion nicht gesehen.«

»Ehrlich gesagt, ich war von dem, was mein Kollege geäußert hatte, nicht überzeugt. Sie machten auf mich nicht den Eindruck einer fantasierenden und unter Drogen stehenden Frau. Deshalb habe ich auch den Umkreis näher untersucht, aber nicht eine Spur gefunden. Aus diesem Grund habe ich zunächst nichts weiter unternommen. Als wir zum Fahrzeug kamen, mussten wir dringend zu einem Verkehrsunfall. Danach hatten wir durchgehend Einsätze. Die ganze Zeit war mir nicht wohl bei Ihrer Sache. Als die Einsätze beendet waren, verdonnerte ich meinen ›unverschämten‹ Kollegen dazu, alle Berichte über die Vorfälle des Abends zu schreiben. Ich schnappte mir einen anderen Kollegen und fuhr zu Ihrem Hotel, um mit Ihnen noch einmal zu sprechen. Für mich war es inzwischen zur Gewissheit geworden, dass Sie durchaus einen realen Mord beobachtet hatten. Als ich an der Rezeption ankam, fand ich den Portier noch etwas benommen auf dem Boden liegen. Er konnte mir aber berichten, was vorgefallen war. Ich rannte auf ihr Zimmer, fand die eingetretene Tür vor und das geöffnete Fenster. Mir war klar, dass sie aus dem Fenster am Fallrohr nach unten geklettert waren. Ich rannte zurück zum Streifenwagen und forderte zur Verstärkung eine weitere Streife an. Dann suchten wir die Stadt nach Ihnen ab. Als ich in der Wächterstraße war, hörte ich ihre schnellen Schritte und etwas später die Ihres Verfolgers. Schließlich stürzten Sie über das Fahrrad … und den Rest kennen Sie ja.«

Sie nickte und lächelte Frankenberg an. »Und dafür bin ich Ihnen sehr dankbar.«

Nachdem sie in die Kantine des Kommissariats gegangen waren, ein ausgiebiges Frühstück genommen und mehrere Kaffees getrunken hatten, verabschiedete sich Frau Korten von Ihrem Lebensretter.

»Ich lade Sie herzlich zur Landesgartenschau im nächsten Jahr ein. Sie werden in unserem Haus übernachten. Dann können Sie die Ausstellungen in aller Ruhe genießen. Nicht nur die Gandersheimer freuen sich schon riesig auf die Veranstaltungen«, hatte Frankenberg ihr noch gesagt.

Und sie hatte die Einladung freudig angenommen.

Nete Seewald

Grüne Mohnkapseln

Hannah Weinstein kämpft schon ein Weilchen mit sich, ob sie der Einladung ihrer Schwester folgen und sie für einige Tage besuchen sollte, vorausgesetzt, sie würde von ihrer Dienststelle, dem LKA Hannover, nicht gebraucht. Nach reichlichen Überlegungen sagt sie endlich zu.

Rita Mohnhardt, die ältere Schwester, wohnt noch immer in Bad Gandersheim. Seit dem Kennenlernen ihres inzwischen verstorbenen Mannes Karl ist sie eng mit dem ehemaligen Kloster in Brunshausen verbunden. Als Holzbildhauer ließ er sich damals dort nieder, wo sie sich begegneten und später gemeinsam lebten. Nach ihren Angaben war in den letzten Jahren ein beachtliches Kulturzentrum entstanden und sie hilft noch heute ehrenamtlich, Ausstellungen oder Kurse für das Holzhandwerk zu organisieren.

Bei ihrem Telefonat erfährt Hannah, dass ausgerechnet zu dieser Zeit die niedersächsische Landesgartenschau stattfindet. Viel zu viele Menschen! Sie dachte dabei eher an ein Treffen in irgendeiner Nische im Klostergarten zwischen Skulpturen und Bäumen, abseits der Besucherströme, gegebenenfalls in dem Rosen-Café im Klosterhof. Vor allem aber will sie sich die Klosterkirche ansehen, die inzwischen ein Museum beherbergt. Das hatte Hannah bereits beim letzten Mal vor, ehe ihre Schwester und sie sich aus den Augen verloren. Sie erinnert sich an die unschöne Situation. Wieder hatte sich alles an diesem Abend um Hugo, Ritas Sohn, gedreht. Er stellte sich wie gehabt in den Mittelpunkt und spielte den galanten Gastgeber. Nie hatte er etwas mit irgendwelchen Eröffnungen von Kunstausstellungen am Hut. Doch die Gelegenheit bot sich und er unterstützte Rita bei einer Vernissage. Seiner Meinung nach besaß er eine unwiderstehliche Wirkung auf Frauen und ließ keinen Flirt unversucht. Während einer Unterhaltung mit ihrer Schwester betitelte Hannah dann ihren Sohn als arrogant und schmierig. Schließlich hatte er bei den Gästen einen beschämenden Eindruck hinterlassen und sich mehr als peinlich gezeigt. Es kam zu einer heftigen Auseinandersetzung. *Womöglich möchte Rita sich nun versöhnen,* überlegt sie, *warum nicht?*

* * *

Während Rita im Wohnzimmer telefoniert, ruht sich Hannah im Nebenzimmer auf dem Sofa aus. Sie bleibt liegen, vernimmt nur Wortfetzen, mit denen sie jedoch nichts anfangen kann, und döst vor sich hin, bis sie von ihrer Schwester geweckt wird.

»Was ist los?« Hannah ist leicht gereizt und quält sich aus der Liegestellung in die Senkrechte. Rita lässt sich derweil in einen Sessel nieder. »Was gibt es denn?«, fragt Hannah erneut und blickt ihre Schwester verwundert an. Sie bemüht sich, einen umgänglichen Ton anzuschlagen.

»Ich habe gestern in dem neu eingeweihten Ausstellungsraum eine Vernissage eröffnet, gemeinsam mit unserem Galeristen. Und …«

»Nun rede endlich! Was ist passiert?«

»Hugo war auch da. Und ...«

»Mein Neffe? Du hast nicht daraus gelernt! Oder?«

»Mann, lass mich ausreden! Unterbrich mich nicht ständig.«

Hannah schweigt. Noch immer ist sie sich nicht im Klaren, was ihre Schwester von ihr will.

»Du kennst doch Britta?«, fragt Rita sie erneut.

»Welche Britta?«

»Karkinski. Britta Karkinski.«

»Ja, ich denke schon. Dein Geburtstagsgast, die energiegeladene Blondine, die auf Stelzen stolzierte und ausgeflippte Klamotten trug. Sie erinnerte mich an ein Paradepferd!«

»Hm.«

»Nun lass dir nicht jedes Wort aus der Nase ziehen, was ist mit ihr?«

»Na sie hat bei uns ausgestellt und jetzt ist sie tot.«

»Wie tot?« Hannah begreift nicht gleich und stutzt.

»Mausetot.«

»Könntest du die Sache etwas präziser schildern? Und was hat dein Sohn damit zu tun?«

»Das weiß ich nicht. Ich bin nach der Laudatio gegangen. Simone rief mich in diesen Minuten an und erzählte mir davon. Hugo und sie … Hannah! Bitte hilf uns – mir! Du kannst nicht zufällig hier ermitteln?«

»Das geht mich eigentlich nichts an, aber kennst du Einzelheiten?«

»Britta stellte so ein seltsames Bild aus. Sämtliche Journalisten und Gäste umlagerten es und hörten ihren Ausführungen zu. Plötzlich traten Probleme beim Sprechen auf. Sie hüstelte ständig, wollte es sich aber nicht anmerken lassen und versuchte, es zu überspielen. Das funktionierte allerdings nicht. Ihr wurde schwindelig, sie drohte zusammenzubrechen. Gäste hatten beobachtet, dass sie sich schüttelte und an den Beinen, später an den Armen auffällig kratzte. Britta war abgelenkt und konnte sich nicht mehr konzentrieren. Ihr blieben die Worte aus. Plötzlich bekam sie keine zusammenhängenden Sätze mehr heraus und röchelte, bis die Atmung völlig aussetzte. Dann lag sie tot auf dem Boden.«

»Hast du mit Hugo gesprochen?«

»Der Fußboden muss kalt gewesen sein, schließlich waren die Temperaturen …«

»Jetzt ist aber genug! War das alles?« Hannah muss sich selbst einen Überblick verschaffen und überlegt ihre Vorgehensweise. Aber was soll das bringen, der Fall liegt nicht in ihren Händen. »Rede mit deinem Sohn darüber. Frag ihn nach weiteren Details.«

* * *

Am nächsten Morgen um acht Uhr weckt Rita ihre Schwester.

»Es gibt etwas Neues! Das Bild enthält verschiedene Grüntöne.«

»Grüntöne?« Hannah verzieht ihr Gesicht. »Grüntöne!«

»Ja, wenn ich grün sage, meine ich grün und nicht lila!«

Oh, sie ist gut drauf, denkt Hannah und überhört ihren Unterton. »Was hat es denn mit den Grüntönen auf sich?«

»Sie hat eine Farbe verwendet, die aufgrund ihrer Giftigkeit nicht mehr im Handel zugelassen ist. Ihre Wirkung ist brillant und verzaubert den Betrachter.«

»Du meinst, darin sind toxische Stoffe enthalten?«

»Durchaus denkbar, jedenfalls habe ich das am Rande gehört. Dass Farbe giftig sein kann, dafür gibt es ja unzählige Beispiele. Denk nur an die vielfältige Palette der Pigmente.«

»Aber woher bekommt man diese Farbe?«

»Das kann ich dir nicht sagen.«

»Weißt du die genaue Bezeichnung?«

»Nein, nein.« Sie schweigt.

»Was sagt Hugo dazu? Wo war er zu dieser Zeit?«

»Hannah, sei nicht albern.«

»Ich denke, du verheimlichst mir was. Du warst noch nie eine gute Lügnerin.«

Rita verlässt das Zimmer. Bevor sie die Tür schließt, dreht sie sich zu Hannah um: »Ich muss zur Scheune. Du kannst ja nachkommen.« Dann fällt die Klinke lautstark ins Schloss.

Hannah ist wütend. Dabei hat sie nicht mal den Fall auf dem Tisch, denkt sie sich. Höchstwahrscheinlich steckt ihr Sohn da tief mit drin. Warum sagt sie ihr nicht, was Hugo ihr anvertraut hat?

Unverzüglich macht sie sich auf den Weg. Bereits von Weitem erkennt sie die erst seit Kurzem hergerichteten Ausstellungsräume in dem ausgebauten Schuppen direkt neben der Fachwerkscheune. *Der Ausbau ist gelungen,* denkt sie und läuft durch die bunte Blumenpracht, die den Weg links und rechts bis zum Eingang säumt.

* * *

»Danke, dass Sie gekommen sind«, empfängt sie der Galerist Olaf Beier in den Räumen und gibt ihr die Hand. Hannah ist überrascht. Woher weiß er, dass sie ihn aufsucht? Irritiert blickt sie den hochgewachsenen Mann im grauen Flanellanzug an. Rita kann sie nirgends entdecken.

»Ich sehe mich mal um«, sagt sie und beginnt ihren Rundgang durch den vorderen Raum. Es ist kühl und sie hält ihre Jacke zusammen.

Der Galerist unterbricht seine Arbeit, obwohl er Untätigkeit hasst, und beobachtet sie auf Schritt und Tritt.

»Sie sind doch von der Polizei?«

Hannah dreht sich zu Beier um. »Ja. Zeigen Sie mir bitte dieses gewisse Bild!«, bittet sie ihn im gleichen Atemzug.

»Ebendieses Bild ist spurlos verschwunden. Dabei dachte ich, Sie sind deswegen gekommen.«

»Verschwunden?« Hannah versteht nicht gleich und runzelt die Stirn.

»Ich habe den Diebstahl bereits gemeldet. Das Bild ist nicht mehr da.«

»Seit wann fehlt es?«, erkundigt sie sich. Rita hat mir nichts davon erzählt. Wo steckt sie überhaupt?

»Keine Ahnung. Tut mir leid, ich weiß es nicht, wirklich nicht. Ich habe schon überall nachgefragt. Das Fehlen des Bildes hatte niemand bemerkt. Alles drehte sich nach der Eröffnung um Frau Karkinski. Das war ohnehin echt nervig, total übertrieben. Und wie sie herum gestammelt hat! Peinlich!« Die Worte bleiben ihm im Halse stecken.

»Erzählen Sie mir etwas über das Bild!«, fordert sie ihn auf und beobachtet jede seiner Bewegungen, jede Mimik und Gestik.

»Ein perfektes Bild!« Er lächelt leise und senkt dabei den Blick auf den Boden. »Das Beste, was sie je gemalt hat.«

»Und das Motiv?«

»Sie meinen vom Bild?«

»Ja natürlich.« Hannah merkt, dass sie sich wieder etwas unverständlich ausgedrückt hat.

»Mohnkapseln.«

»Mohnkapseln?«

»Ja, grüne Mohnkapseln, auf einem anderen grünen Hintergrund. Beeindruckend!« Der Mann wirft ihr einen raschen Blick zu. Ihm ist, als wäre seine Kehle zugeschnürt, als bekäme er keine Luft mehr. »Großer Gott, was rede ich da! Wäre das Bild nicht, würde Frau Karkinski noch leben! Liegen schon erste Erkenntnisse vor? Sie ist doch freiwillig aus dem Leben geschieden?«

»Bisher wissen wir nichts. Vielleicht fällt Ihnen etwas zu dem Bild von Frau Kaminski ein?«

»Sie war glücklich, dass sie mit dieser ungewöhnlichen Farbe malen konnte. Sie hatte sie irgendwoher ergattert und präsentierte hier erstmalig ein Bild damit. Mehr verriet sie nicht. Besser Sie fragen ihre Freundin, vielleicht weiß sie etwas.«

»Name und Adresse?«

»Charlotte Weinrich, die Anschrift kenne ich nicht, aber sie arbeitet in der Tankstelle in der Stadt. Britta hat öfter von ihr gesprochen und sie war das ein oder andere Mal im Haus.«

»Hatte Frau Karkinski Feinde?«

»Feinde? Nein, ich glaube nicht. Neider ja. Schließlich war sie erfolgreich. Warum fragen Sie? War es denn kein Selbstmord?«

»Vielleicht fällt Ihnen jemand ein.«

»Nein. Sie war sehr kontaktfreudig, stand gern im Mittelpunkt, genoss es regelrecht und versuchte, sich mit allen Gästen zu unterhalten.«

»Was ist mit Hugo, dem Sohn von Rita?«

»Was soll mit ihm sein?«

»War er den gesamten Abend dabei?«

»Aber nein. Das macht er doch nie. Er schleppt immer eine ab.«

»Und gestern? Kennen Sie die Frau, mit der er …?«

»Jetzt, wo Sie danach fragen! Er hat sich lange mit Charly unterhalten und ...« Beier verzieht erneut sein Gesicht.

»Danke.« Hannah verabschiedet sich.

»Ich halte Sie auf dem Laufenden«, verspricht er schnell.

* * *

Als sie in die Straße Richtung Tankstelle einbiegt, klingelt ihr Handy. Sie fährt langsam in eine Parklücke, stoppt und meldet sich.

»Hallo Hannah. Schweinfurter Grün.«

»Was? Ich verstehe nicht«, erklärt sie ihrer Schwester und hört angestrengt zu. »Der Empfang ist zu schwach.«

»Die Farbe heißt ›Schweinfurter Grün‹ oder auch ›Pariser Grün‹. Die anderen Bezeichnungen kenne ich nicht, die habe ich gleich wieder vergessen. Ich denke, es handelt sich dabei um ein Salz, das Arsen enthält. Aber ich bin kein Chemiker. Außerdem habe ich Schwierigkeiten, mir chemische Namen zu merken.«

»Woher bekommt man das?«

»Keine Ahnung. Frag die Weinrich. Sie lebte mit ihr zusammen und könnte es wissen. Hannah …«

»Ich muss weiter.«

»Ach Hannah, vielleicht ist sie ja nur so gestorben, ich meine zufällig.«

»Nein, davon gehe ich nicht aus. Ich bin überzeugt, dass sie umgebracht wurde, das Bild ist ja auch verschwunden.«

»Was? Was sagst du da? Hat Beier dir das erzählt?«

»Ja, behalte es bitte für dich. Es gibt noch zu viele offene Fragen.«

Hannah beendet das Gespräch und setzt ihren Weg fort.

* * *

Beim Eintreten in den kleinen Tankstellenraum steuert Hannah direkt auf die Frau zu, weist sich aus und bringt ihr Anliegen vor.

»Sie sind Frau Weinrich?«

»Ja. Kommen Sie wegen Britta?«

»Frau Weinrich, bitte erzählen Sie mir, was gestern Abend in der Galerie passiert ist.«

Die Frau lässt sich mit der Antwort Zeit. »Alle waren versammelt, jeder hielt ein Glas Sekt in der Hand und prostete Britta zu, bis sie umfiel und …« Die schlanke Frau, Mitte fünfzig, graue kurze Haare, fängt jämmerlich an zu weinen.

»Hatte sie von dem Sekt getrunken?«

»Genau weiß ich das nicht. Ich habe mich mit einem Herrn etwas abseits unterhalten.«

»Sie haben sich unterhalten?«

»Ja, der offizielle Teil war beendet. Britta erklärte Details zu ihrem einzigartigen Bild.«

»Was war das Besondere an diesem Bild? Warum interessierten sich so viele Leute dafür?«

»Es war vollkommen, einfach meisterhaft.«

»Das war alles?«

»Nein. Sie verwendete eine, wie soll ich es ausdrücken, eine eher ausgefallene Farbe. Das erregte Aufsehen.«

»Sie meinen eine hochgiftige, Schweinfurter Grün?«

»Ja.«

»Woher hatte sie diese Farbe?«

»Ich weiß es nicht.«

»Lügen Sie mich nicht an. Sie lebten zusammen, waren befreundet, da spricht man über solche Dinge.« Hannah ist sich sicher, dass sie genauestens darüber Bescheid weiß. Die Frau lächelt sie von der Seite an und verzieht den Mundwinkel. Währenddessen ertönt eine Melodie aus Hannahs Handy. Sie unterbricht ihr Gespräch. »Ja, was gibt es?« Augenblicklich hört sie dem Anrufer schweigend zu und setzt ein nachdenkliches Gesicht auf. »Gut, ich danke dir. Bis später.« Wieder wendet sie sich ihrer Gesprächspartnerin zu. »Ihre Freundin ist an einer Vergiftung gestorben, das steht jetzt fest.«

»Das war vorauszusehen.«

Verblüfft starrt Hannah sie an. »Wieso?«

»Bei dieser giftigen Farbe, das musste passieren.«

»Nein, nein. Sie wurde vergiftet.«

»Mord?«

»Ja. Mehr kann ich Ihnen augenblicklich aus ermittlungstaktischen Gründen nicht sagen.«

Frau Weinrich bricht sofort wieder in Tränen aus und kann sich nur schwer beruhigen. »Britta war am Nachmittag wahnsinnig müde und gähnte fast ununterbrochen. Ich fragte sie, ob wir die Veranstaltung absagen sollten. Doch sie lachte bloß laut. Sie hatte ein Problem, nämlich, dass sich die Leute hinterher das Maul zerfetzen würden.«

Hannah horcht auf. »Warum?«

»Das habe ich sie auch gefragt, aber sie lachte nur noch lauter. Ich bin fast irregeworden. Trotzdem hat sie es mir nicht gesagt. Gemeinsam tranken wir unseren Tee, danach war die Sache vergessen.«

»Wer hätte einen Grund, Frau Karkinski umzubringen?«

»Aber warum sollte überhaupt jemand Britta umbringen?«

Hannah zuckt mit den Schultern. »Ich habe keine Antwort. Helfen Sie mir. Wer könnte Interesse daran haben?«

»Ich kenne niemanden.«

»Wie war sie so, die Künstlerin?«

»Aufgeschlossen, aber ruhig. Gutmütig. Wenn sie malte, wirkte sie wie eine Madonna. Ihre blonde Lockenpracht ruhte auf ihren Schultern und sie lächelte glücklich.«

»Und Sie wissen nicht, was das mit dieser Farbe auf sich hat?«

»Nein, das sagte ich Ihnen bereits.«

Hannah hat weitere Fragen, die sie aber nicht voranbringen.

* * *

Inzwischen hat sich Hannah mit dem hiesigen Polizeichef über ihre Mitarbeit verständigt. Damit ist sie offiziell in den Fall involviert und hat Zugriff auf weitere Informationen. Tod durch Vergiftung. Genauere Untersuchungen laufen bereits.

Und das Bild? Was hat es damit auf sich? Wer ist überhaupt der Galerist Olaf Beier? Sie muss unbedingt mit ihrer Schwester darüber reden. Schließlich hat sie das Ohr am rechten Fleck.

Als sie die Küche betritt, sieht sie, wie Rita mit einer Flasche Bier am Küchentisch sitzt und die Zeitung liest.

»Hallo Rita.«

»Wir können gemeinsam Abendbrot essen, es steht vorbereitet im Kühlschrank. Ich lese bloß den Artikel zu Ende.«

»Hast du mit deinem Sohn gesprochen?«

»Nein. Ich erreiche ihn nicht. Keine Ahnung, wo er steckt.«

Das gefällt Hannah nicht. Sie muss Hugo unbedingt sprechen, seine Aussage könnte wichtig sein.

»Was hältst du von eurem Galeristen? Kennst du ihn schon lange?«, fragt sie fast beiläufig weiter.

»Warum?«

»Kann man ihm Glauben schenken, ist er verlässlich?«

»Ich denke ja. Aufgrund seiner Initiative und durch seine eigene Mitwirkung wurde der alte Schuppen zur Galerie ausgebaut. Zumindest habe ich nichts Negatives über ihn gehört. Wenn du möchtest, kann ich mich erkundigen. Der Mann meines verstorbenen Mannes Cousine, der Gerd, dessen .... Ach was soll's.«

»Rita, aber bitte unauffällig! Und sprich mit deinem Sohn.«

»Ist klar. Das versteht sich doch von selbst. Allerdings kann es etwas dauern.«

»Das heißt?«

»Also hör mal! Ich beeile mich extra, weil ich schon Hunger habe. Also lass uns endlich essen!«

Hannah ist enttäuscht, dass ihr Rita augenblicklich nicht helfen kann. Inzwischen sitzt sie am Schreibtisch, denkt über den Fall nach, bis erneut ihr Handy klingelt.

»Mir ist zu Ohren gekommen, dass du wie gehabt deine Finger mit im Spiel hast. Kannst es einfach nicht lassen! Wieder mischst du dich in meine Ermittlungen ein!«

»Hm«, gibt Hannah kleinlaut zu. »Dein Vorgesetzter ...«

»Mein Fall«, nuschelt wütend Frank Holler vom hiesigen Kommissariat durch den Hörer und schneidet ihr das Wort ab.

»Mehr oder weniger. Rein zufällig. Rita ...«, stammelt sie verlegen. Beide kennen sich bereits viele Jahre. Gemeinsam haben sie einige Fälle gelöst.

»Wenn ich korrekt informiert bin, wurde die Frau vergiftet, also eindeutig Mord. Oder hast du den Obduktionsbericht gar nicht gelesen?«, fragt Hannah nach.

»Ja, klar. Lenke nicht ab. Was ich dir sagen will, ist, dass es über den Beier eine Akte gibt. Das solltest du wissen.«

Sie horcht auf.

»Allerdings nur Drogendelikte.«

»Schau an. Und?«

»Nichts und. Es kam, wie es kommen musste. Man konnte ihm bisher nichts nachweisen, Spitzenanwalt!«

»Dann nehmen wir ihn uns erneut vor.«

»Ein ekliger Typ! Er hat dir gewiss nicht erzählt, dass er ein Verhältnis mit dem Opfer hatte, oder?«

»Nein.«

»Nachdem er sie geprellt hatte, ich glaube, es waren mehrere Tausend Euro, ging die Beziehung in die Brüche. Damals habe ich in dem Fall ermittelt.«

»Drogen kosten eben.«

»Ja, sicher. Kurz darauf hatte sie bemerkt, dass sie schwanger war.«

»Schwanger?«, hakte Hannah überrascht nach.

»Wenn ich es dir sage. Aber nicht lange, sie ließ es abtreiben, der Beier wollte mit alldem nichts zu tun haben. Zum anderen dachte sie an ihre Karriere, sie litt unter der Vorstellung, Mutter zu werden. Es war der bessere Weg, meinte sie überall.«

»Wann war das?«

»Vor ca. einem Jahr. Und dann hatte sie plötzlich diese komische Farbe, den Namen habe ich vergessen.«

»Schweinfurter Grün.«

»Du weißt ja alles. Ist mir klar, dass du das herausgefunden hast. Deshalb finde ich es gut, dass wir zusammenarbeiten.« Frank Holler lacht schallend los. »Hänge es nicht an die große Glocke, ja.«

»Noch etwas?«

»Vermutlich wollte Britta Karkinski es ihm mit diesem Bild heimzahlen.«

»Wegen seiner Drogengeschichte?«

»Ja.«

»Damit er sich stets daran erinnert, malte sie die Mohnkapseln. Super!«

»Das war aber nicht der einzige Grund. Nach meinen vorliegenden Informationen waren sie Halbgeschwister.«

»Was?«

»Du hast dich nicht verhört. Sie hatte ihn damit unter Druck gesetzt. Immerhin ist Inzest in Deutschland strafbar. Allerdings war da ihre Beziehung längst zu Ende.«

»Na da schau her! Danke.«

* * *

Als Hannah bei Beier im Raum steht und ihn freundlich begrüßt, ist er dabei, die Vitrine auszuwischen. Sofort unterbricht er seine Tätigkeit.

»Ich habe erfahren, dass die tote Künstlerin Ihre Halbschwester war. Stimmt das?«, fängt sie ohne lange Vorrede an.

»Ja, das ist doch bekannt. Aber was hat das mit dem Bild zu tun?«

»Sie hätten ein Motiv, sie umzubringen.«

»Sie denken, ich würde ihr Vermögen erben? Nein, nein, gewiss nicht.«

»Frau Karkinski und sie waren ein Paar. Das war Inzest.«

»Zu dieser Zeit wusste ich nicht, dass Britta meine Halbschwester war. Ich erfuhr es erst später von ihr.«

»So kann man das auch betrachten. Sie hat von Ihnen ein

Kind erwartet.«

»... welches sie abtreiben ließ. Ich konnte ihre Entscheidung nicht gutheißen. Laut Gesetz wäre die Existenz eines Kindes nicht strafbar, sie müsste ja nicht einmal den Vater angeben. Das war in meinen Augen Mord. Obwohl wir uns längst auseinandergelebt hatten und jeder von uns seinen Weg ging, könnte das Kind leben. Wir waren nicht mehr zusammen, trotzdem hatte sie nicht das Recht dazu ... Mehr möchte ich nicht sagen.«

»Dann hätten Sie ein Motiv, sie zu töten. Und damit es keinem auffällt, ließen Sie das Bild verschwinden. Herr Beier, wo ist das Bild jetzt?«

»Warum soll ich das Bild ...?« Er stockt, spricht nicht weiter, verschluckt die letzten Worte und starrt den leeren Fleck an der Wand an. Auch Hannah blickt den Platz an, wo einst das Bild hing.

»Herr Beier, wo ist das Bild?«

»Ich kann Ihnen nicht helfen, ich weiß es nicht. Ich wollte mich mit Britta versöhnen, alte Geschichten ruhen lassen. Die Ausstellung war mein Friedensangebot. Sie willigte ein. Es sollte etwas Besonderes werden, ein außergewöhnliches Kunstwerk.« Der Galerist macht eine Pause, atmet tief durch, bevor er weitererzählt. »Wir wollten nach außen zeigen, dass wir uns ausgesprochen hatten und im Reinen waren, ein Neuanfang.«

Hannah lässt nicht locker und nimmt ihn in die Mangel. »Wie nahmen das ihre Freunde auf? Charlotte Weinrich beispielsweise?«

»Als Britta mir ihre Zusage gab, tobte die Weinrich herum. Sie konnte oder besser wollte das nicht akzeptieren, fing immer wieder mit der Vergangenheit an.«

»Und? Reden Sie weiter.«

»Es gab grässliche Szenen und unschöne Beleidigungen. Da flog die Tür öfter heftig zu.«

»Was war mit den anderen?«

»Die interessierte das nicht, es war schließlich unsere

Angelegenheit. Damit hatten sie es abgetan. Möchten Sie einen Tee trinken?«

Beier füllt das Wasser in den Wasserkocher ein. Hannah schaut derweil durch die Fenster auf den blühenden Garten hinaus.

»Nein danke. Wir sind fast am Ende. Sicherlich werden wir uns irgendwann erneut treffen müssen«, antwortet Hannah höflich. »Eine Frage beschäftigt mich dennoch. Leben Sie hier allein?«

»Ja. Warum fragen Sie?«

Sie bleibt ihm die Antwort schuldig, verabschiedet sich und läuft zum Parkplatz hinüber. *Na ja, statte ich der Weinrich einen erneuten Besuch ab,* nimmt sie sich vor. *Und wenn Rita nicht mit Hugo gesprochen hat, knöpfe ich ihn mir vor. Er muss mit mir reden.*

* * *

»Frau Weinrich, entschuldigen Sie, dass ich Sie hier so überfalle, aber mir liegen neue Erkenntnisse vor«, beginnt Hannah vorsichtig.

»Hm. Na dann«.

»Warum haben Sie uns verschwiegen, dass Sie mit Frau Karkinski heftige Auseinandersetzungen hatten?«

»Hatte ich das?«

»Sie wollten die Ausstellung Ihrer Freundin verhindern. Warum?«

»Das hat Ihnen der Beier auf die Nase gebunden, oder?«

»Beantworten Sie bitte die Frage.«

Frau Weinrich sagt einige Sekunden nichts und starrt sie nur an.

»Was ist schon dabei, ich hatte meine Gründe.«

»Aha. Welche Gründe denn?«, erkundigt Hannah sich erneut.

Frau Weinrich zuckt mit den Schultern, antwortet nicht darauf. »Sie hat hysterisch gelacht. Britta wollte unbedingt diese Ausstellung. Und nur bei ihm!«, sagt sie geistesabwesend.

»Was war daran so tragisch?«

»Er war kein guter Umgang für sie. Wir wollten, also Britta und ich, in den Urlaub fahren. Alles war geplant, die Vorbereitungen liefen bereits. Eines Tages kam sie zu mir und erzählte davon.«

»Sie meinen von der Ausstellung?«

»Ja. Sie war total verändert. Anschließend zeigte sie mir ein Gläschen mit einer besonderen Farbe. Mehr sollte ich darüber nicht wissen, ihr Geheimnis.«

Frau Weinrich unterbricht ihre Worte und putzt sich die Nase. Ihr kühler Blick dringt zu ihr. Hannah hört zu, doch ihre Augen wandern unruhig durch den Raum.

»Ich spürte, dass sie nicht zusammenpassten, allein durch seinen Drogenkonsum! Aber Britta wollte nicht auf mich hören. Dabei hatte er ihr Konto schon einmal leergeräumt.«

»Und da haben Sie eben mal schnell Ihre Freundin umgebracht und das Bild verhökert?«

»Nein, nein. Was ist mit dem Bild? Ist es nicht wiederaufgetaucht?« Dabei blickt sie Hannah kurz an. »Grüne Mohnkapseln – das hat gewiss der Beier. Beim Aufhängen der Bilder war er bereits scharf drauf. Das steht sicher bei ihm in irgendeinem Raum. Soll ja keiner über seine Drogengeschäfte reden. Britta wollte ihn damit bloßstellen. Da hat er vorgesorgt.«

»Er wurde damals freigesprochen, die Sache ist gegessen.«

»Das meinen Sie.« Sie lacht wieder, diesmal gekünstelt. »Also ich gehe weiter davon aus, dass er das Bild hat. Der ist clever.«

Hannah zieht es vor, sich nicht zu äußern. Irgendetwas wird sie ihr zu gegebener Zeit nachweisen können, denkt sie insgeheim.

»Wir haben einen ungeklärten Mord, den Ihrer Freundin. Wo waren Sie nach der Laudatio?«

»Abseits des Geschehens, ich habe mich unterhalten und

dafür gibt es jede Menge Zeugen. Das habe ich Ihnen doch alles gesagt.«

Hannah lässt nicht locker und fragt nach. »Mit wem genau? Den Namen bitte.«

Sie guckt sie entgeistert an. »Na mit Mirko Bitter.«

»Mirko Bitter.«

»Ja. Ein Kunstliebhaber, der regelmäßig Ausstellungen besucht. Man kennt sich.«

»Seine Adresse?«

»Keine Ahnung. Die anderen Besucher kenne ich nur vom Sehen. Beier müsste eine Liste mit den eingeladenen Gästen haben. Womöglich hilft die ja weiter.«

»Und Hugo Mohnhardt?«

»Was soll mit dem sein? Der war mit Simone längst ...«

»Hatten Sie ein Verhältnis mit Frau … ?«

»Hören Sie auf! Das …«

»Hatten Sie?«

»Ja.« Verlegen schaut Charlotte Weinrich auf den Fußboden.

»Was hatte Frau Karkinski vor dieser Veranstaltung gemacht? Wie war ihr Tagesablauf?«

»Das weiß ich leider nicht genau. Sie war vorher bei ihm.«

»Bei wem bitte?«

»Na bei Beier. Gewöhnlich hatten sie jetzt öfter miteinander zu tun.«

»Wissen Sie weshalb?«

»Angeblich weil sie Halbgeschwister waren. Eine späte Erkenntnis! Das muss man sich mal vorstellen! Das haben sie sich fein ausgedacht! Alles Lüge.«

»Es stimmt.«

»Trotzdem! Der Beier hat zweifellos das Bild.«

Hannah schaut aus dem Fenster und stellt fest, dass es sich inzwischen bewölkt hat und der Himmel fast zugezogen ist. Frau Weinrich wendet sich an sie.

»Glauben Sie wirklich, ich habe Britta umgebracht?« Sie schüttelt verzweifelt den Kopf, ist wieder nahe den Tränen.

»Sie mögen Herrn Beier nicht, oder?«

»Nein. Das ist kein Geheimnis. Er nutzt die Leute aus, hat keine Gefühle.« Sie spricht leise und bedacht und schüttelt immer wieder den Kopf. Ihre Stimme klingt bitter.

Hannah schweigt. Die Frau muss angewidert gewesen sein und hatte eine Wut im Bauch. Immerhin spielte sie auf einmal nur die zweite Geige. Hannah kann das verstehen. Frustration ist ein starkes Motiv.

»Ach, noch ein letztes. Wie gut kannten sich Hugo und Britta Karkinski?«

»Britta mochte ihn nicht sonderlich. Sie hielt ihn für einen Angeber, aber zum Glück hatten sie nichts miteinander abzumachen.«

»Und umgekehrt?« Hannah versucht, sie aus der Reserve zu locken. »Hugo?«

»Nein, jedenfalls nicht, dass ich wüsste. Er konnte nicht bei ihr landen. Das ärgerte ihn natürlich. Ich glaube, er hatte es sogar öfter bei ihr probiert. Britta hatte mir nicht alles erzählt, je nachdem, wie sie drauf war.« Frau Weinrich schluckt heftig. Warum, ist Hannah völlig unklar.

»Frau Weinrich, Sie sind eine kluge Frau. Was wissen Sie noch? Was verheimlichen Sie mir?«

Charlotte Weinrich sieht sie an, die Tränen laufen über ihr hageres Gesicht und sie schluchzt laut. Eine Unterhaltung ist nicht mehr möglich.

Hannah verabschiedet sich und geht die zwei Stufen auf den Fußgängerweg hinunter. Demnach hätte auch Hugo ein Mordmotiv.

* * *

Mittlerweile ist Hannah wieder in Ritas Wohnung angekommen. »Hast du Hugo erreicht?«, erkundigt sie sich schnell.

»Nein, er ist abgetaucht. Ich erreiche ihn nicht. Sein Handy ist ausgestellt. Hannah, ich mache mir ernsthaft Sorgen. Das hat er noch nie gemacht.«

»Gehst du davon aus, dass er in die Sache verwickelt ist?«

»Hannah! Nein, um Gottes willen! Was denkst du nur von ihm?«

»Du kennst meine Meinung. Ich halte nicht viel von …« Hannah sieht, wie Rita mit den Tränen zu kämpfen, hat und sich zum Gehen umwendet. »Warte bitte. Du hast mich darum gebeten, den Fall in die Hände zu nehmen.«

»Aber du sollst nicht gegen Hugo ermitteln. Es ist mein Sohn! Deine Meinung über ihn stimmt mich traurig.«

Hannah versucht, das Thema in eine andere Richtung zu lenken. »Was denkst du, wie sehr hat die Weinrich den Beier gehasst?«, fragt sie ihre Schwester, die inzwischen Kaffee aufgebrüht hat. Sie nimmt zwei Kaffeepötte heraus, gießt ein und atmet tief durch.

»Weiß nicht, erfreut war sie höchstwahrscheinlich nicht darüber. Einer, der sich mit ihrer Freundin aussöhnen wollte, der ihr entgegenkam, als Freund, Halbbruder oder wie auch immer.«

»Könnte sie deshalb zur Mörderin werden?«

»Nicht ausgeschlossen.«

»Ob er das Bild hat?«

»Weiß nicht, möglich.«

»Was wird das wert sein?«

»Keine Ahnung. Der Name Karkinski ist bekannt und damit sind die Preise sicherlich recht hoch.«

»Der Galerist hat nichts zu der Maltechnik gesagt. Aber wenn du einen gewissen Namen hast, spielt das fast keine Rolle mehr.«

Hannah pfeift durch die Zähne. »Wau!« Sie überlegt kurz. »Dann spricht vieles dafür, dass die Weinrich die Täterin ist.«

»Vorstellbar wäre das.«

»Was schlägst du vor, Hannah?«

»Ich würde Beier damit konfrontieren. Die Aussage in den Raum stellen. Das wäre sicherlich sinnvoll.«

»Du meinst, dass er vermutlich nach dem Gespräch mit dir das Bild rausrückt und dir seine Unschuld beteuert?«

»Ich versuche es.« Hannah seufzt und in diesem Moment ertönt erneut die Melodie ihres Handys. Kurzerhand greift sie nach ihrer Tasche und ist bereits auf dem Weg zur Tür.

* * *

»Bitte, Herr Beier, erzählen Sie uns von dem Tag der Ausstellungseröffnung von Ihrem Zusammentreffen mit Frau Karkinski. Was ist passiert?«

Hannah und Frank Holler beobachten ihn genau, registrieren jede kleine Bewegung, jedes Huschen eines Schattens in seinem Gesicht.

»Was soll geschehen sein? Sie kam, wir haben einen Espresso getrunken und ein wenig über die Zukunft geplaudert. Britta wollte einige ihrer Bilder nach Spanien verkaufen. Zudem meldete sich ein Interessent aus der Schweiz, alles lief bei ihr hervorragend und sie freute sich darüber.«

»Keinen Tee?«

»Ich verstehe Sie nicht. Worauf wollen Sie hinaus?«, fragt Beier nachdenklich.

»Haben Sie ihr keinen Tee angeboten?«

»Nein. Was soll das Theater?« Auch Holler begreift nicht sofort, was Hannah vorhat.

»Britta trank Espresso. Kräutertee gab es bei mir nie, den kaufe ich grundsätzlich nicht!«

»Herr Beier, hätte Frau Weinrich einen Grund, Frau Karkinski zu töten? Überlegen Sie bitte.«

»Natürlich, Britta war damals mit Hugo befreundet. Stimmt vielleicht nicht so ganz. Beide unternahmen das eine oder andere. Sie werden es vermutlich wissen, dass er, wie soll ich es vorsichtig ausdrücken, von ihr regelmäßig abgewiesen und verspottet wurde … na ja, Sie verstehen mich. Britta war stets auf ihren Vorteil bedacht. Wenn sie irgendwo nicht allein hingehen wollte, war er der Dumme, der sie begleitete. So in dieser Art.«

Beier war es sichtlich peinlich, Hannah sieht es ihm an.

»Charly, also Frau Weinrich, zwang Britta, dessen ›Dienste‹ nicht mehr in Anspruch zu nehmen. Aber sie weigerte sich und intensivierte den Umgang mit ihm. Ähnlich war es bei dieser Ausstellung. Britta setzte immer ihren eigenen Kopf durch, da verletzte sie schon mal ihre Freundin. Das war sie eben. In gewisser Weise rücksichtslos.«

»Und Frau Weinrich wollte sich rächen«, hakt Holler nach.

»Vermutlich. Da fällt mir ein, um zehn Uhr gab es bei den Beiden immer Tee. Aber warum haben Sie mich danach gefragt?«

»Ihre Halbschwester wurde vergiftet.«

»Ja, sie hat sich selber durch diese giftige Farbe getötet. Schweinfurter Grün.«

»Nein. Durch gefleckten Schierling«, erklärt der Kommissar.

»Was sagen Sie?« Nun ergreift Hannah das Wort: »Ihrer Halbschwester wurde Tee verabreicht, in dem das Kraut untergemischt war.«

»Das wächst doch überall.« Fassungslos steht er im Raum.

»Was ist mit dem Bild?«, fragt Hannah wiederholt nach.

»Ich weiß es nicht. Sie können bei mir die Wohnung oder auch die Galerie auf den Kopf stellen, Sie werden es nicht finden.«

»Danke, wir unterhalten uns später noch einmal«, legt Holler fest und nickt seiner Kollegin zu.

* * *

Frank Holler nimmt lange Schritte und eilt in Richtung Tankstelle.

»Endlich kommt Bewegung ins Spiel«, meint er zu ihr, während Hannah ihm mühevoll hinterherläuft.

»Nachher informiert Beier noch die Weinrich, ich habe ein ungutes Gefühl.«

»Nein, er ist nicht gut auf sie zu sprechen. Das kann ich mir nicht vorstellen.«

Beide Beamte betreten den Raum der Tankstelle, aber Charlotte Weinrich ist nicht mehr dort, sondern hat sich für den Rest ihres Dienstes freigenommen. Nachdem sie die Adresse telefonisch von ihren Kollegen auf dem Revier erfahren haben, gehen sie in Richtung Bahnhof. Hannah drückt die Klingel an der Eingangstür, nichts. Der zweite Versuch, wieder nichts.

Dennoch stehen sie kurz darauf im Flur. Ein Hausbewohner hat sie eingelassen. In der Wohnung ist keinerlei Bewegung zu vernehmen, da sind sie sich absolut sicher. Die Klingel funktioniert. Als Holler gewaltsam die Tür aufbrechen will, geht unten die Haustür auf. Charlotte Weinrich schlendert die Treppen zu ihrer Wohnung hoch. Erstaunt begrüßt sie die beiden Beamten und bittet sie in die Küche. Sie gießt sich den Rest Tee aus der Kanne in eine Tasse und nippt daran.

Es klingelt, sie öffnet die Wohnungstür. »Komm herein«, begrüßt sie ihren Gast. Hannah erkennt Hugo sofort an der Stimme. Dann steht er lachend vor ihr.

»Hallo Tante«, grinst er sie an.

Sie hasst diese Worte. Und noch viel mehr seinen Gesichtsausdruck dazu. Auch Holler lächelt verhalten, sie sieht es ihm an.

»Was machst du hier?« Mehr bringt Hannah nicht heraus.

»Wir sind ein Paar«, stammelt er, vermeidet aber, sie dabei anzusehen.

»Mein Mund ist trocken. Verdammt. Ich brauche erst einmal den restlichen Tee aus meiner Thermoskanne.« Er versucht zu laufen, doch er muss sich abstützen.

Hannah ist in Gedanken. »Ein Paar? Weiß Rita das?« Sogleich stellt sie fest, dass es nur um den Fall geht und es uninteressant ist, was ihre Schwester davon hält.

»Wo waren Sie?«, greift Holler ein. »Was haben Sie gemacht?« Hugo schnappt unterdessen nach Luft.

»Beier verdient auch den Tod, er wäre der Nächste gewesen«, erklärt Charlotte Weinrich selbstbewusst.

Hannah starrt sie an. Was hat sie bloß vor? Welche Rolle spielt bei alldem ihr Neffe? Holler erahnt ihre Gedanken.

»Wo ist das Bild?«

Die Frau bückt sich und holt es unter dem Bett hervor. Sie lacht herzzerreißend. »Hugo ist echt blöd! Er hat nichts begriffen, nicht einmal, dass ich mir nichts aus Männern mache. Er hatte nur ein Ziel. Er hält sich für so geil.«

Hannah beobachtet ihren Neffen, der kaum noch stehen und reden kann.

»Unreife Früchte, ein besonders starkes Gift, wirkt erst auf das Nervensystem, dann der Verlust des Sprech- und Schluckvermögens, Muskelkrämpfe und ...«

»Warum?«, brüllt Hannah sie verzweifelt an. »Warum?«

»Gleich ist es vorbei«, haucht Charlotte Weinrich. »Wenn erst die Atemlähmung einsetzt. Soviel ich weiß, gibt es kein Gegengift!«

Holler alarmiert den Notarzt.

»Er wird es nicht schaffen.«

»Verdammt, warum Hugo?«, brüllt Hannah.

Charlotte Weinrich hüllt sich in Schweigen.

Gabriela Bock

Eleonore und das lange Gespräch

Eleonore saß neben ihrem Lebenspartner Gernot in dessen Transporter und strahlte ihn an. Diesmal hatten sie sich für ihren Wochenendtrip die mittelalterliche Stadt Hameln im Weserbergland ausgesucht. Beide kannten Hameln bisher nur vom Hörensagen und von Fotos. Dass dort in den nächsten Tagen ein Straßenfest stattfinden sollte, hatten sie zufällig erfahren, passte ihnen aber sehr gut. Hinten im Transporter lagen Matratzen und Decken. Für einen kürzeren Trip reichte ihnen das als Übernachtungsmöglichkeit. Natürlich hatte Eleonore zu diesem Anlass ihr langes, senfgelbes Abendkleid aus einem Leinen-Seiden-Mischgewebe, mit der Schnürung am Ausschnitt, angezogen. Der wärmende, tizianrote Umhang aus Samt lag hinten im Wagen. Der goldene Herbst zeigte sich mit angenehm milden Temperaturen, die nachts stark absanken. In den Morgenstunden waberten Nebelschwaden übers Land. Um den Kopf gebunden trug Eleonore einen tizianroten Seidenschal, der ihre eigenwillige, störrische Haarpracht kaum zu bändigen vermochte. Auch Gernot war zünftig ausstaffiert in Lederhose, Leinenhemd und Weste. Seine dünnen, schulterlangen Haare waren durch ein Stirnband verziert. Die wulstigen Lippen gaben sein Pferdegebiss frei, als er seine Freundin herzlich anflehmte. Er war immer geil auf sie, egal, was sie tat, anhatte oder sagte. Seinetwegen hätte sie auch gar nichts anhaben müssen und sie wären mit dem Matratzenlager nur bis auf den nächsten Parkplatz gefahren. Und jetzt hatte sie sich auch noch in den Kopf gesetzt, ihre alte Freundin Kerstin in einer der Kliniken in Bad Gandersheim zu besuchen. Während ihr Mann Mike seine 13-jährige

Haftstrafe wegen Mordes im Gefängnis absaß, hatte Kerstin einen anderen Mann kennengelernt und lebte nun mit ihm und ihren drei Kindern in einer Wohnung in der Roswithastadt. Eleonore hatte damals durch ihre ›beste Sülze‹ dazu beigetragen, den Mord an ihrem ehemaligen Schulfreund aufzuklären und Mike in den Knast zu bringen. Eigentlich hatte sie den Kontakt zu ihrer Freundin danach abgebrochen, aber nun musste sie erfahren, dass Kerstin an Krebs erkrankt und von ihrem jetzigen Partner auch so übel zusammengeschlagen worden war, wie sie es sonst nur von Mike gewohnt war. Die Verletzungen mussten im OP behandelt werden.

Gernot wartete im Wagen, hörte Musik von *AnnenMay Kantereit*, während er genüsslich zwei Äpfel vertilgte. Er wunderte sich, dass Eleonore so schnell wieder zurückkam. »Und, wie geht es Kerstin?«, fragte er.

»So ein Scheißwichser!«, fluchte die. »Kannst du mir mal verraten, warum manche Frauen sich ihre Kerle immer zwanghaft nach demselben Muster aussuchen?«

»Keine Ahnung«, stellte Gernot pragmatisch fest und ließ den Motor an.

»Wir müssen in die Stadt rein«, bemerkte Eleonore, als sie vom Parkplatz runter waren und nun die kleine Steigung hochtuckerten. »Kerstin hat mir ihren Zweitschlüssel gegeben. Ihre Kinder sind bei der Mutter gut untergekommen, sie will aber nicht, dass der Partner die Wohnung ausräumt. Das traut sie ihm nämlich zu.«

»Okay.«

Gernot nickte und bog in die Braunschweiger Straße ab. Er kannte seine Liebste. Wenn man mit ihr unterwegs war, kam man selten ohne Umwege von A nach B. Sie fuhren gerade durch eine Ahornallee, als der Transporter stotternd immer langsamer wurde und plötzlich, nach einem finalen Stolpern, stehenblieb. Gernot war längst aufgefallen, dass der Motor nicht mehr die volle Leistung brachte. Nachdem er den Motorraum des Fahrzeugs inspiziert hatte und feststellen musste, dass er alleine gar nichts bewirken konnte, rief er den ADAC an. Die kamen nach einer Stunde und schleppten den Wagen in die nächste Werkstatt.

»War ja klar«, stöhnte Gernot, »wenn wir uns schon mal was vornehmen.«

Eleonore sah das positiver und besaß auch schon einen Plan. »Ist doch toll, so können wir uns Bad Gandersheim etwas genauer anschauen.« Sie war verblüfft, als Gernot ihr mitteilte, er hätte zu Schulzeiten schon mal eine Schauspiel-Aufführung im Rahmen der Domfestspiele besucht, die ihm sehr gut gefallen hätte.

Sie machten sich zu Fuß auf den Weg in Richtung Stadtzentrum. Eleonore, wie sie so ist, konnte nicht anders, als Gärten und Häusern im Vorbeigehen interessierte Blicke zu schenken. So entging ihr nicht, dass eine Frau erst aus einem, dem Vorgarten zugewandten Fenster schaute und kurz darauf an der Scheibe hing, welche seitlich des Hauses einen Überblick die Straße entlang bot. Eleonore drehte sich ständig um und sah, wie die Frau ihnen hinterherblickte. Sie hatte schulterlange braune Haare mit Pony und auffallend große Augen. *So etwa mein Alter,* dachte Eleonore, *also Ende 40.* Als sie sich nach einem kürzeren Marsch, beinah in der Kernstadt angekommen, mehrmals umdrehte, bemerkte sie die Person einige Meter hinter sich. Immer, wenn Eleonore sich nach ihr umdrehte, richtete die Frau ihre Augen nach unten und ihre Schritte wurden langsamer. Eleonore fühlte sich verfolgt. Gernot hatte das auch bemerkt.

»Täusche ich mich, oder verfolgt uns diese Tussi im schwarzen Trenchcoat?«, fragte er und sie beide drehten sich synchron um. Sie blieb diesmal sogar stehen und senkte den Kopf.

Es war ein Freitag und Markttag in Bad Gandersheim. Auf dem von historischen Gebäuden gerahmten Platz herrschte reges Treiben. *Was für ein stimmungsvoller, wunderschöner Ort,* stellte Eleonore fest und ließ sich auf einer Bank nieder, die neben einer, mit einem üppigen Blumengehänge verzierten Straßenlaterne stand. Beinah wäre Gernot an ihrer Schulter eingeschlafen, wurde dann aber unruhig und verzog sich mit den Worten: »Ich besorg uns mal für später was zu essen. Das mit dem Wagen dauert sicher noch.«

Eleonore war forschende Blicke ihrer Mitmenschen gewohnt, wenn es um ihre Person ging. Angesprochen zu werden, war auch nichts Außergewöhnliches für sie. Vielleicht trug sie deshalb so gern dieses ausgefallene Outfit. Der Blick einer gewissen Frau im schwarzen Trench hingegen irritierte sie. Fünf Meter vor Eleonore stand sie, wie eine Statue. Aber dann löste sich ihre Mimik und sie steuerte stracks auf Eleonore zu. Sie beugte sich vor und schaute ihrem verdutzten Gegenüber direkt ins Gesicht.

»Eleonore, bist du es wirklich?«

Eleonore schmunzelte in sich rein. Das war ihr selbst auch schon mehrmals passiert. Man glaubt, einen Menschen zu kennen, und muss später feststellen, dass es sich schlichtweg um eine Verwechslung gehandelt hatte. Aber, woher kannte diese Frau ihren Vornamen?

»Ja wirklich, mein Name ist Eleonore. Und jetzt sag mir doch bitte mal, wer du bist und woher wir uns kennen.«

Eleonore lächelte die Frau freundlich an und forderte sie auf, neben sich Platz zu nehmen. Sie lächelte auch und setzte sich.

»Das ist eine lange Geschichte.« Sie sprach akzentuiert und langsam. »Mein Name ist Roswitha. Meine Mutter vermutete irrtümlicherweise, ich sei die Reinkarnation unserer Stiftsdame – Roswitha von Gandersheim. Dabei weiß ich es inzwischen besser. Seit einem Erlebnis bin ich mir völlig sicher.« Sie flüsterte nun. »Ich bin die Reinkarnation der Kurfürstin Sophia Dorothea von Hannover und ich habe schon einmal von 1166 bis 1226 nach Christus gelebt. Mein Geliebter wurde nicht ermordet, so wie der arme Graf von Königsmark, Sophia Dorotheas Liebster. Nein, meiner hat sich vor zwei Jahren erhängt.« Dabei nahm ihr Gesicht einen dümmlich verklärten Ausdruck an. »Aber dich hier zu treffen, Eleonore. Die Geschichte hat mich gelehrt, dass du vertrauenswürdig bist. Danke, du hast mich nicht verraten und bist endlich hier.«

Sie beugte sich rüber zu Eleonore und grub ihren Kopf in deren Schoß, während die Arme Eleonores Hüften umschlossen. So verharrte sie minutenlang, ohne dass Eleonore etwas dagegen unternahm. Das Haar der Frau roch stark nach einer Kräuterseife. Lavendel mit einer zitronigen Majorannote. *Seltsam,* fand Eleonore, *wie alles an dieser Situation.* Passanten blieben stehen, guckten und gingen weiter. Andere schienen es nicht zu bemerken oder taten nur so. Eleonore konnte das Gesicht in ihrem Schoß natürlich nicht sehen, spürte nur, wie ihr Kleid feucht wurde.

Hoffentlich ist sie nicht geschminkt und mein Kleid nicht eingesaut, dachte sie. Sie hatte nämlich für das Wochenende nichts zum Umziehen mitgenommen.

Eleonore war bekannt für ihr großes Einfühlungsvermögen. Für diese Frau blieb das Gefühl völlig aus und sie bemerkte schroff: »Du verrennst dich da in was, Roswitha. Ich bin Eleonore Dix aus Pöhlde und eine Kurfürstin Sophia Dorothea ist mir noch in keinem Leben begegnet.«

Große verweinte Augen starrten sie an. »Pöhlde ... du kommst aus Pöhlde?! Das liegt doch bei der Burgruine Scharzfels! Scharzfeld, da war ich schon öfter!«, kreischte die Frau. Nicht weit von den zwei Frauen hatte sich ein Pulk Menschen gebildet, die alle zu ihnen rübergafften. »Eleonore von dem Knesebeck! Klingelt's bei dir!? Du warst meine Zofe!«, schrie Roswitha.

Sie war aufgesprungen und fuchtelte wild mit den Armen. Als sie die vielen Zuschauer bemerkte, setzte sie sich wieder auf die Bank, um einen unauffälligen Gesichtsausdruck bemüht. Das Gaffergrüppchen löste sich auf. Einige blickten verstohlen zurück und tuschelten untereinander. Eleonore fingerte einen metallenen Flachmann aus ihrem Leinenrucksack hervor und befüllte zwei ebenfalls metallene Schnapsbecher mit Fernet. Seit Jahrzehnten ihr Lieblingsgesöff. Leider, denn in schrägen Momenten, die sie nicht selten selbst produzierte, blieb dieser italienische Magenbitter das Beruhigungsmittel der Wahl.

Nachdem jede von ihnen zwei davon runtergekippt hatte, bemerkte Eleonore: »Hör zu, Roswitha, ich bin mit der Geschichte um Pöhlde und Scharzfeld einigermaßen vertraut und weiß auch sehr wohl, wer Eleonore von dem Knesebeck war. Der Grund ihrer Isolationshaft in dem früheren Staatsgefängnis Burg Scharzfels ist mir allerdings nicht im Detail bekannt. Nur, dass ihre Haft drei Jahre dauerte und sie von einem Dachdecker aus Herzberg befreit wurde.« *Schon irgendwie peinlich,* fand sie. Wie wenig sie über die Geschichte der Gegend wusste, in der sie geboren worden war und auch immer gelebt hatte. Roswitha nickte ihr zufrieden zu.

»Siehst du, du kannst dich noch dunkel erinnern. Du merkst doch auch die starke Verbindung zwischen uns. Glaubst du, es ist Zufall, dass wir uns heute hier begegnen?«

»Wir waren auf dem Weg nach Hameln, als der Motor von Gernots Transporter verreckte. Vorher hatte ich noch meine Freundin Kerstin im Krankenhaus besucht. Ihr Macker hat sie so misshandelt, dass sie im Gesicht zusammengeflickt werden musste. Erst hatten sie auch noch einen Milzriss vermutet.«

Eleonore schnaubte vor Wut und goss nochmal Fernet nach, den sie beide wieder in einem Zug runterkippten. Roswithas Mimik nahm einen verschlagenen Ausdruck an.

»Kerstin kenne ich. Sie hat ein Scheiß-Karma. Drei Kinder. Die Kleine ist so schnuckelig. Trisomie-21-Kind. Der große Junge merkt schon genau, was los ist. Die andere Tochter kann ich nicht einschätzen. Ihn schon, diesen Satan, dieses widerliche Stück Scheiße.«

Ihre Augen flackerten gefährlich, als sie Eleonore ansah. Die blickte wie vom Donner gerührt zurück.

»Woher kennst du Kerstin?«

»Kennen, na ja. Bad Gandersheim ist keine Metropole und ich sitze sehr oft hier, auf einer dieser Bänke. Da kann man einiges beobachten. Der Typ von deiner Freundin ist schon sehr brutal. Und wie er mit den Kindern umspringt. Pfui

Teufel ... solche verdienen nicht zu leben. Weg mit denen!« Sie verzog das Gesicht und spuckte vor sich auf das Pflaster.

In dem Augenblick war Eleonore ganz bei ihr. »Mein Männe war nicht so schlimm. Nur was Liebschaften anbelangte, schon etwas speziell. Unseren Sohn habe ich beinah alleine großgezogen«, bemerkte Eleonore und fügte hinzu: »Deshalb habe ich ihn auch schlussendlich an die Luft gesetzt, nachdem er mit so einer aufgespritzten Silikonbraut aufgekreuzt war und mich sogar fragte, ob ich ihnen mein Doppelbett überlassen könnte. Ich wäre ja breit, aber das Bett würde ich alleine niemals ausfüllen.«

Jedem, dem sie diese Geschichte bisher erzählt hatte, war in lautes Gelächter ausgebrochen. Nicht so Roswitha. Sie wirkte hasserfüllt und beängstigend humorlos.

»Es ist hier nicht der richtige Ort für eine Unterhaltung. Lass uns zu mir gehen. Ich muss dir was erzählen«, sagte sie.

Herrje, dachte Eleonore. *Was mache ich jetzt? Mit Roswitha einfach mitgehen?* Körperlich war sie dieser schmaleren Person sicher überlegen. Seltsam, dass sie überhaupt solche Gedanken hatte. Sie war für vieles offen und glaubte schon irgendwie an Wiedergeburt, diese Reinkarnationsgeschichte von Roswitha kam ihr aber sehr skurril vor. Schließlich siegte die Neugierde und sie ging mit der Fremden mit. Von unterwegs rief sie Gernot an. Er sprach als Erster.

»Du Süße, ich wollte dich auch schon anrufen. Es ist ja noch etwas hin, bis Mittag. Vorher würde ich gern nochmal in der Werkstatt vorbeischauen.«

»Ich gehe jetzt mit dieser Frau, sie heißt Roswitha, mit zu ihr nach Hause. Sie hält mich für die Reinkarnation von Eleonore von dem Knesebeck und hat mich schon erwartet. Sie will mir dringend was mitteilen«, sagte Eleonore.

Erst lachte Gernot, meinte dann aber ernst: »Sei vorsichtig, die Frau ist vielleicht verrückt. Und sag ihr mal, meine Eleonore ist viel hübscher, als diese Zofe beschrieben wird.«

Sie liebte Gernot. Auch wenn man ihm das nicht ansah, er war gebildet und belesen, lieb und einfühlsam.

»Pass bitte auf dich auf«, hörte sie noch, bevor sie das Handy ausschaltete.

Auf dem weiteren Weg zu Roswithas Behausung erfuhr Eleonore auch, wo sich Kerstins Wohnung befand, nämlich bei Roswitha gleich um die Ecke. Während Eleonore größtenteils schwieg, redete ihre neue Bekanntschaft ununterbrochen. Zweimal war sie verheiratet gewesen und beide Ehen waren kinderlos geblieben. Beide Männer wären einfach so, von heute auf morgen, verschwunden. Während sie sprach, verfinsterte sich ihre Miene immer mehr, bis sie plötzlich sagte: »Was wirklich passiert ist, erfährst du gleich, liebste Eleonore.«

Knusper, knusper, Knäuschen, dachte die. Sollte sie wirklich?

Sie waren durch das knarzende Gartentor gegangen, über zwei flache Stufen gekommen, als Roswitha zur Seite trat. Neben dem Plattenweg standen in dem winzigen Vorgarten zwei Hibiskusbüsche, einer noch klein, der andere wies eine beachtliche Größe auf. Während an dem niedrigen Busch nur zwei mickrige zartlila Blüten zu sehen waren, stand der große in voller Blüte. Roswitha ging von einem Busch zum anderen und strich sanft über Blätter und Blüten.

»Ich bin kein Monster«, säuselte sie, »sie stehen hier, für jeden sichtbar, von Sonne und Mond beschienen. So was Würdevolles verdienen sie gar nicht.« Sie kicherte, sodass die glatten Haare wippten.

Im Haus roch es extrem nach Kräutern. Die Ausstattung war für Eleonores Geschmack etwas zu altbacken und auch nicht stilvoll, so wie bei ihr zu Hause. Sie hatte vor Jahren die untere Etage ihres 300 Jahre alten Bauernhauses im Stil einer Stadtvilla umgestalten lassen, weil sie eine unbändige Lust auf Großstadt bekommen hatte und doch mit Herz und Seele an Pöhlde und dem Harz hing. Roswitha erklärte auch gleich, warum es bei ihr so aussah. Sie hätte mit ihrer Mutter hier gelebt, die aber vor zehn Jahren hochbetagt gestorben war. Sie hätte Roswitha erst mit 48 bekommen. Der Vater war noch viel älter gewesen und schon länger tot. Ihre zwei älteren Brüder hätten den Kontakt abgebrochen und sie mit ihrer Mutter alleine sitzenlassen.

»Meinen ersten Mann hat Mami noch kennengelernt. Wir waren ein Jahr verheiratet. Er ließ sich immer mehr gehen. Zog durch Bad Gandersheim wie ein alter Penner. Mami sagte: ›Wie euer Vater. Nicht mit anzusehen. Wie dieser Sokrates aus Griechenland. Der wollte auch so schlau sein und war so runtergekommen.‹ Er hätte uns zum Gespött der Stadt gemacht.«

»Hast du jemals wieder was von ihm gehört?«, wollte Eleonore wissen.

Roswitha lenkte ab. »Das Haus habe ich so erhalten, aus Respekt meiner Mami gegenüber. Wenn Geister sich in Häusern wohlfühlen, dann bleiben sie friedlich. Oder sogar liebevoll und zärtlich.« Sie guckte verzückt und nahm Eleonores Hand. »Mein erster Mann ist weg, dafür haben Mami und ich gesorgt. Zigaretten holen gegangen und nicht mehr wiedergekommen.«

Sie gackerte und die Haare wippten, als sie Eleonore die Treppen hoch führte bis oben unters Dach. Und Eleonore hielt sich mit der freien Hand an den Enden ihres Seidenschals fest. Sie brauchte Halt und vermisste Gernot. Wie unheimlich diese dunkle Frau war. Als sie ihren schwarzen Trench an den Garderobenhaken gehängt hatte, stand sie da wie in Trauer gepresst. In schwarzem Kleid und schwarzer Hose darunter. *Wie eine Totengräberin,* war es Eleonore durch den Kopf geschossen. Der Gedanke verfestigte sich.

Auf dem Dachboden waren die Balken sichtbar und er kam Eleonore schlecht isoliert vor. Unter einem der Balken stand Metallbett, darauf lag Bettzeug in dunkelrotem Satin. Kerzen in Gläsern standen rund um das Bett, die Roswitha nun mit Streichhölzern anzündete. Eleonore bemerkte auch den Kreis, mit weißer Farbe gezogen, der großzügig um das Bett ging und den Roswitha überschritten hatte, als wäre er

50cm hoch. Sie lag nun in dem Bett, hatte die Bettdecke zusammengeknautscht und hielt sie im Arm, wie man sonst eine geliebte Person im Arm hält.

»Unser Liebesnest. Ich habe ihn hierhin verbannt, damit ihn mir niemand wegnehmen kann.« Sie wälzte sich umher und küsste die Decke.

»Wo hat sich dein Geliebter denn erhängt?«, fragte Eleonore. Eine rhetorische Frage, da sie die Antwort längst kannte.

»Na hier, an dem Balken.« Roswitha streckte den Arm nach oben. »Als ich ihn morgens fand, war mein erster Gedanke: Er hat den Knoten richtig gebunden. Wir hatten das Thema vorher schon mal angesprochen. Er sagte nämlich immer wieder, er könne mit der Schuld nicht mehr leben. Rudi, mein zweiter Mann sei zwar ein Tyrann gewesen und gefühlskalt, so wie Sophia Dorotheas Ehemann Georg Ludwig, so ein Ende hätte aber niemand verdient.«

»Was hatte er denn für ein Ende? Ich denke, er ist einfach so verschwunden, von heute auf morgen, so wie dein erster Mann auch«, fragte Eleonore und hatte sich die Enden ihres Schals vor Nervosität um die Hand gewickelt.

Roswitha hatte sich im Bett aufgesetzt, immer noch mit dem Deckbett im Arm. »Mein Geliebter heißt Philipp, wie der von Sophia Dorothea. Du siehst, es stimmt alles. Sprechen kann ich mit ihm leider nicht. Wir kommen uns aber so nah, wie du siehst. Und wir haben einen Weg gefunden, miteinander zu kommunizieren. Das zeige ich dir gleich.«

Sie streichelte und küsste noch einmal das Dunkelrote in ihrem Arm, legte es dann liebevoll zur Seite, stand auf und stieg über die weiße Linie. Eleonore spürte Roswithas kleine zarte Hand in ihrer kräftigen und hoffte, Roswitha möge nicht bemerken, dass diese Hand feucht war. So wie Haar und Rücken, über den der Schweiß der Anspannung lief.

»Kann ich mal zur Toilette?«, fragte Eleonore und Roswitha führte sie dorthin. Vorher öffnete sie noch die Tür eines Raumes und verkündete stolz: »Der Arbeitsraum von Mami und mir. Sie war die weiseste Kräuterfrau, die mir je begegnet ist. Ihr Geist besucht mich nicht mehr so oft. Ist auch nicht nötig, ich habe ihr Wissen übernommen.«

Respekt, dachte Eleonore. Mit dem hier Vorhandenen ließe sich Vieles heilen, ebenso könnte man eine ganze Kleinstadt damit auslöschen. Gefüllte Vorratsgläser und Kästen standen auf dem Tisch. Es gab eine Spüle mit Wasserhahn und Arbeitsplatte. Einiges war in Sträuße gebunden, an Leinen aufgehängt, die von Wand zu Wand gespannt waren.

»Toll was?«

Roswithas Augen leuchteten. Düfte überlagerten sich. Aber einer stach Eleonore besonders in die Nase. Der penetrante Geruch von Mäuseharn.

Während Eleonore auf der klotzigen Klobrille saß und die Enden ihres Schals zu dünnen Schnüren zusammenfriemelte, kamen Erinnerungen hoch. Sie war noch jugendlich gewesen, als ihre Eltern Wiesen und Felder nach dem gefleckten Schierling abgesucht hatten. Bei einigen ›Nutztieren‹ war es zu Vergiftungen damit gekommen. Deswegen wurde das zweijährige Doldengewächs, das leicht mit ähnlich aussehenden Pflanzen verwechselt werden konnte und in getrocknetem Zustand extrem nach dem Harn von Mäusen stank, systematisch bekämpft. Ihre Mutter hatte beschrieben, wie ein Mann aus dem Schwarzwald damit vergiftet worden war, und mitgeteilt, was sie über das Gift wusste. Das Gift brennt erst im Mund und lässt alle Häute empfindlich werden. Es wird schnell von den Schleimhäuten resorbiert. Erst wirkt es wie Nikotin, später wie Curare. Nerven werden erst erregt, später gelähmt. Der Mensch erstickt bei vollem Bewusstsein, nachdem er fürchterliche Schmerzen erleiden musste. Der Schierlingsbecher war früher eine gängige Hinrichtungsmethode, besonders im alten Griechenland. Der Philosoph Sokrates hatte dadurch sein Ende gefunden.

»Bist du ins Klo gefallen, liebste Eleonore?«, hörte sie Roswitha rufen. Eleonore schnellte hoch. Beinah hätte sie den Schlüpfer an ihren Knien vergessen. Sie eilte zur Tür, die sie energisch aufriss. Als sie Roswitha da stehen sah mit ihrem strahlenden Lächeln, vergaß sie ihre Absicht, die Frau zu überwältigen.

»Komm, jetzt erfährst du es«, säuselte die euphorisch. Sie führte Eleonore ins Wohnzimmer und ließ sie auf einem Stuhl Platz nehmen. Auf den Stuhl gegenüber setzte Roswitha sich. Auf dem Tischchen zwischen ihnen stand eine altmodische Kaffeekanne mit breitem Ausguss. Daneben lag ein Kugelschreiber. Eleonore vermisste die Tassen, dachte aber sofort: *In diesem Haus nimmst du nichts zu dir. Nie im Leben. Dadurch könntest du nämlich genau Selbiges verlieren.*

In der Kanne befand sich weder Tee noch Kaffee, sondern eine schmale Papierrolle. Das Ende schaute aus dem Kannenausguss. Roswitha zog umständlich daran und begann damit, das Papier zu beschreiben. Mit einer tiefen, männlichen Stimme las sie vor. »Du kannst Eleonore vertrauen. Sie verrät uns nicht. Du kannst ihr alles erzählen ... alles ...«

Eleonore blickte sich hektisch um und sah aus dem Fenster zur Straße, neben dem sie saß.

»Gernot, da ist er ja!«, rief sie aus und sprang auf. Mit großen Schritten eilte sie zur Tür. »Eleonore, bleib hier, ich brauche dich«, hörte sie Roswithas Stimme und drehte sich noch einmal um.

»Du brauchst nicht mich, Roswitha, sondern kompetente Hilfe. Jemand, der dich aus deiner todbringenden inneren Einsamkeit befreit«, sagte sie und ging. Sie warf noch kurz einen Blick auf das Klingelschild am Hauseingang. Roswitha Ölschlegel, Philipp Krautz, Malvine Lutter las sie und dachte: *Als könnten Geister Post bekommen ...* Gernot hatte schon das Tor geöffnet. Sie fiel ihm in die Arme. »Wir müssen zur Polizei.«

Ein älterer Polizist begrüßte sie freundlich. »Bitte, was kann ich für Sie tun?«

»Ich muss Ihnen was erzählen«, sagte Eleonore. Gernot hatte ihren tizianroten Samtumhang mitgebracht, den sie jetzt trug. Er lehnte lässig in Wolltunika und Lederhose am

Besuchertresen der Polizeistation. Eine jüngere Polizistin hatte sich dazugesellt.

»Bitte, schießen Sie los, worum geht es?«, fragte der Beamte und Eleonore entging nicht der kritische Blick, den er ihr zuwarf.

»Ich hatte eben ein längeres Gespräch mit einer Frau Roswitha Ölschlegel. Wir waren sogar bei ihr zu Hause. Sie erzählte mir ihre Geschichte und aus dieser Erzählung schließe ich, dass sie ihre beiden Ehemänner mit dem Gift des Schierlings umgebracht hat. Die Leichen werden Sie unter den Hibiskusbüschen im Vorgarten finden. Den letzten Mord beging sie zusammen mit ihrem Geliebten, Philipp Krautz, der sich aus Verzweiflung vor zwei Jahren erhängte. Sie hält sich für die Reinkarnation der Kurfürstin Sophia Dorothea von Hannover und mich für die Reinkarnation ihrer Kammerfrau Eleonore von dem Knesebeck.«

»Na, das ist ja was«, frohlockte der Beamte belustigt. »Und das alles wollen Sie aus einem Gespräch mit der Dame entnommen haben? Hat sie explizit ein Geständnis abgelegt? Ich möchte Ihnen nicht zu nahe treten, aber kann es sein, dass sie auf so einen Humbug abfahren?« Er musterte sie eindringlich, verkniff sich aber das auszusprechen, was ihm durch den Kopf ging.

Eleonore begriff ... *Wie immer. Es ist längst nicht egal, wie ich wo auftrete. Ich werde immer über mein Äußeres definiert.*

»Denken Sie, was Sie wollen«, sagte sie, »ich habe nur eine Bitte. Setzen Sie sich mit meinem (beinah hätte sie Kollege gesagt) Freund, Hauptkommissar Marian Geiger, in Verbindung und erzählen Sie ihm von mir und meiner Aussage. Er kennt mich besser als jeder andere und wird die Geschichte richtig einschätzen.«

»Marian Geiger! Den netten Kollegen vom Osteroder Kommissariat kenne ich sehr gut! Dann sind Sie Eleonore, die Frau mit der Sülze. Marian sprach sogar von Team!«, rief die Polizistin aus und funkelte Eleonore bewundernd an.

An dem Tag sahen Gernot und sie sich das kleine, hübsche Städtchen Bad Gandersheim nicht mehr an. Wie versprochen gingen sie noch zu Kerstins Wohnung, die von diesem Superarschloch bis aufs letzte Möbelstück ausgeräumt worden war. Für den zwanzig Jahre alten Transporter musste ein neuer Motor bestellt werden und Eleonores Sohn Hagen holte die beiden ab und fuhr sie nach Hause.

Vier Monate später kam Marian Geiger bei ihr vorbei. Er hatte sich wieder auf das rosarot glänzende Kanapee gefläzt. Eleonore saß auf dem wackligen Klavierhocker. Beide trugen sie FFP2-Masken. Die zweite Corona Welle hatte das Land überflutet.

»Wahnsinn Eleonore, was du wieder für einen Riecher hattest,« sagte er und lehnte den Fernet ab, den sie ihm anbot. »Beide Männer wurden mit Coniin umgebracht, dem Gift des Schierlings. Bei der älteren Leiche konnte das Gift nicht mehr direkt nachgewiesen werden. Die Rechtsmedizinerin konnte aber anhand der Körperhaltung des Skeletts ungefähr die Todesursache ermitteln. Demnach ist er jämmerlich erstickt. Bei dem anderen Leichnam konnte man das Gift mithilfe eines Hochdruck-Flüssigkeitschromatografen und eines Massenspektrometers aus dem Gewebe analysieren. Ob die Täterin zusammen mit Mami, wie sie sie nennt, auch den eigenen Vater auf dem Gewissen hat, konnte bis jetzt noch nicht geklärt werden.«

»Ach Marian«, seufzte Eleonore, »warum passiert nur immer mir sowas? Als würde ich da hinterherlaufen. So ist es doch gar nicht. Das Verbrechen kommt auf mich zu.«

Marian musste schmunzeln. »Zum Glück ist es so. Was andere nie rausfinden, erfährst du an einem Tag, durch ein einziges Gespräch. Bleib, wie du bist. Die Welt braucht scharfsinnige Frauen wie dich.«

Helmut Exner

Lilly und die Mörderblume

Die neunzigjährige Lilly Höschen saß mit ihrer Freundin Gretel auf dem Balkon ihres Hauses am Berg in dem beschaulichen Oberharzer Städtchen Lautenthal. Die pensionierte Oberstudienrätin war in der Gegend bekannt für ihre spitze Zunge und ihre Dreistigkeit, mit der sie mehrere Generationen von Schülern, etliche Kollegen und diverse Chefs an die Grenze des Wahnsinns getrieben hatte. Sie bestand darauf, mit ›Fräulein‹ angeredet zu werden, um ihre Unabhängigkeit von Männern klarzustellen. Außerdem war sie bekannt als Miss Marple des Harzes. Wann immer ein Verbrechen in der Gegend geschah, war sie meist schon vor Ort, bevor die Polizei kam. So hatte sie schon manchen Übeltäter zur Strecke gebracht. Einige Male war ihre fünfzehn Jahre jüngere Freundin Gretel dabei gewesen, die schon mal ihren Regenschirm benutzte, um einen Bösewicht außer Gefecht zu setzen. Gretels Gesichtsausdruck war alles andere als liebenswürdig. Man konnte meinen, sie hätte durchgehend schlechte Laune. Aber das war rein äußerlich. Im Grunde war sie eine humorvolle Frau. Das Problem war, dass nur wenige Leute ihre drastische Art von Humor verstanden. Lilly hingegen kam gut damit klar.

Die beiden Frauen planten, morgen zur Landesgartenschau nach Bad Gandersheim zu fahren.

»Sag mal, Gretel, hast du schon mal von einer südamerikanischen Blume gehört, die größere Säugetiere frisst? Sogar Menschen müssen sich vor ihr in Acht nehmen.«

Gretel sah ihre Freundin an, als wolle die sie mal wieder auf den Arm nehmen und entgegnete: »Vielleicht gibt es diese Pflanze ja auch auf der Landesgartenschau. Dann kannst du demonstrieren, ob sie wirklich Menschen frisst. Aber wahrscheinlich wird sie dich gleich wieder ausspucken. Du bestehst ja nur aus Haut und Knochen.«

»Im Ernst. Wenn die Pflanze Nahrung braucht, blüht sie ganz fantastisch und lockt mit ihrem betörenden Duft Tiere oder auch Menschen an. Wenn man dicht genug dran ist, schlingen sich ihre Tentakeln um das Opfer und ziehen sie heran. Sie heißt Magnus flos carnivore …«

»Also, jetzt ist mal Schluss mit der Märchenstunde. Damit kannst du kleinen Kindern Angst machen«, unterbrach Gretel sie forsch.

»Na gut, ich wollte dich nur warnen, weil ich über einen Biologen gelesen habe, der diese Pflanze dort hinbringen wollte. Aber du weißt ja mal wieder alles besser.«

»Sag mir lieber, ob mich diese neue Hose, die ich mir neulich gekauft habe, dick macht.«

Lilly schaute ihre Freundin beleidigt an und sagte: »Also ich an deiner Stelle würde sie lieber nicht essen.«

»Danke, du bist mir eine große Hilfe.«

»Gern geschehen, Gretel.«

Am nächsten Morgen frühstückten die beiden Damen ausgiebig, um sich dann auf den Weg nach Bad Gandersheim zu machen. Lilly räumte den Tisch ab und Gretel wollte sich noch schnell umziehen. Offenbar fühlte sie sich in der neuen Hose nicht wohl und hatte stattdessen ein grünes Kleid angezogen. Als sie ins Wohnzimmer kam, fragte sie Lilly: »Wie gefällt dir mein Kleid?«

»Ganz ehrlich?«

»Natürlich ganz ehrlich.«

»Gretel, du siehst aus wie ein kurz vor dem Suizid stehender Gummibaum.«

»Lilly, wenn du so weitermachst, war das eben definitiv dein letztes Frühstück.«

Lilly grinste in sich hinein und ging nach unten, um das Auto aus der Garage zu holen. Ihr Nachbar, den sie partout nicht ausstehen konnte, gaffte unverhohlen über den Zaun. Als sie rückwärts aus der Garage fuhr, touchierte sie leicht die Mauer in der Einfahrt. Sie stieg aus und es geschah, was sie erwartet hatte. Ihr Nachbar quatschte sie an: »Sollten Sie angesichts Ihres Alters nicht lieber Ihren Führerschein abgeben?«

Lilly darauf: »Das wäre kein Problem für mich, vorausgesetzt, ich hätte einen Führerschein.«

»Wollen Sie etwa sagen, Sie fahren jeden Tag Auto, ohne im Besitz eines Führerscheins zu sein?«

»Genau das.«

Der Nachbar grinste und sagte: »Aber Sie machen sich strafbar.«

»Na und? Solang es keiner weiß.«

Das Grinsen des Mannes wurde noch unverschämter. »Also, ich denke, ich sollte die Behörden darüber informieren. Ihr Verhalten ist ja total verantwortungslos.«

»Tun Sie das. Ich freue mich schon darauf, wenn die Polizei Sie wegen Falschanschuldigung belangt.«

»Haben Sie etwa doch einen Führerschein? Haben Sie mich belogen?«

»Richtig.«

»Aber warum haben Sie das getan?«

»Weil ich Ihr dummes Gesicht so liebe. Gönnen Sie doch einer alten Frau dieses kleine Vergnügen.«

Fluchend ging der Mann zurück ins Haus. Dann kam Gretel und sie fuhren los.

Professor Armando Schulz hatte lange für einen kleinen Bereich gekämpft, in dem er Pflanzen aus dem Urwald seiner brasilianischen Heimat auf der Landesgartenschau darbieten konnte. Es gab nahezu unüberwindbar scheinende Argumente gegen dieses Vorhaben. Es ginge doch vor allem um die heimische Gartenkultur in einer gemäßigten Klimazone. Exoten hätten hier nichts zu suchen. Außerdem sei es fahrlässig, völlig fremde Arten einzuführen, die möglicherweise heimische

Spezies verdrängten. Der Schaden sei unabsehbar. Auch der Hinweis des Professors, dass es schon seit Jahrhunderten unzählige Arten aus allen Teilen der Welt bei uns gäbe und diese als Bereicherung empfunden würden, konnte die Kritiker nicht besänftigen. Schließlich überzeugte ein Argument: Geld. Als Armando Schulz seine Trumpfkarte ausspielte und einen Sponsor brachte, der nicht nur sein Vorhaben, sondern die Veranstaltung als solche generös fördern würde, wurde dem Professor ein kleiner Bereich zugestanden, wo er seine Idee verwirklichen konnte. Er scheute weder Kosten noch Mühen, das Terrain so vorzubereiten, dass darauf die von ihm persönlich ausgesuchten botanischen Kostbarkeiten gedeihen würden. Die Landschaftsgestalter und Gärtner trauten ihren Augen nicht, was dieser verrückte Professor da anstellte. Der Mann ließ ganze Bäume ankarren und Buschwerk pflanzen. Zum Schluss war auf vierzig Quadratmetern eine grüne Hölle entstanden, die wie ein Fremdkörper auf dem Gelände wirkte. Die Orchideen, die er gepflanzt hatte, erkannte man erst auf den zweiten Blick. Und an einer Seite kam dann der Höhepunkt: Er pflanzte eine zwei Meter hohe Magnus flos carnivore. Das war ein eher unscheinbares hässliches Ding. Aber für Armando Schulz war es eine Offenbarung. Nur wenige Menschen hatten diese Pflanze je gesehen. Und kaum jemand hatte sie je blühend betrachtet. Die Eingeborenen in Brasilien nannten sie Todesfalle und hielten sich von ihr fern. Er selbst hatte das größte Erlebnis seiner Laufbahn, als er diese Pflanze einst blühend im Dschungel erspäht hatte und Zeuge wurde, wie sie ein Gürteltier fesselte und in ihre mit Flüssigkeit gefüllte Tasche am Stamm zog. Es hatte keine Minute gedauert, bis das Tier aufgehört hatte, zu schreien. Offenbar trat der Tod sehr schnell ein, und das Opfer wurde anschließend verdaut. Seit diesem Erlebnis hatte er sein Leben dieser Pflanze gewidmet. Es war ihm gelungen, mehrere Exemplare zu züchten. Eines davon stand nun hier in Bad Gandersheim. Sein größter Traum wäre es, diese Pflanze hier blühen zu sehen. Die Menschen würden sich darum scharen und er könnte ihr ein

Opfertier zuführen. Das wäre eine biologische Sensation. Das höhnische Gelächter und die dummen Bemerkungen würden seinen Kritikern im Halse stecken bleiben. Vor allem ein Gartenarchitekt mit dem bezeichnenden Namen Dornbusch hatte alles versucht, seine Pläne zu vereiteln. Erst hatte er alles daran gesetzt, ihn der Lächerlichkeit preiszugeben. Und als dann feststand, dass das Projekt verwirklicht wird, hat er ihm immer wieder Steine in den Weg gelegt und schließlich dafür gesorgt, dass sein Dschungel an den äußersten Rand gedrängt wurde, wo kaum ein Mensch hinkommt. Dem würde er es noch zeigen.

Als Lilly und Gretel in Bad Gandersheim ankamen, waren sie froh, einen günstig gelegenen Parkplatz zu bekommen.

»Zum Glück sind noch nicht so viele Besucher da«, sagte Gretel. »Da werden einem wenigstens nicht die Füße platt getreten.«

Lilly sah ihre Freundin grinsend an und meinte: »Mit deinen Quadratlatschen solltest du trotzdem vorsichtig sein.«

Dann bummelten sie ganz gemächlich durch die Anlagen. Nach einer guten halben Stunde taten ihnen die Beine weh und Lilly sagte: »Da an diesem merkwürdigen Urwald steht eine Bank. Lass uns einen Moment verschnaufen.« Als sie so dasaßen, meinte sie: »Ich glaube, das hat dieser komische Brasilianer angelegt, von dem ich dir erzählt habe.«

»Du hast mir nichts von einem komischen Brasilianer erzählt.«

»Doch, der Professor, der über diese fleischfressende Pflanze geschrieben hat. Ich denke, ich schaue mir diesen Miniaturdschungel mal etwas genauer an. Vielleicht ist diese besondere Pflanze ja dabei.«

»Lass dich nicht fressen«, rief Gretel ihr hinterher, als Lilly sich aufmachte und an das Grünzeug herantrat. Lilly setzte ihre Brille auf und versuchte in dem undurchdringlich scheinenden Grün irgendetwas auszumachen. Es kam ihr vor wie eine kleine grüne Hölle. Mit Garten hatte das nichts zu tun.

Es führte auch kein Weg hindurch. Man durfte dieses urwaldähnliche Terrain nicht betreten. Dieser Bereich der Landesgartenschau war für die Besucher anscheinend in hohem Maße uninteressant. Alle bestaunten die Blütenpracht, die weit und breit die Gäste anzog. Hier war kaum ein Mensch.

Lilly ging ein paar Schritte zurück und sagte plötzlich: »Da ist sie. Das ist die berüchtigte Magnus flos carnivore.«

Gretel kam und fragte: »Wo?«

Lilly deutete auf eine etwa zwei Meter hohe Pflanze, die einen Stamm hatte wie ein Baum.

»Dieses olle Ding soll Tiere fressen?«

Urplötzlich bewegte sich etwas an der Pflanze. Es dauerte etwa eine Minute, bis sich eine große lilafarbene Blüte öffnete. Die beiden Frauen erstarrten fast vor Staunen. Ein betörender Geruch machte sich breit. Lilly stand da wie angewurzelt. Gretel ging einige Schritte zurück, um ein Foto zu machen. Plötzlich spürte Lilly etwas an ihren Waden. Es waren Tentakeln, die die Pflanze ausgesandt hatte, um Lilly zu fesseln. Vor lauter Staunen konnte sie sich nicht bewegen. Es war einfach zu unglaublich. Da kam ein Hund angerannt, ein Dackel, der sich bellend zwischen Lilly und der Pflanze aufbaute. Da bemerkte Gretel, was sich um die Füße ihrer Freundin geschlungen hatte. Der Hund fing an, an den Fangarmen zu zerren, die sich unvermittelt lösten und nun den Dackel umschlungen. Mit Herzklopfen ging Lilly zurück zur Bank. Gretel stützte sie, weil ihre Freundin auf einmal einen ziemlich klapprigen Eindruck machte. Es dauerte nur eine halbe Minute, bis die Pflanze den Hund hochzog und in ihrem Stamm verschwinden ließ.

»Wo ist der Hund?«, rief Gretel.

Lilly atmete tief aus und sagte: »Die Pflanze hat ihn verschlungen.«

Man sah und hörte nichts mehr von dem Tier. Kein Bellen, kein Fiepen. Es war weg.

Gretel sagte: »Das ist wohl das Verrückteste, was ich je erlebt habe.«

Etwa eine Minute später fielen die Blütenblätter der Pflanze ab. Offenbar wurden diese nicht mehr gebraucht. Die Pflanze hatte bekommen, was sie wollte.

Ganz außer Atem kam ein Mann angerannt und rief: »Fifi, komm her! Verdammt noch mal, du blöder Köter. Fifi, Fifi!« Als er bei den Frauen an der Bank ankam, fragte er ganz aufgeregt: »Haben Sie meinen Hund gesehen? Ein Dackel. Er ist abgehauen.«

Lilly sagte: »Ja, da war eben ein Dackel. Aber ich fürchte, er wurde von dieser Pflanze da drüben aufgefressen.«

»Was? Wollen sie mich verarschen?« Kopfschüttelnd ging der Mann zu dem Miniaturdschungel und rief unentwegt nach seinem Fifi.

Schließlich sagte Gretel: »Also mein Bedarf an Gartenkultur ist für heute gedeckt.«

»Aber wir haben doch noch kaum etwas gesehen«, protestierte Lilly.

»Ja, aber was wir gesehen haben, reicht mir voll und ganz.«

»Ich denke, wir sollten den Professor aus Brasilien informieren, was hier passiert ist. Vielleicht ist ja das nächste Opfer kein Hund, sondern ein Mensch.«

»Wie soll denn diese Pflanze einen ganzen Menschen verschlingen?«

»Es reicht ja schon, wenn sie einen Teil verschlingt. Wenn der Hund nicht gekommen wäre, hätte ich jetzt vielleicht keine Füße mehr.«

»Oh Lilly, du bist eine solche Klugscheißerin.«

»Aber nein, ich weiß nur alles besser.«

Nun machte sich auch bei Lilly eine gewisse Erschöpfung breit angesichts der heutigen Erlebnisse und sie fuhren zurück nach Lautenthal. Als sie sich zu Hause über das Geschehen unterhielten, meinte Lilly: »Eigentlich hätte ich versuchen sollen, einen Ableger der Pflanze zu kriegen. Den würde ich dann an den Gartenzaun setzen. Und mit etwas Glück würde mein neugieriger Nachbar sich dafür interessieren. Und die Pflanze für meinen Nachbarn. Kein Mensch würde ahnen, was mit ihm passiert ist, wenn er auf einmal spurlos verschwindet.«

Gretel machte ein missmutiges Gesicht und sagte: »Du durchtriebenes, altes Stück.«

Lilly hatte nicht gut geschlafen. Immer wieder musste sie daran denken, was gestern in Bad Gandersheim passiert war. Wenn dieser Dackel nicht gekommen wäre, hätte sie jetzt vielleicht keine Füße mehr. Womöglich hätte diese Pflanze sie sogar umgebracht. Sie musste mit diesem verrückten Professor sprechen. Als Gretel in die Küche ging, um Frühstück zu machen, saß Lilly am Esstisch im Wohnzimmer und telefonierte mit dem Büro der Landesgartenschau.

»Ich muss dringend mit Professor Schulz sprechen. Es ist wichtig. Sagen Sie ihm bitte, er möge mich unbedingt zurückrufen.«

Die freundliche Stimme am Telefon sagte, dass sie es ihm sofort nach seinem Erscheinen ausrichten würde. Während des Frühstücks klingelte das Telefon. In gutem Deutsch mit portugiesischem Akzent meldete sich eine Männerstimme. Es war Professor Schulz. Als Lilly ihm berichtet hatte, was gestern geschehen war, bombardierte sie der Mann mit Fragen.

Schlussendlich sagte sie: »Mein lieber Herr Professor, wenn Sie einen detaillierten Bericht wollen, dann setzen Sie sich in Bewegung und kommen zu mir. Meine Freundin kann Ihnen sogar ein Foto der Blüte zeigen.«

Jetzt flippte der Mann aus. *Ein Foto! Nicht zu glauben.*

Anderthalb Stunden später fuhr der Professor vor Lillys Haus vor. Er hatte sich einen Wagen gemietet und sich trotz GPS in seiner Aufregung mehrfach verfahren. Aber jetzt war er da. Gretel ließ ihn herein. Als er das Wohnzimmer betrat, sagte er ganz aufgeregt: »Sind Sie Frau Höschen?«

»Fräulein Höschen, wenn ich bitten darf.«

Bei dem Professor handelte es sich um einen hochgewachsenen Mittsechziger, braungebrannt, mit weißem

Pferdeschwanz. Er stürzte auf Lilly zu, nahm ihre Hände und küsste sie. Als er anfangen wollte, sie mit Fragen zu bombardieren, sagte Lilly ganz ruhig: »Jetzt setzen Sie sich erst mal hin und regen sich ab. Sonst kriegen Sie noch einen Herzinfarkt. Dann werden meine Freundin Gretel und ich Ihnen alles in Ruhe berichten.«

Und das taten sie. Als Gretel ihm dann das Foto der Blüte auf ihrem Handy zeigte, erhob er sich, kniete nieder und sage etwas auf Portugiesisch. Das musste für den Mann wohl eine Art Mirakel gewesen sein – ein Wunder, ein Mysterium, die Erfüllung seines Schaffens als Biologe.

Dann begann er zu erzählen: »Seit ich diese Pflanze zum ersten Mal gesehen habe, das ist jetzt dreißig Jahre her, lässt sie mich nicht mehr los. Sie ist so faszinierend, dass ich ihr mein Leben gewidmet habe. Ich hatte das große Glück, sie blühen zu sehen. Dann sah ich, wie ein Gürteltier angelockt wurde. Und die Pflanze hat es gefesselt, in sich hineingezogen und verspeist. Erst viel später habe ich festgestellt, dass sie eine Art Tasche in ihrem Stamm hat, die mit Flüssigkeit gefüllt ist. Diese Flüssigkeit ersetzt das, was bei Säugetieren der Magen-Darm-Trakt ist. Die Beute wird darin verdaut und die Nährstoffe werden der Pflanze zugeführt.«

Gretel sagte: »Bei uns war es ein Dackel. Aber in Deutschland kommen Gürteltiere ja auch eher selten vor. Eigentlich wollte dieses penetrante Gewächs meine Freundin Lilly verspeisen. Ich weiß nicht, was passiert wäre, wenn nicht dieser Köter gekommen wäre.«

»Und wie vermehrt sich diese Pflanze?«, wollte Lilly wissen.

»Wenn sich die Blüte öffnet, werden Samen abgeschossen, die dann von Tieren gefressen und wieder ausgeschieden werden.«

»Hm«, sagte Lilly, »ich wäre nämlich an einem Ableger interessiert.«

Jetzt schaltete sich Gretel ein: »Dann hast du mich hier zum letzten Mal gesehen. Man sollte auch auf der Landesgartenschau ein Schild aufstellen nach dem Motto: *Vorsicht! Diese Pflanze frisst Menschen und Tiere.*«

»Aber nein«, wandte der Professor ein. »Das kommt höchstens einmal im Jahr vor. Von der Pflanze geht jetzt für lange Zeit keine Gefahr aus.«

»Na, wer's glaubt …«, kommentierte Gretel skeptisch.

Schließlich verabredeten der Professor und die beiden Damen, sich in Kürze noch einmal in Bad Gandersheim zu treffen. Armando Schulz würde das Foto, das Gretel gemacht hatte, vergrößern und dann mit den beiden Frauen als Zeuginnen vor der Presse posieren. Während Lilly sich freute, stimmte Gretel missmutig zu. Eine Woche später hatte der Professor alles in Bewegung gesetzt, was sich nur bewegen ließ. Zeitungen, Fernsehen, Wissenschaftler: Es wurde viel Trubel erwartet. Armando Schulz würde endlich die Anerkennung finden, die ihm durch seine unermüdliche Forschung zustand. Vielleicht würde man die Pflanze auch umbenennen in *Carnivora herba Schulzis.*

Lilly und Gretel wurden am Eingang der Landesgartenschau von einer freundlichen Mitarbeiterin in Empfang genommen und zum Ort des Geschehens geleitet. Man hatte Stühle mit Blick auf den Urwald aufgestellt. Die beiden Frauen saßen als Ehrengäste in der ersten Reihe. Man hatte ein Foto in Großformat mit er blühenden Pflanze aufgestellt. Etliche Journalisten tummelten sich mit ihren Kameras herum. Ein regionaler Fernsehsender hatte ein Team geschickt. Und man hatte ein Podium aufgestellt, von dem der Professor gleich einen Vortrag halten würde. Dieser war gerade im intensiven Gespräch mit einigen Wissenschaftlern. Als er Lilly und Gretel sah, unterbrach er seine Unterhaltung und stürmte auf die Frauen zu, um sie zu begrüßen. Als alle sich gesetzt hatten, stellte sich der Professor auf das Podium und redete und redete und redete. Währenddessen bummelte Gartenarchitekt Dornbusch um die Stuhlreihen herum und grinste, machte die eine oder andere abfällige Bemerkung und drückte seine Geringschätzung über den Professor und seine angeblich so einzigartige Pflanze aus. Dann stellte sich der Professor direkt vor die Pflanze und redete weiter.

»Vielleicht haben Sie das große Glück, die Magnus flos carnivore eines Tages blühen zu sehen, was allerdings sehr selten vorkommt, meist nur einmal im Jahr, und das auch nur für wenige Minuten. Sobald sie ein Opfer gefunden hat, verschießt sie ihre Samen und die Blütenblätter fallen ab.«

Jetzt konnte Landschaftsgärtner Dornbusch nicht mehr an sich halten, ging nach vorn und quatschte lauthals dazwischen: »Und wenn sie nicht gestorben sind, dann leben die Opfer noch heute.«

Der Professor sah den Störenfried wütend an. Währenddessen machte sich ein Raunen im Publikum bemerkbar. Jemand rief: »Die Pflanze bewegt sich. Die Blüte geht auf.« Abrupt drehten die Herren Schulz und Dornbusch sich um. Das Wunder geschah. Innerhalb einer Minute öffnete sich eine riesige Blüte. Ausrufe des Erstaunens im Publikum.

»Das habe ich noch nicht erlebt, dass diese wunderbare Pflanze innerhalb so kurzer Zeit schon wieder blüht.«

Dornbusch stand mit offenem Mund davor. Es hatte ihm die Sprache verschlagen. Es machte sich ein betörender Duft breit. Die Leute standen auf, einige gingen näher heran. Als Dornbusch seine Stimme wieder gefunden hatte, sagte er: »Das ist doch ein Trick.«

Er hatte noch nicht bemerkt, dass die Pflanze ihre Tentakeln aussandte und seine Beine fesselte. Erst als er dadurch an die Pflanze herangezogen wurde und er das Gleichgewicht verlor, spürte er es. Erschrocken rückte der Professor von ihm ab. Nun fing Herr Dornbusch an zu schreien. Fernseh- und Presseleute drängten sich nach vorn, um dieses Schauspiel festzuhalten.

Die Leute riefen aufgeregt durcheinander: *Ruft die Feuerwehr. Haut die Tentakeln durch. Man muss doch etwas tun.* Jemand kam mit einem Taschenmesser und versuchte, eine dieser Schlingen durchzuschneiden. Als sich diese aber um sein Handgelenk windete, rannte er schnell weg. Es ging sehr schnell, bis Herr Dornbusch im Stamm der Pflanze verschwand. Ein Mann, der nicht glauben konnte, was gerade geschehen war, bekam einen hysterischen Lachanfall. Inzwischen war aufgrund des Trubels und Geschreies der Bereich immer voller geworden. Die Menschen waren neugierig, was hier los war.

Gretel sagte zu ihrer Freundin: »Mein Bedarf an mordenden Pflanzen ist für heute gedeckt. Lass uns bloß nach Hause fahren.« Sie stand auf und ging, Lilly im Schlepptau.

»Aber dafür kann ich doch nichts. Du hörst dich an, als ob ich für diesen Blödsinn verantwortlich wäre.«

Barsch entgegnete Gretel: »So ein Scheiß passiert mir nur in deiner Gegenwart. Ich hätte es wissen müssen. Jede normale alte Frau hätte sich einfach nur an der Blütenpracht erfreut. Aber du musst mich in den Dschungel schleppen, wo Hunde und Menschen von Pflanzen gefressen werden.«

Jetzt musste Lily sich erst mal setzen. Zum Glück stand eine Bank am Weg. Gretel setzte sich dazu, um durchzuatmen und sich abzuregen. Dann fing Lilly an zu lachen. Erst schaute Gretel ihre Freundin befremdlich an, und dann lachte sie mit. Nach einer Weile hatten sie sich von dem Schrecken erholt und sie standen auf, um zum Parkplatz zu gehen. Lilly hob etwas auf, das aussah wie eine kleine Nuss und steckte es in die Tasche.

»Was hast du da aufgehoben, Lilly? Wenn es das ist, was ich glaube, dann wirfst du es sofort wieder weg.«

»Du bist doch nicht meine Erzieherin, Gretel. Außerdem, woher soll ich wissen, was du glaubst?«

Hans-Joachim Wildner

Das kann doch nicht wahr sein

Sieben Tage bis zur Eröffnung der Landesgartenschau in Bad Gandersheim

Was Polizeikommissar Eike Wolf betraf, begann gerade der Schlamassel. Gleich nach dem Training der polizeilichen Abwehr- und Zugriffstechniken, die heute auf dem Dienstplan standen, fing es an. Zunächst harmlos, aber dann ...

Nach dem Duschen, als Eike sich vor seinem Spindspiegel die Haare kämmte, erschrak er. Im Spiegel tauchte hinter ihm unverhofft das hämische Grinsen von Ingo Schröter auf, dem Handlanger seines Chefs Ben Struwe.

»Wolf, der Chef will Sie sprechen«, schnöselte er Eike von der Seite an und triefte vor Schadenfreude.

Das kann doch nicht wahr sein, dachte Eike, *ausgerechnet heute, wo Pia mich gebeten hatte, pünktlich zu sein.* Sie hatten sich vorgenommen, eine gemeinsame Motorradtour am Wochenende zu planen. Eike hatte keinen blassen Schimmer, was der Alte von ihm wollte.

Wenig später stand er geduscht, geföhnt und in Uniform verpackt vor dem Büro seines Chefs in der Polizeiinspektion Goslar. *Leitung Bereitschaftspolizei, Erster Hauptkommissar Ben Struwe* war auf dem Türschild zu lesen, das Eike wie das Warnschild vor einem bissigen Hund anzuknurren schien. Er klopfte flüchtig an und trat ein.

»Wolf!«, rief Struwe aus, als sei er freudig überrascht. »Setzen Sie sich!« Er wies auf den Stuhl in der Besprechungsecke, dann stemmte er seinen schwergewichtigen Körper aus dem Ledersessel und setzte sich zu ihm. Er musterte Eike einen Moment. »Tja, wie soll ich es Ihnen beibringen?«, druckste er.

»Am besten schnörkellos«, riet Eike.

»Sagen Sie, Wolf, mögen Sie Blumen und hübsch angelegte Gärten?«, fragte Struwe scheinheilig.

Eike verschlug es für Sekunden die Sprache, dann sagte er: »Habe ich mich in der Tür geirrt und bin hier im Gartencenter gelandet?«

»Seien Sie nicht albern, Wolf. Sie haben mich schon verstanden«, entgegnete Struwe.

»Was soll die Frage?«, gab Eike zurück. »Wer mag keine Blumen und Gärten. Ich frag mich nur, was das mit Polizeiarbeit zu tun haben soll?«

»Eine Menge, weil ich Sie für ein paar Tage nach Bad Gandersheim beordere.«

Das verschlug Eike erneut die Sprache. Als er sie zurückerlangte, wiederholte er: »Bad Gandersheim? Hab ich das richtig verstanden?« Struwe nickte. »Ein schönes Städtchen«, sagte Eike, »aber es gehört nicht zu unserem Revier, sondern zur Polizeidirektion Göttingen.«

»Keine Sorge, das ist alles geklärt. In Bad Gandersheim wird nächste Woche die Landesgartenschau eröffnet, verstehen Sie?«, erklärte Struwe.

»Nee, versteh ich nicht. Wollen Sie mich zum Unkrautjäten da hinschicken?«, fragte Eike mit einem Schuss Sarkasmus in der Stimme.

Struwe schob bedrohlich den Brustkorb heraus. »Jetzt werden Sie nicht unverschämt, Wolf, schließlich bin ich immer noch Ihr Vorgesetzter«, schoss er zurück. Dann ließ er sich in die Rückenlehne fallen und erklärte: »Zur Eröffnungsfeier wird allerlei Politprominenz aus Hannover erwartet und wir sollen die Kolleginnen und Kollegen bei der Absicherung unterstützen. Das Kommissariat dort ist zur Zeit unterbesetzt.«

Eike hatte mit allem gerechnet, aber nicht mit so was. Er schäumte innerlich und sah im Geiste, wie er Struwe als Sparringspartner beim Judotraining gekonnt auf den Hallenboden nagelte.

»Wolf, haben Sie mich verstanden?«

Eike blickte auf und entspannte sich. »Ja, das mit der Unterstützung habe ich kapiert, aber warum schicken Sie keine Jüngeren dorthin? Ich komme mir allmählich vor wie ein Polizeinomade.«

»Wolf«, sagte Struwe mit erhobener Stimme, »wir beide sind als Chef und Untergebener gewiss kein Traumpaar, aber ich halte Sie für einen erfahrenen Polizisten mit Durchsetzungsvermögen. Ich kann da keinen Frischling hinschicken. Und außerdem sind Sie in Altenau abkömmlich.«

»Wann soll es losgehen?«, wollte Eike wissen.

»Nächste Woche.«

»Na, dann werd ich mal packen«, sagte Eike frustriert, erhob sich und ging zur Tür.

»Wolf«, rief Struwe ihm nach. Eike drehte sich um. »Zeigen Sie denen, was wir Harzer drauf haben.«

Eike erwiderte nichts und verließ das Büro. Er war gespannt, was Pia, seine Lebensgefährtin, dazu sagen würde.

* * *

»Nach Bad Gandersheim? Für ein paar Tage?« Pia zog ein Gesicht. »Laut meinem Horoskop hab ich irgend so etwas kommen sehen.«

»Dann dürftest du jetzt nicht so eine Flunsch ziehen«, sagte Eike.

»Doch, weil ich sauer bin. Wir wollten eine Motorradtour machen – vergessen?«

»Tut mir leid, Struppi.«

»Nenn mich jetzt nicht Struppi. Und eins sag ich dir gleich, erwisch ich dich als Kurschatten irgend so einer aufgetakelten Tussi, dann ... dann.« Pia deutete einen Würgegriff an.

Eike nahm sie bei den Handgelenken und zog sie zu sich heran. »Ist ja nur für vier oder fünf Tage.« Er küsste sie.

Sie schob ihn von sich. »Warum lässt du dich von Struwe hin und her schubsen? Er ist ein echter ...« Sie hielt inne. »Na, du weißt schon.«

»Ja, und er weiß es auch«, sagte Eike und packte weiter seinen Koffer.

»Wir waren noch nie so lange voneinander getrennt. Ist ein seltsames Gefühl, findest du nicht?«

»Pia«, sagte Eike verständnislos und klappte den Kofferdeckel zu. »Ich werde ja nicht nach Chicago abkommandiert, sondern nach Bad Gandersheim. Das ist so nah, da können wir uns abends zuwinken.«

»Ich seh schon, wie dir die Damen aus den Kurkliniken zuwinken.«

»Struppi, bitte!«, warb er um Nachsicht, doch sie wandte sich ab.

»Du kannst mich mal. Mach du nur Winkewinke, ich gehe allein auf Tour.« Sie lief aus dem Schlafzimmer und knallte die Tür zu.

»Pia, bitte!«

Drei Tage bis zur Eröffnung

»Das kann doch nicht wahr sein! ... Eike Wolf.« Ein breites Lächeln erfüllte das Gesicht von Hauptkommissar Stefan Töpfer, Dienststellenleiter des Kommissariats von Bad Gandersheim. »Du bist das. Weißt du noch, wir beide auf der Polizeischule?«

»Ja, die haben drei Kreuze gemacht, als wir weg waren«, meinte Eike. »Hast du nicht immer bei mir abgekupfert?«

Töpfer taxierte Eike einen kurzen Moment, bevor sich sein Lächeln zu einem Grinsen transformierte. »Du machst Dienst in Altenau«, sagte er abfällig. »Ist das für einen Mann wie dich nicht ein bisschen langweilig da oben im Harz, wo sich Fuchs und Hase gute Nacht sagen?« Er stieß ein bellendes Lachen aus.

»Fuchs und Hase haben sich eben klugerweise für den Harz entschieden«, verteidigte Eike seinen Dienstort. »Und Hand aufs Herz, Bad Gandersheim ist auch nicht gerade der actiongeladene Ort, der Krimiautoren inspirieren würde.«

»Warts ab«, machte Töpfer klar. »Wenn die ersten

Besucherströme zur Gartenschau einfallen, wirds hektisch für uns. Verkehrsregelung, Taschendiebstahl, Tätlichkeiten, Sachbeschädigung, Körperverletzung und, und, und.« Er musste Luft holen.

Eike sah ihn an. »Wow«, gab er von sich, als sei er tief beeindruckt. »Ich werde mein Bestes geben.«

»Das ist noch nicht alles«, sprach Töpfer weiter, »wir müssen bei der Eröffnung mit Störaktionen einer Aktivistengruppe rechnen.«

Eike spitzte die Ohren. *Aktivistengruppe?*, ging ihm sofort durch den Kopf, *vielleicht bringt der Einsatz ja doch mehr Spannung als vermutet.* »Das klingt gut«, sprudelte es voreilig aus ihm heraus.

Töpfers Augenbrauen schnellten nach oben. »Bitte? Wie meinst du das?«, fragte er verwirrt.

»Äh ... naja ... ich meine, nicht diese Störenfriede, sondern die Herausforderung für unsere Arbeit. Etwas Abwechslung motiviert, nicht wahr?«, versuchte Eike sich zu rechtfertigen.

»Aber bitte nicht James Bond nacheifern«, riet Töpfer, »wir haben es hier nicht mit Terroristen, eher mit ein paar durchgeknallten Umweltschützern zu tun.«

»Was sind das für Typen?«, wollte Eike wissen.

»Erfährst du morgen bei der Einsatzbesprechung, um acht Uhr. Magst du einen Kaffee?«

»Gerne«, sagte Eike.

»Schwarz?«, fragte Töpfer und ging zur Kaffeemaschine.

»Mit Milch ... geschüttelt, nicht gerührt.« Töpfer prustete los, dass die Tasse überschwappte.

* * *

Man hatte für Eike eine kleine Ferienwohnung bei Frau Erdinger in der Petristraße angemietet, eine beredsame Frau Ende fünfzig. Sie vermietete die Dachgeschosswohnung ihres Einfamilienhauses hauptsächlich an Urlaubsgäste, seit sie als Witwe allein lebte, erzählte sie Eike beim Kennenlern-

Geplauder. Er fragte beiläufig, wie man in Bad Gandersheim so über die Landesgartenschau spricht.

»Überwiegend positiv«, legte sie los. »Was soll ich Ihnen sagen, die meisten freuen sich ja darauf, dass hier endlich wieder was los ist. Gerade nach dem Corona-Stillstand. Unsere Bürgermeisterin hat sich vehement dafür eingesetzt, dass die Stadt attraktiver wird und viele Besucher hoffentlich viel Geld in den Ort bringen. Leider gibt es immer welche, die Bedenken haben. Sie befürchten Verkehrschaos und Lärmbelästigungen. Man kann es eben nicht jedem recht machen, das ist oft so. Sollen die doch reden, ich finde, das wird dem Ort nachhaltig gut tun, meinen Sie nicht auch?«

»Ja, sicher«, stimmte Eike zu. Die Frau schien sich auszukennen, deshalb hakte er gleich nach. »Sagen Sie mal, Frau Erdinger, Sie scheinen ja bestens Bescheid zu wissen. Ich habe gehört, es soll eine Aktivistengruppe geben, die diese Veranstaltung am Liebsten verhindert hätte. Kennen Sie diese Leute?«

Eike hatte offenbar mit seiner Neugier bei ihr den Nerv getroffen, der ihr Mitteilungsbedürfnis befeuerte.

Ihre Augen leuchteten auf. »Ach, wissen Sie«, fing sie an, »das sind nur eine Handvoll Krümelkacker, nennen sich Ökoaktivisten. Für mich sind das Spinner. Die haben sich aufgeregt, weil für die Gartenanlagen einige Bäume und Büsche gerodet werden mussten. Sie meinten, ein Ökosystem würde dadurch unwiederbringlich vernichtet und sind damit vor Gericht gezogen. Der Richter hat die gleich wieder nach Hause geschickt. Gott sei Dank haben die sich nach der Schlappe rasch wieder beruhigt.« Sie unterbrach an dieser Stelle ihren Redefluss und sah Eike eine Sekunde stumm an. »Bis auf einen«, fügte sie dann hinzu und es klang so, als würde von dieser Person eine Bedrohung ausgehen.

»Wer ist das?«, fragte Eike nach.

»Olaf Backmüller, Spitzname ›Kackmüller‹. Der Mann ist ein Widerling und ein Ärgernis im gesamten Ort. Der haut jeden in die Pfanne, der nur falsch hustet, und Frauen empfinden seine Blicke als visuelle Vergewaltigung.«

»Ist er schon einmal straffällig geworden?«, unterbrach Eike.

Frau Erdinger lachte. »Bisher nicht, aber wenn der all seine Androhungen wahrgemacht hätte, würde er in der JAV längst ein Wohnrecht auf Lebenszeit haben. Als seine Klage neulich abgewiesen wurde, soll er gesagt haben, falls die Gartenschau tatsächlich eröffnet würde, würde er eine Bombe platzen lassen.«

»Hatte er platzen gesagt?«, wollte Eike genauer wissen.

»Ich war nicht dabei, habe ich nur so gehört«, antwortete Frau Erdinger.

»Trauen Sie dem so was zu?«, fragte Eike.

»Dem trau ich vieles zu, aber ne Bombe ... ich weiß nicht.« Sie hob die Schultern. »Aber stellen Sie sich vor, der Ministerpräsident hält seine Rede und eine Bombe geht hoch. Dann wars das mit der Gartenschau. Das würde selbst unsere Domfestspiele überschatten. Eine Katastrophe.« Ihre Stimme bebte etwas.

Eike berührte sanft ihren Arm. »Beruhigen Sie sich, Frau Erdinger. Ich werde ein Auge auf ihn haben«, versprach er.

»Ja, tun Sie das, ich glaube, der Mann wird unterschätzt.«

»Ist Kack ... äh ... ich meine Backmüller verheiratet, hat er Kinder?«

»Wer will so'n Stinkstiefel heiraten, nein, er hat nur eine Schwester. Mit der ist auch nicht gut Kirschen essen.« Frau Erdinger kicherte in sich hinein. »Die heißt bei uns nur Poppy.«

»Klingt wie ein Dackelname«, bemerkte Eike. »Und was macht die so?«

»Die arbeitet als Reinigungskraft in einer Reha-Klinik«, berichtete Frau Erdinger und fing wieder an zu kichern. »Nebenberuflich betreibt sie ein Dienstleistungsgewerbe«, ergänzte sie.

»So, was für eins?«, fragte Eike.

»Na ja.« Die Frage war Frau Erdinger sichtlich unangenehm.

»Hoppy-Poppy eben«, erklärte sie.

»Sie meinen ...« Eike sprach den Satz nicht zu Ende.

»Genau«, gab sie zu verstehen. »Die macht es für Geld.«

»Vielleicht sollte ich die Dame mal besuchen«, meinte Eike. Frau Erdinger zuckte und bedachte ihn mit einem empörten Blick. »Bitte?«

»Nicht, was Sie denken«, stellte Eike richtig, »um sie nach ihrem Bruder zu befragen.«

»Sie können es ja mal versuchen. Viel Glück dabei.«

Zwei Tage bis zur Eröffnung

Die Einsatzbesprechung am nächsten Tag verlief für Eike ernüchternd. Seine Fragen bezüglich Olaf Backmüller wurden als belanglos abgetan. Der sei zu dämlich, einen Knallfrosch zu zünden, geschweige denn, eine Bombe zu basteln, war die einhellige Meinung. Die Sicherung der Seebühne, wo die Reden gehalten würden, sei vorrangig. Falls nötig, sollten die Ökofritzen an Störaktionen gehindert werden. Eike wollte sich damit nicht abfinden. Bombendrohungen müsse man immer ernst nehmen, entgegnete er. Töpfer hielt dagegen, es würden ohnehin Hunde eingesetzt, die auf Sprengstoff trainiert seien. Eike reichte das nicht, er wusste, dass man auch Hundenasen überlisten konnte.

»Mensch Eike, du bist ein Quertreiber, so warst du schon auf der Polizeischule«, würgte Töpfer jede weitere Diskussion ab. Eike erwiderte nichts, er wusste, was zu tun war.

Ein Tag bis zur Eröffnung

Ein süßlich-scharfes Parfüm-Aroma wehte Eike entgegen, als Ingrid Backmüller alias Poppy die Tür öffnete. So etwas hatte er bisher nicht gesehen. Ihre körperlichen Vorzüge waren augenfällig und recht üppig ausgefallen. Ihr Gesicht lag jedoch unter einer dicken Schicht Make-up verborgen und wirkte wie eine Betonmaske. Eike konnte gerade noch dem Drang widerstehen, sie zu fragen, ob sie die Schminke mit der Rüttelplatte aufgetragen hatte.

»Nanu, ein Bulle, und so 'n hübscher, das gab's in Bad Gandersheim lange nicht mehr. Womit kann ich dienlich sein?«, empfing sie ihn an der Tür und ihre Augen rollten wie Laserscanner an ihm herunter und wieder zurück.

»Ich hab nur ein ... zwei Fragen bezüglich ihres Bruders«, sagte Eike.

Ihr Betongesicht schien Risse zu bekommen und drohte zu zerbröckeln. »Ich weiß nichts von dem und will auch nichts wissen. Dieser Hobby-Terrorist ist für mich tabu. Fragen Sie ihn doch selber«, keifte sie und machte Anstalten, die Tür zuzuknallen.

Eike drückte eine Hand gegen das Türblatt. »Moment.«

»Leck mich«, fauchte sie.

»Okay, dann reden wir mal über IHR Hobby«, versuchte Eike sie herauszufordern.

»Ich habe kein Hobby.«

»Und was ist mit Hoppy-Poppy?«

Sie guckte schief. »Was soll damit sein?«

»Dann zeigen Sie mir mal ihre Konzession und ihr Gesundheitszeugnis«, verlangte Eike.

Ingrid Backmüller schien zu wissen, wovon er sprach und sah ihn eine Weile abwartend an, dann lenkte sie kleinlaut ein: »Nur zwei Fragen«.

»Wann haben Sie Ihren Bruder zuletzt gesehen?«, fragte Eike.

Sie überlegte einen Moment. »Vor zwei Wochen«, sagte sie. Eike sah sie fordernd an, bis sie von sich aus weitererzählte: »In Einbeck. Plötzlich stand er im Baumarkt an der Kasse vor mir.«

»Was hat er gekauft?«, wollte Eike wissen.

»Irgendwelche Schnüre und Luftballons. Ja, weiße Luftballons. Ich fragte ihn noch, ob er zum Kindergeburtstag will. Er: Nee, zu einer Trauerfeier, eine, die man in Bad Gandersheim nicht vergessen wird, bezahlte und schwirrte ab.«

»Luftballons zur Trauerfeier«, murmelte Eike nachdenklich. »Trauen Sie ihm zu, einen Anschlag zu verüben?«, fragte er weiter.

»Einen Anschlag? Mit Luftballons? Also dazu fehlt mir die Fantasie«, antwortete sie. »Eh, das war schon die dritte Frage.«

»Aller guten Dinge sind drei«, sagte Eike. »Danke! Sie haben mir sehr geholfen.« Er drehte sich um und ging.

»Geholfen? Womit denn?«, rief sie ihm nach.

Die Nacht vor der Eröffnung

In Erwartung des großen Ereignisses schlief Bad Gandersheim dennoch ruhig und entspannt in dieser Nacht. Die Dunkelheit ruhte wie eine schützende Hand über der Stadt. Nur der schmale Lichtkegel einer Taschenlampe huschte durch die Schwärze und spiegelte sich auf der Wasseroberfläche des Osterbergsees. Schleichende Schritte, wie auf Zehenspitzen, näherten sich auf dem Kiesweg knirschend ihrem Ziel. Dort schwenkte der Schein aufwärts und wie vom Licht getragen schwebte das Dachsegel der Seebühne wie ein weißer Schleier über dem Wasser. Suchend tastete sich der Lichtkreis an der Unterseite entlang, an Seilen und Trägern vorbei, bis er für Sekunden verharrte. Dann folgte er, wie an einer Schnur geführt, an einer Stütze hinunter und weiter in ein Gebüsch. Das Licht erlosch.

Eike Wolf schlief in dieser Nacht spät, aber zufrieden ein.

Der Tag der Eröffnung

Schwerfällig schob der Mann seinen Rollator den Kiesweg entlang. Im rückwärtigen Teil der Seebühne, von einer Eibenhecke verdeckt, blieb er stehen, zog die Feststellbremse an und setzte sich auf die Sitzbank seiner Gehhilfe. Von dem Augenpaar, das ihn beobachtete, ahnte er nichts.

Musik spielte auf, dann sprach die Bürgermeisterin, nachfolgend der Landrat, zum Schluss der Ministerpräsident. Während er seine Grußworte an die Besucher richtete, erhob sich der Mann von seinem Rollator, griff in die Eibenhecke und zog ein Schnurende heraus. Plötzlich spürte er eine Präsenz im Nacken und hielt inne.

»Wenn du an der Schnur ziehst, Backmüller, klicken die Handschellen, hast du verstanden? Und es wird weh tun – sehr weh«, sagte die Stimme hinter ihm. »Wenn du aber bei drei die Schur losgelassen hast, kannst du mit deinem Pseudo-Rollator abschieben, als wär nichts gewesen ... eins ... zwei ...«

Der Mann ließ los und drehte sich um. »Scheiß Bulle«, fauchte er und schob mit hochrotem Kopf ab.

Der Ministerpräsident erklärte soeben die Ausstellung für eröffnet. Beifall brandete auf, Blasmusik schallte herüber und Eike flanierte vergnüglich durch die Parkanlage.

Am Tag danach

Hauptkommissar Töpfer katapultierte es aus seinem Bürostuhl. »Das kann doch nicht wahr sein. Eine Bombe, sagst du?«

»Eine harmlose Wasserbombe«, stellte Eike richtig.

Töpfer setzte sich wieder. »Direkt über dem Rednerpult?« Er war sichtlich erschüttert.

Eike nickte. »Euer Ortsteufel Backmüller hat unbemerkt drei wassergefüllte Luftballons unter dem Dach-segel platziert, die er mit einem nagelbestückten Holz zum Platzen bringen wollte. Er hätte nur kräftig an der Schnur ziehen müssen und unser Ministerpräsident wäre klitschnass nach Hannover zurückgefahren.«

»Mensch Eike! Die Blamage – nicht auszudenken. Warum hast du den Kerl laufen lassen?«

»Das war der Deal«, sagte Eike und lächelte verschmitzt.

Am Abend danach

Von Stunde zu Stunde vermisste Eike seine Pia mehr. Ob sie noch sauer auf ihn war? Mit schlechtem Gewissen fuhr er kurz entschlossen zum Feierabend nach Altenau.

Ein großer Blumenstrauß verdeckte Pia die Sicht, als sie die Tür geöffnet hatte. »Na, so sauer bin ich nun auch wieder nicht«, begrüßte sie ihn und musste sich das Lachen verkneifen.

»Kannst du ihn mir abnehmen, mir tut nämlich vom vielen Winkewinke machen die Hand weh«, frotzelte Eike. »Weißt du, was man dagegen tun kann?«

»Oh, ja«, sagte sie und riss ihn an sich.

Sie erlebten eine bewegende Nacht in Altenau. In Bad Gandersheim ging alles seinen Gang und in Hannover saß der Ministerpräsident noch spät im Büro und ahnte von all dem nichts.

Jürgen H. Moch

Gandland

Bad Gandersheim, Landesgartenschau
Sonntag 18. Juni 2023

»Pati, kümmere dich um den Stand, ich muss mir kurz mal die Beine vertreten.«
Patrizia Gand verdrehte die Augen, steckte ihr brandneues, teures Handy weg, auf dem sie bis eben noch im Internet gesurft hatte, und starrte ihrer Mutter hinterher, die sich eiligst zwischen die Büsche verdrückte.

»Die Beine vertreten … ja natürlich. Wer's glaubt! Es kauft doch eh keiner was«, brummelte sie vor sich hin, stand widerwillig auf und stellte sich hinter die Auslage des Blumenstandes. An diesem Wochenende drängelten sich die Besucher auf der Landesgartenschau. Dennoch hatten sie bislang kaum etwas von ihren selbstgemachten Blumengestecken verkauft. An den Preisen konnte es nicht liegen, denn diese waren niedrig kalkuliert. Ihr Stand befand sich an einem Zugang direkt gegenüber dem Kloster Brunshausen. Ihre Mutter hatte sich überlegt, dass hier ganz besonders viele Leute auf dem Weg zum Kloster und dem dortigen Café vorbeikommen müssten. Damit hatte sie Recht behalten, aber die meisten davon hatten nur Kaffee und Kuchen im Sinn.

Patrizia wollte nicht in den Kopf, wie ihre Mutter damit in letzter Zeit so viel Geld gemacht hatte. Wegen der Aussicht auf ein erhöhtes Taschengeld war Patrizia heute mitgekommen, aber nun fragte sie sich, wie ihre Mutter sie bezahlen wollte. Gelangweilt und missmutig griff Patrizia sich eine kleine Gießkanne und goss die Gestecke nach.

»Ganz alleine? Was willst du denn dafür haben, Schnuckelchen? Wo ist denn deine heiße Mami?«

Erstaunt blickte Patrizia auf und erschrak. Den etwa vierzigjährigen Mann im modischen Anzug, der sie angesprochen hatte, erkannte sie sofort. Ihr fiel auch sein Name ein: Bernhard Schmittke. Hinter vorgehaltener Hand nannte man ihn in der Stadt nur Schwalbenschmitti und jeder wusste, dass er eine verruchte Table-Dance-Bar leitete, wo halbnackte Frauen an Stangen tanzen mussten. Er bedrängte ihre Mutter schon länger. Sicher, sie sah für ihre knapp vierzig Jahre noch richtig gut aus und bei ihren Geldsorgen musste sie sehen, wie sie genug für Patrizia und sich selbst verdiente. Doch so tief würde sie nie sinken, hatte sie Patrizia versprochen. In den letzten Wochen ging es ihnen finanziell erstaunlich gut. Was wollte der Mann also hier?

»Na, was ist? Hat es dir bei meinem strammen Anblick die Sprache verschlagen, mein braunhaariges Häschen?«, fragte Schmittke amüsiert. Ein grobschlächtiger Bodybuilder schräg hinter ihm lachte dreckig auf. Das musste wohl ein Leibwächter sein. Patrizia brachte immer noch keinen Ton heraus und starrte stattdessen an ihm vorbei auf die Büsche, in die vor nicht einmal zwei Minuten ihre Mutter gelaufen war.

»He, bist du etwa stumm?«, bohrte er nun weiter.

Ihre Mutter hatte sich verdrückt und Patrizia hier alleine gelassen. Wieso flüchtete ihre Mutter nun auf einmal vor diesem Mann?

»Besser 'ne Stumme im Bett, als 'ne Taube aufm Dach!«, meldete sich die Stimme des anderen Mannes, woraufhin er über seinen eigenen Witz schallend zu lachen begann, dass sich die anderen Gäste der Landesgartenschau verwundert umdrehten. Hilfesuchend glitt Patrizias Blick umher. Wie sollte sie nur aus dieser misslichen Lage herauskommen?

Da! Zwischen den Büschen tauchte endlich das Gesicht ihrer Mutter auf. Sie blieb allerdings in Deckung und legte deutlich sichtbar den Finger auf die Lippen. Patrizia riss die Augen auf, weil sie nicht ganz verstand. Sie schaute erschrocken auf Schmittke, dessen Blick plötzlich ernster wurde, dann wieder zum Gebüsch. Ihre Mutter schüttelte heftig den Kopf und klopfte sich hektisch mit dem Finger auf die Lippen. Patrizia zwang sich, wieder Schmittke anzusehen, doch es war schon zu spät. Ihrem Blick folgend hatte er ihre Mutter ebenfalls entdeckt. Er zeigte direkt auf das Gebüsch, während er mit der zweiten Hand eine Pistole aus der Tasche zog.

»Da ist sie! Tom, schnapp sie dir!«

Ihre Mutter stieß einen angstvollen Schrei aus und verschwand zwischen den Büschen. Der Bodybuilder drehte sich um und rannte auf die ihm gewiesene Stelle zu, wobei er rücksichtslos andere Gäste aus dem Weg schubste.

»Danke, Süße!«, raunte Schmittke Patrizia noch zu, bevor er dem Anderen hinterherstürzte.

Wie vom Donner gerührt starrte diese weiter auf das Gebüsch. Was zur Hölle passierte denn hier gerade?

Endlich fanden ein paar weinerliche Silben den Weg über ihre Lippen. »Mama! Lauf, Mama!«

Getrieben von einer irrationalen Angst, die plötzlich in Patrizia aufkeimte, rannte sie den Männern nach. Auf die durcheinander rufenden Gäste achtete sie nicht. Sie musste einfach hinterher.

Äste peitschten ihr ins Gesicht, als sie sich durch die grüne Wand vor ihr warf. Das Geschrei der Gäste ebbte nicht ab, doch vor sich hörte sie deutlich rennende Personen. Der Hilfeschrei ihrer Mutter ließ sie zusammenfahren. Es konnte nur sie sein. Blindlings stürzte Patrizia weiter mitten durch das Landschaftsschutzgebiet Koppelwiese. Als sich das Gelände etwas öffnete, sah sie ihre Mutter wieder, die wie eine Verrückte um ihr Leben lief. Ungeachtet der Tatsache, dass die zwei Männer sie fast eingeholt hatten, hielt sie direkt auf den mittleren Teich zu. Auf dem Weg entlang der Gande blieben die Spaziergänger stehen und gafften herüber, aber nicht einer schien helfen zu wollen. Warum hielt ihre Mutter nur direkt auf den Teich zu? Sie konnte doch gar nicht schwimmen, genauso wie Patrizia. Außerdem was nutzte es denn? Die Teiche waren gar nicht so tief. Sie würde so niemals entkommen. Während Patrizia weiterrannte, hämmerte ihr Herz ihr bis zum Hals. Der Bodybuilder streckte seinen Arm aus, gleich, gleich würde er die Flüchtende erreichen. Dann blieb Patrizia fast das Herz stehen, als ihre Mutter sich aus vollem Lauf kopfüber in den Teich stürzte. Schmittke bremste noch ab, aber der Muskelberg schaffte das nicht mehr und fiel hinterher. Er tauchte nach einem kurzen Moment wieder auf, prustete und fluchte wütend: »So ein Scheiß! Ich bin total nass. Wo ist die Nutte hin?«

»Sie kann nicht weit sein, du Hornochse. Such sie!«, kommandierte Schmittke und trat ganz an den Rand, steckte aber die Waffe weg, damit die Zuschauer sie nicht sahen.

Der andere, der wohl Tom hieß, drehte sich um und suchte das trübe Wasser ab. Er stand bis zum Bauch im Teich.

Auch Patrizia, die ebenfalls im Rücken von Schmittke stehengeblieben war, blickte suchend über die Wasseroberfläche. Nirgendwo tauchte ein Kopf auf. Die einzigen Wellen gingen von Tom aus. Innerer Horror bemächtigte sich ihrer. Ihre Mutter war untergegangen – verschwunden.

Nach einer ganzen Weile murrte Tom. »Lassen wir es gut sein. Wir erwischen sie ein anderes Mal, Boss.«

»Such du hier weiter, ich schnappe mir ihre Tochter. Dann wird sie schon kommen«, knurrte Schmittke und drehte sich genau in diesem Moment um. Als er Patrizia kaum zehn Meter hinter sich erblickte, grinste er gehässig. »Da kommt das Täubchen ja schon geflogen. Wenn deine Mutter nicht mehr für mich tanzen will, dann wirst du es tun, um das abzuarbeiten, was das durchtriebene Miststück mir vor ein paar Wochen gestohlen hat. Schau nicht so blöd. Glaubst du etwa, mit den lächerlichen Blumengestecken kann sie sich eure Wohnung leisten?« Er lachte laut auf. »Du bist ja noch naiver, als ich dachte. Kannst rauskommen, Tom.«

Er hatte gerade einen Schritt auf Patrizia zu gemacht, da schrie plötzlich Tom auf. Schmittke wirbelte herum.

Patrizia sah wie vom Donner gerührt, wie sich ein schlanker Arm um den Hals des Leibwächters gelegt hatte und ihn nach hinten ins Wasser riss. Kurz war noch der Körper einer

Frau zu sehen, dann schien das Wasser zu brodeln. Ein heftig zappelndes Bein tauchte auf, dann ein Arm. Wie gelähmt beobachtete sie weiter, wie Schmittke wieder die Waffe zog und auf das brodelnde Wasser zielte und schoss.

Patrizia dachte nicht mehr, sie handelte nur noch. Mit einem Schrei stürmte sie auf Schmittke zu, der sich zu ihr umzudrehen versuchte, doch da prallte sie auch schon aus vollem Lauf in ihn und beide stürzten in den Teich. Das Wasser schlug über ihnen zusammen. Eine Macht zog sie in die Tiefe, die in Patrizia erneute Panik aufkeimen ließ. Sie schrie, doch damit füllte nur Wasser ihren Mund und lief ihr in die Lungen. Dann wurde alles schwarz.

Bad Gandersheim, allgemeines Krankenhaus
Montag, 19. Juni 2023

»Herr Doktor, sie wacht langsam auf«, sagte eine Frauenstimme.

Als Patrizia stöhnend die Augen aufschlug, blickte sie in das freundliche Gesicht einer Krankenschwester. Ein Arzt tauchte in ihrem Blickfeld auf.

»Hallo, Patrizia. Ich bin Doktor Ullmann. Schön, dass du wieder zu dir gekommen bist. Wie geht es dir?«

»Wo bin ich?«, war das Einzige, was sie herausbrachte.

»Du bist in Sicherheit im Krankenhaus. Man hat dich ganz nass und unterkühlt eingeliefert.«

Zunächst konnte sich Patrizia keinen Reim darauf machen, doch dann setzten sich Fragmente von Erinnerungen in ihrem Geist langsam zusammen. Der Teich – das Wasser – Schmittke – ihre Mutter …

»Wo ist Mama?«, fragte sie erschrocken.

»Darüber können wir später sprechen. Jetzt muss ich dich erst einmal untersuchen«, wich Doktor Ullmann aus, doch das verschaffte Patrizia ungeahnte Energie.

»Wo ist Mama? Was ist mit ihr? Hat Schmittke sie etwa erschossen? Ist sie ertrunken?«, schrie sie jetzt voller Panik.

»Wer ist Schmittke?«, fragte der Arzt irritiert.

Da meldete sich eine dritte Stimme zu Wort, die zu einer Person gehörte, die genau in diesem Moment mit energischen Schritten das Zimmer betrat. Sie gehörte zu einer Frau in einem bunten Sommerkleid, deren halblanger blonder Haarschopf ihr hübsches Gesicht einrahmte. »Schmittke ist einer der beiden toten Männer, die man aus dem Teich nahe der Gande gezogen hat. Vielen Dank für Ihre Arbeit, Doktor Ullmann, aber ab hier übernehmen wir.«

Verwundert blickten dieser und die Krankenschwester auf die Frau, der nun auch noch eine noch jüngere, sehr große Schönheit mit üppiger blonder Mähne folgte. Sie schien kaum älter zu sein als Patrizia selbst. Ihr Gang hatte etwas so Dominantes an sich, dass alle drei im Raum sie anstarrten, als sie die Tür schloss, sich lässig daneben an die Wand lehnte und schließlich Patrizia abschätzend anblickte. War da ein rotes Glimmen in ihrem Blick?

»Schmittke und Tom sind tot? Wo ist Mama? Wer sind Sie?«, stammelte Patrizia erneut.

»Das erklären wir dir gleich, aber erst einmal müssen die zwei hier schweigen.« Damit tippte die Ältere der beiden der Krankenschwester an die Stirn, während sie etwas dazu murmelte. Die Schwester sackte sofort wie ein nasser Sack zu Boden. Der Arzt reagierte blitzschnell und versuchte zur Tür zu flüchten, doch schon wirbelte die große Blonde mit schier übermenschlicher Geschwindigkeit an ihn heran und rammte ihm die Hand unter das Kinn, dass er vom Boden gehoben wurde und durch den halben Raum flog, wo er quer auf dem zweiten Bett des Krankenzimmers ohnmächtig landete.

»Elisabeth, musst du immer so heftig zuhauen? Jetzt muss ich ihm nicht nur die Erinnerungen nehmen, sondern ihn auch noch heilen«, zischte die Ältere.

»Ach, ich vergesse immer, dass Menschen so wenig resistent sind«, versuchte sich die Angesprochene zu entschuldigen, aber es klang überhaupt nicht einsichtig. »Ich könnte es inzwischen selbst mal versuchen mit dem Heilen.«

»Untersteh dich! Deine Ergebnisse sind mir viel zu impulsiv. Nein, das ist ein Job für eine ausgebildete Hexe.«

Patrizia klappte der Unterkiefer herunter. »Ihr seid keine Menschen?«

»Du bist ja eine richtige Blitzmerkerin, Pati«, grinste Elisabeth und schenkte ihr ein Lächeln, das Patrizia jetzt doch nervös machte, denn es hatte etwas Wölfisches an sich.

»So nennen mich nur meine Freunde«, entgegnete sie schließlich.

»Aber wir sind deine Freunde, Nymphe. Wir sind dein Rettungskommando vor dem Rat«, grinste Elisabeth zurück und kam herüber.

»Wie? Was für ein Rat? Ich habe nichts Falsches gemacht. … Äh, wie hast du mich gerade genannt?«

»Ich habe dich Nymphe genannt, weil du eine bist, genauso wie deine Mutter. Wassernymphe, um genau zu sein. Wusstest du, dass ihr mit den Sirenen verwandt seid?«

Patrizia schüttelte sich. »Was erzählst du da? Und wer zur Hölle seid ihr?«

»Oh, nett, dass du fragst. Anna Binsenkraut hier ist eine waschechte und berühmte Hexe und ich bin eine Werwölfin … mit besonderen Zusatzqualifikationen. Wie auch immer – belassen wir es dabei. Du musst dein Territorium beanspruchen und wenn du frei sein willst, schließt du dich dem Harzbund an.«

»Was redest du denn da? Territorium beanspruchen? Harzbund anschließen? Ich will zu meiner Mutter.«

»Das ist genau das Problem«, mischte sich nun die Hexe namens Anna ein. »Deine werte Mutter war bislang die Nymphe von Bad Gandersheim. Ihr heißt doch Gand oder etwa nicht.«

Patrizia nickte zögerlich.

»Und durch Bad Gandersheim fließt die Gande, die mit der Nymphenwelt verbunden ist. Deine Mutter hat sich all die letzten Jahre neutral verhalten und das Wasser gemieden, weil sie sich so nie entscheiden musste, ob sie sich dem Rat in

Berlin unterwirft oder zum Harz gehörig erklärt. Dafür fehlte ihr der Rebellengeist. Aber das hat sich geändert, nachdem sie einerseits ein Aufsehen bei Nichtmagischen erzeugt und zwei Männer getötet hat. Sie wird vom Rat gejagt werden. Aber du bist diesbezüglich unschuldig. Wenn du dich hier und jetzt zum Harz gehörig erklärst, dann können wir unseren Schutz auf dich ausdehnen und du kannst deiner Bestimmung frei folgen.«

Patrizia schwirrte der Kopf. Das klang alles so dermaßen abgedreht, dass sie es nicht glauben konnte. »Wo ist Mama?«, wiederholte sie zum x-ten Mal ihre Frage.

Anna seufzte schwer. »Sie ist auf der Flucht. Auch in der magischen Welt ist Doppelmord ein Verbrechen. Und noch schwerer wiegt, dass sie beinahe die magische Welt verraten hätte durch ihren Auftritt. Wir hatten alle Hände voll zu tun, um die Fotos unschädlich zu machen, die all die Leute mit ihren Handys geschossen haben.«

Plötzlich wurde die Tür aufgerissen und ein junger Mann stürzte in das Krankenzimmer. »Mama, die Jägerinnen sind gleich da. Sie sind schon im Fahrstuhl. Hat sie schon unterschrieben?«

»Nein, Theo, sie ist immer noch zu verwirrt.«

Elisabeth knackte mit den Knöcheln, während sie sich bereits auf die Tür zubewegte. »Ich halte sie auf und verschaffe euch Zeit.«

»Was um alles in der Welt soll ich denn unterschreiben?«, schrie jetzt Patrizia, die Angst bekam, dass ansonsten gleich ein Kampf ausbrechen würde.

Der junge Mann lächelte und schnippte mit der Hand. Mit einem Knistern erschien ein Pergament darin. Es sah alt aus. Er reichte es Patrizia mit einer eleganten Bewegung. Auf dem Pergament stand in alten schwungvollen Worten ein Text, den Patrizia nicht entziffern konnte. Irgendwas mit *herzynia* meinte sie erkennen zu können. Jede Menge rotbraune Daumenabdrücke befanden sich unter dem Dokument neben mehreren großen Wachssiegeln. Anna trat von der anderen

Seite hinzu und hielt ihr ein Messer hin. »Wenn du gewillt bist, uns beizutreten, dann sage deinen Spruch und drücke deinen Daumen auf die Urkunde.«

»Mit meinem Blut?«

»Ich sagte doch, dass sie schnell begreift. Jetzt fragt sie sicher gleich, ob sie sich dafür mit dem Messer schneiden soll. Lass dir nur Zeit, Pati. Ich habe schon lange keinen Trupp der Jägerinnen mehr aufgemischt«, kicherte Elisabeth von der Tür her, als wenn das alles ein großer Spaß wäre.

»Du bist doch total bescheuert. Nie im Leben bist du eine Werwölfin. Ihr verarscht mich doch alle. Es gibt keine Magie«, leugnete Patrizia protestierend das Offensichtliche, während sie inzwischen vor Aufregung kerzengerade in ihrem Krankenbett saß.

»Auch das noch«, stöhnte Anna. »Typische Verweigerungshaltung! Wir haben keine Zeit mehr. Sie sind gleich da. Elisabeth, komm her, Kreis bilden. Ich portiere uns alle hier raus.«

»Schon gut, schon gut. Ich mach ja. Was muss ich sagen?«, fauchte Patrizia dazwischen, die nicht portiert werden wollte, was auch immer das heißen sollte.

Theobald lächelte verschmitzt und sagte dann: »Wir haben fast keine Zeit mehr, also sprich mir einfach nach: Ich, Patrizia Gand, legitime Nymphe von Bad Gandersheim …«

Patrizia schluckte und wiederholte dann mit zittriger Stimme die Worte.

»… beanspruche das Territorium Bad Gandersheim als meines und trete hiermit freien Willens dem Harzbund bei, der mir ab sofort meine Heimat und mein Schutz ist.«

Als sie die Worte wiederholt hatte und zögerte, nahm Anna das Messer, das Patrizia ihr immer noch nicht abgenommen hatte, und schnitt ihr in den Finger.

»Aua, das tat weh!«, fluchte diese.

»Wenn du die Worte wirklich gemeint hast, dann drück deinen Finger jetzt auf die Urkunde. Du hast noch etwa sieben Sekunden, dann bricht hier die Hölle los.«

Patrizia zögerte, da flog erneut die Tür auf und drei Frauen in merkwürdigen Kampfanzügen traten ein. Bläuliches Licht umrahmte sie. Elisabeth knurrte und schlagartig wuchs ihr Fell, während messerscharfe Krallen aus ihren Fingern schossen. Eine gleißende Kugel erschien in Annas Hand, bei Theobald war es Feuer.

In diesem Moment drückte Patrizia ihren Daumen auf das Dokument und schrie, dass auch alle sie hören konnten: »Ich beanspruche mein Territorium und trete hiermit dem Harzbund bei!«

Und sie meinte es wirklich so. Ein Gefühl, das sie nie verspürt hatte, wallte in ihr auf und ließ die Wasserflasche auf dem Tisch explodieren. Das Pergament erglühte und verschwand mit einem *Plopp*.

Anna warf ihr einen süffisanten Blick zu. »Du hast ein Händchen für dramatische Szenen, Pati. Das gefällt mir.« Dann wandte sie sich grinsend den drei fremden Frauen zu. »Oh, willkommen, Mädels. Ihr befindet Euch genau seit diesem Augenblick auf Harzgrund. Hier habt ihr keinerlei Macht mehr. Zieht ab oder wir erachten das als eine Kriegserklärung.«

Die Reaktion der drei war verblüffend. Nachdem sie kurz wutentbrannte Blicke auf die versammelten Personen geworfen hatten, drehten sie sich wieder um und verließen den Flur.

»Was um alles in der Welt bin ich gerade da eingegangen?«, fragte Patrizia, als sie ein wenig schockiert beobachtete, wie sich das goldschimmernde Fell auf Elisabeth zurückzog und diese sich die Wäsche geraderückte.

»Das erzählen wir dir ein anderes Mal, oh Nymphe der Gande. Jetzt sollten wir hier verschwinden«, kommandierte Anna und warf Patrizia ihre Sachen zu, die sie aus dem Schrank geholt hatte.

Und so tat sich Patrizia Gand eine neue Welt auf, die sie sich nie hatte träumen lassen.

Dirk Rühmann

Die verlorenen Seelen am Skulpturenweg

Obwohl er stramm auf die sechzig zusteuerte, fand sich kein Gramm zu viel unter seiner pockennarbigen Haut, die die Sommersonne der letzten Wochen stark gebräunt hatte. Thomas Wetzig schwang sich jeden Morgen auf sein Rennrad, mit dem er die zwölf Kilometer zwischen seinem Wohnhaus im Flecken Lamspringe und seiner Dienststelle in Bad Gandersheim in atemberaubender Geschwindigkeit zurücklegte. Am Abend ließ er sich auf dem Nachhauseweg in entgegengesetzter Richtung ein wenig mehr Zeit. Er wollte dann etwas ausspannen und einiges von dem Stress abbauen, den er während seiner Tätigkeit als Kriminalkommissar täglich aufbaute.

Natürlich wirkt eine Kleinstadt wie Bad Gandersheim im Gegensatz zu einer Großstadt wie die viel beschworene heile Welt, die es jedoch auch hier nicht gibt und gab, wie überall anders vermutlich auch nicht. Mit richtig schlimmen Sachen war Hauptkommissar Wetzig Gott sei Dank nie konfrontiert worden, aber das eine oder andere abscheuliche Verbrechen hatte sich in all seinen Dienstjahren auch hier ereignet.

Seine tägliche Radroute verlief über die zum Fuß- und Radweg umgebaute ehemalige Eisenbahntrasse der Lammetalbahn. Der Personenverkehr auf dieser Strecke fiel den allgemeinen Bahnstilllegungen der Siebzigerjahre des vergangenen Jahrhunderts zum Opfer. Güterverkehr hier und dort gab es noch bis in die Achtziger hinein.

Nun waren an der rund zwölf Kilometer langen Trasse allerlei Skulpturen rechts und links des Weges in größerem Abstand aufgestellt worden. In unmittelbarer Nähe einer jeden befand sich immer eine Bank zum Verweilen.

Der Ende der 1990er Jahre angelegte Skulpturenweg bietet auf seiner sich durch die Landschaft schlängelnden Route mit geringfügigen Höhenunterschieden immer wieder faszinierende Panoramablicke. Mal fühlt es sich an, als schwebe man regelrecht erhaben durch die Lande. Dann wieder ist man eingehüllt von grünen Hügeln, in die die Trasse eingeschnitten wurde. Über alte Brückenbauwerke fährt man hinweg und sieht unter sich Straßen und Wegeverbindungen. Mindestens eine Brücke überspannt den Skulpturenweg, also die ehemalige Bahntrasse.

Kurz vor einer lang gezogenen Rechtskurve, bevor die Trasse abschüssig wird, stand eine äußerst merkwürdige Skulptur. Jeden Morgen raste Wetzig an ihr vorbei und nahm sie eigentlich nur aus dem Augenwinkel wahr. Diese Skulptur hätte nie sein Interesse auf sich gezogen. Er hatte als Kunst- und Kulturbanause wenig übrig für diese schönen Gewerke, fand sie sogar manchmal störend und hässlich.

Es war der ältere Mann, der fast jeden Morgen auf der Bank saß, die schräg gegenüber von dieser Skulptur zum Verweilen einlud. Durch ihn gewann das Kunstwerk am Wegesrand eine gewisse Bedeutung für Wetzig. Der Kriminalkommissar stellte sich nämlich die Frage, weshalb dieser Mann jeden Morgen in der Früh ausgerechnet an dieser Stelle saß.

So beschloss er, an diesem sonnigen Spätsommermorgen auf dem Nachhauseweg an jener Skulptur anzuhalten, selbst einmal auf der Bank Platz zu nehmen und sich das Kunstwerk genauer zu betrachten.

Es handelte sich um eine riesige braune Scheibe, auf der zwei schwarze Kruzifixe zu sehen waren. Das eine war riesengroß und das andere wesentlich kleiner. Es waren Kreuze wie jenes, an dem der Heiland sterben musste. Kein Zweifel! Sie symbolisierten den Tod. Ein großer Mensch und ein kleiner. Dann war da der alte Mann, der fast jeden Morgen in der Früh auf der Bank gegenüber von dieser Skulptur saß und sie irgendwie auf sich wirken ließ.

Wetzig schaute am Fuß der Figur nach dem Messingschild, das an jeder angebracht worden war, sodass sich der Betrachter informieren konnte, wer das Kunstwerk hergestellt hatte, welcher edle Spender der Stifter war und an welchem Tag es hier installiert worden war.

Schiller. Der bekannte deutsche Dichter mit doppelter Staatsbürgerschaft – der deutschen und der französischen. Doch der konnte mit dieser Skulptur nichts am Hut haben. Allerlei Namen schossen Wetzig durch den Kopf, mit denen er dienstlich einmal zu tun gehabt hatte. Aber ein Schiller war nicht darunter. Oder? Der jedenfalls hatte das Kunstwerk gestiftet, während ein gewisser Hahne es hergestellt hatte.

Zwei Kruzifixe auf einer runden Scheibe und ein alter Mann, der sie regelmäßig betrachtete und auf sich wirken ließ. Warum?

Wetzig schwang sich wieder auf sein Rennrad und setzte seinen Nachhauseweg über die ehemalige Trasse der Lammetalbahn fort.

Zwei tote Menschen, ein großer und ein kleiner! Seine Gedanken kreisten, schienen sich aber auf keinen Punkt einigen zu können, an dem sie ruhen würden.

Plötzlich war er da, der Moment, der seine Gedankenwelt zum Stehen brachte. Wetzig stoppte sein Fahrrad und stieg ab. Nun schob er es neben sich her und hing dem Gedankenfetzen nach, der alles zum Stillstand gebracht hatte.

Ein großer und ein kleiner Mensch. Jetzt wusste er es wieder. Wie hatte er es nur so lange verdrängen können?

Im Jahre 2005, Papst Johannes Paul II. und Harald Juhnke waren fast zeitgleich von der Welt gegangen, da gab es in Bad Gandersheim jenen spektakulären Vermisstenfall, der bis heute nicht aufgeklärt werden konnte. Eine Frau von vierzig Jahren und ihr siebenjähriger Sohn waren vom Ehemann und Vater des Kindes vermisst gemeldet worden.

Da hatte ein Mann seine Familie verloren und war selbst in Verdacht geraten. Wetzig hatte diesen tragischen Fall seinerzeit nicht bearbeitet, war aber streckenweise in die Ermittlungen eingebunden. Allerdings verliefen diese ohne jeglichen Erfolg. Frau und Kind blieben für immer verschwunden und dem Ehemann und Vater konnte keine Beteiligung an einem möglichen Verbrechen oder gar die Alleinschuld daran nachgewiesen werden. Es hatte Verdachtsmomente gegeben, die jedoch aus der Welt geräumt werden konnten. Verdächtigt wurde der Mann irgendwann nicht mehr, aber Frau und Kind sollte er nie wiedersehen. Und diese Familie hieß Hahne. Nun war es ihm wieder eingefallen.

Da war ein weiterer Verdächtiger, dem man unterstellte, ein Verhältnis mit Frau Hahne gehabt zu haben. Auch ihm konnten Wetzig und seine Kollegen seinerzeit nichts beweisen. Allerdings hieß dieser Mann nicht Schiller, sondern Klein. Nun hatte der Hauptkommissar alles wieder abrufbereit in seinem Kopf.

Daraufhin beschloss er, am nächsten Morgen an der Bank gegenüber der fraglichen Skulptur zu halten und den alten Mann anzusprechen.

So legte er sich schon Gedankenmodelle zurecht, als er in Lamspringe am frühen Morgen auf sein Rad stieg und losbrauste. Doch als er endlich an der lang gezogenen Rechtskurve angelangt war, fand er die Bank leer vor. Ausgerechnet an diesem Tag war der alte Mann nicht gekommen. Wetzig wartete noch eine Weile. Vergebens. Der Himmel zog zu und es begann zu regnen. Da fuhr er schnell weiter und suchte in seiner Dienststelle nach den Akten aus dem Jahre 2005.

Da sie noch nicht digitalisiert vorlagen, dauerte es eine Weile, bis er sie im Keller des Backsteingebäudes der Polizei von Bad Gandersheim gefunden hatte und zunächst den Staub von ihren Deckeln hinunterpustete. Dann setzte er sich an seinen Schreibtisch, nachdem er zuvor die Bürotür abgeschlossen hatte, um sich ungestört der trockenen Lektüre der alten im spröden Beamtendeutsch geschriebenen Akten widmen zu können. Schnell hatte Wetzig sich eingelesen und seine Erinnerung an jene Teile der Arbeit, die er ausgeführt hatte, war wieder erwacht.

Es war eine Geschichte von Liebe, Hass, Ehebetrug, Verdächtigungen und Intrigen. Am Ende verschwanden zwei Menschen spurlos und tauchten nie wieder auf.

Ein gewisser Harald Klein hatte mit Michaela Hahne ein Verhältnis angefangen, was ihm Jakob Hahne unterstellte und vorwarf. Klein aber stritt es hartnäckig ab. Dann wurden beide Männer von der Polizei einmal in Ausnüchterungszellen gestopft, da sie sich in einer Kneipe geprügelt hatten. Ihre gegenseitigen Anzeigen wegen Körperverletzung zogen sie am Ende zurück.

Wetzig besah sich die Fotos von Klein und Hahne in den Akten. Er versuchte, sich den alten Mann auf der Bank vor seinem inneren Auge vorzustellen. Mit ein bisschen Fantasie würde er sagen, dass das Hahne gewesen sein könnte.

Damals wurde angenommen, Michaela Hahne habe mit ihrem Sohn zusammen Bad Gandersheim fluchtartig verlassen und sei irgendwo an einem unbekannten Ort untergetaucht. Wetzig hatte sich mit dieser Erklärung schon damals nicht zufriedengegeben. Für ihn waren beide tot. Doch beweisen ließ sich nichts und Spuren konnten von seinen Kollegen keine gefunden werden.

Im Laufe der Jahre hatte der Hauptkommissar die tragischen und zugleich so rätselhaften Ereignisse einfach verdrängt. Er war ja ohnehin nicht der die Ermittlungen leitende Beamte gewesen. Doch jetzt hatte er wieder alles vor sich und die aberwitzige Idee, das Verbrechen von damals aufklären zu können. Die Skulptur am Rande der ehemaligen Bahntrasse war des Rätsels Lösung. Dessen war er sich sicher. Sie würde ihn zum Mörder führen und zu den beiden nie gefundenen Leichen.

* * *

Vorsichtig öffnete Jakob Hahne die Tür seines Hauses, nachdem es geklingelt hatte. Hauptkommissar Wetzig stellte sich mit gezücktem Dienstausweis kurz vor und erkannte in dem alten Mann jenen, der bis vor Kurzem auf der Bank gegenüber der fraglichen Skulptur gesessen hatte.

Er bat den unerwarteten Besucher zu sich herein und die beiden Männer nahmen im Wohnzimmer Platz.

»Sie sitzen morgens nicht mehr am Skulpturenweg«, eröffnete Wetzig das Gespräch.

»Bemüht sich deswegen die Polizei zu mir, um mich zu fragen, was ich stattdessen morgens mache?«, fragte Hahne verwundert zurück.

»Das große Kreuz auf der braunen Scheibe steht für Ihre Frau und das kleine für Ihren Sohn. Beide sind seit 2005 tot. Und Sie wissen es. Deshalb haben Sie diese Skulptur angefertigt und sitzen dort fast jeden Tag davor. Als Beruf haben Sie damals Künstler angegeben. Wie alt sind Sie jetzt?«

»65.«

»Ich hätte Sie älter geschätzt. Zwei Morde, das nimmt einen mehr mit, als man sich vorstellt. Stimmt's?«

Hahne schwieg und sah betreten aus dem Fenster. Im Hintergrund war die Spitze vom Kirchturm des Gandersheimer Doms zu sehen.

»Lebt Klein noch?«

»Vor zwei Jahren an Krebs gestorben. Da hat er vom lieben Gott seine Strafe für das bekommen, was er mir angetan hat.«

»Er hat das Verhältnis mit Ihrer Frau abgestritten.«

»Er ja. Aber sie hat es zugegeben. Mir gegenüber.«

»Da haben Sie sie getötet«, schlussfolgerte Wetzig.

»Erschlagen. Im Affekt.«

»Und Ihr Sohn? Der kleine unschuldige Junge von gerade einmal sieben Jahren?«, bohrte der Hauptkommissar in Hahnes Seele herum.

»Das war Vorsatz. Ich war einfach noch nicht fertig. Irgendwas Schlimmes musste noch passieren. Als ich auch ihn totgeschlagen habe, bin ich erst wie aus einem tiefen Schlaf aufgewacht.«

»Und dann haben Sie eiskalt gehandelt, alle Spuren verwischt und die beiden Leichen verschwinden lassen. Danach haben Sie Ihre Frau und Ihren Sohn bei uns als vermisst gemeldet. Siebzehn Jahre ist nichts herausgekommen. Und jetzt gestehen Sie, weil ein Bulle an Ihrer Tür klingelt und Sie danach fragt, weshalb Sie morgens nicht mehr am Skulpturenweg sitzen.«

»Ich wusste, wer Sie sind. Jeden Morgen habe ich gedacht, da fährt das Gesetz auf dem Rennrad den Skulpturenweg entlang. Und ich habe gewusst, wenn ich eines schönen Tages da nicht mehr sitzen werde, dann kommen Sie zu mir.«

»Wer ist Schiller?«

»Der Mann, der mir geholfen hat, die Leichen zu beseitigen.«

»Der, mit dem Sie dann ein Grabmal schufen für die Getöteten. Haben Sie die Leichen dort verbuddelt, wo Sie die Skulptur errichtet haben?«, fragte Wetzig den doppelten Mörder jetzt sehr direkt.

»Haben wir. Seit rund siebzehn Jahren sitze ich dort und bitte die verlorenen Seelen um Vergebung. Oft gehe ich den Skulpturenweg weiter hinauf bis zum Kreuz am Wegesrand von Gerd Winner. Dann flehe ich den Gekreuzigten an, dass er mir vergeben möge.«

»Und? Hat er Ihnen vergeben?«

»Der himmlische Richter kann uns nur vergeben, wenn wir uns zuvor einem irdischen Gericht gestellt haben. Wenn wir Verantwortung übernehmen für das, was wir getan haben. Wenn wir unsere gerechte Strafe empfangen. Der erste Christ der Menschheitsgeschichte war ein Mörder. Es war der, der zur Rechten Jesu gekreuzigt wurde. Jesus sagte ihm in seiner Todesstunde, dass er noch heute mit ihm im Paradies sein werde. Zuvor aber hat der Mörder vor Gott bekannt, dass er seine gerechte Strafe empfangen hat.«

»Sie wollten gestehen. Warum erst jetzt?«

»Ich war so naiv, zu glauben, dass ich es verdrängen könnte. Mit jedem neuen Tag, der ins Land gegangen ist, begann mich meine Tat weiter aufzufressen. Nun haben Sie mich. Die Gerechtigkeit hat gesiegt. Ich bin ein schauriger Mörder und bitte Gott um Vergebung und darum, dass ich auf Erden einen fairen Richter bekomme.«

»Dann packen Sie jetzt Ihre Sachen und begleiten mich, bitte!«, sagte Wetzig sehr bestimmt.

»Ersparen Sie mir, dass ich dabei sein muss, wenn Sie die Skulptur abbauen und die Leichen exhumieren.«

Wortlos überging der Hauptkommissar diese Bitte.

* * *

Zwei Tage später war schweres Gerät am Skulpturenweg aufgefahren worden, um mit dem Abbau von Hahnes schaurigem Kunstwerk zu beginnen. Nachdem die braune Scheibe entfernt worden war, wurde das Erdreich umgegraben. Schließlich legten die Spurensicherungsbeamten der Polizei zwei Skelette frei, die sie vorsichtig aus der Erde holten.

Wenn Wetzig an den folgenden Tagen mit dem Rad an dieser Stelle vorbeikam, fiel ihm die Lücke auf. Eine Skulptur fehlte. Und ein eiskalter Schauer lief über seinen Rücken. Siebzehn Jahre war er völlig ahnungslos mit dem Rennrad an den verlorenen Seelen am Skulpturenweg vorbeigefahren und hatte den Mörder auf einer Bank sitzen sehen.

Wie der Erdenrichter urteilen würde, stand im Gesetz. Was beim Jüngsten Gericht entschieden werden würde, weiß nur Gott allein.

Als Wetzig an diesem kalten Morgen an der fraglichen Stelle vorbeifuhr, kam ihm der Gedanke in den Sinn, dass vielleicht die Bank dort auch entfernt werden sollte. Es war kein schöner Ort mehr. Und zum Verweilen würde er wohl niemals wieder einladen.

Reinhard Lehmann

Die Drohne

Brandgeruch lag in der Luft.

»Verdammt, was ist denn das? Riechst du nichts«, brummte Polizeikommissar Tommy Dorn seinen Freund an. Der stand neben ihm vor den Toren des Gerätehauses der Feuerwehr in Bad Gandersheim. Die Bemerkung kränkte ihn.

»Wer von uns beiden ist der Feuerwehrmann? Du? Ich?«, antwortete er beleidigt. »Dämliche Frage. Hab ich lange vor dir bemerkt.«

Die Reaktion darauf blieb aus. In dem Augenblick setzte der charakteristische an- und abschwellende Heulton einer Sirene ein. Am Stadtrand mischten sich grauschwarze Rauchwolken mit gelben Schleiern unter das dezente Blau des Frühjahrshimmels. Die zackigen Gebilde hingen in der Luft wie farbige Kleckse. Sie verweilten dort wie künstlich arrangiert. Bald würde der Wind eine trübe, bedrohlich breite Bahn in Richtung Freigelände der Landesgartenschau schaufeln.

»Feueralarm! Ha! Hab mich demnach nicht getäuscht. Und wer hat nun recht?«

»Schon klar! Die Übungsstunde fällt heute aus. Dann packe ich die Drohne mal wieder ein. Ich melde den Einsatz bei der Feuerleitstelle ab.«

»Okay, tu das. Da trennen sich dann unsere Wege.«

Kaum ausgesprochen, tönte eine Stimme aus dem Handfunkgerät.

»Hier Schneider. Ihr Standort, Kommissar Dorn? Sind Sie noch in Begleitung des Drohnenführers der Feuerwehr?«

»Ja!«

Er registrierte, wie der ihn gespannt ansah und vor sich hinredete: »Hmm, deine Chefin?«

»Wen hast du erwartet? Sie will wissen, ob du die Drohne in die Luft kriegst. Und wann?«

»Dauert vielleicht zehn Minuten.«

»Kann ich das durchgeben?«

»Meinetwegen.«

»Gut!«

Er holte tief Luft, was nahezu den Anschein nach einem Widerspruch erweckte. Keine Sekunde zu spät.

»Ausgezeichnet«, schallte es da wieder aus dem Funkgerät. »Ihr Platz ist ab sofort an der Seite des Brandmeisters. Sie haben's ja mitbekommen. Eine Welle von übelriechendem Rauch treibt vom Stadtrand in Richtung Freigelände der Landesgartenschau. Sie wissen, in drei Stunden findet die Eröffnung statt. Ich brauche Antworten. Geht von dem Qualm eine Gefahr für die Besucher aus? Suchen Sie nach Hinweisen für eine Straftat. Handeln nach eigenem Ermessen. Fragen?«

»Keine! Auftrag ist bestätigt! Ich wiederhole: Lage sondieren! Unterstützung der Drohneneinsatzgruppe! Sie und die Einsatzleitung der Feuerwehr in Northeim auf dem Laufenden halten.« Die Stimme verstummte. Er drehte sich dem Freund fragend zu: »Andy, wieviel Minuten hält sich die Drohne in der Luft?«

Frappierend präzise beantwortete der die Frage. »Eineinhalb Stunden Flugzeit. Inklusive der Ersatzbatterien. Aber ich muss das Ding zwischendurch landen, den Akku wechseln und die Drohne wieder in Position bringen. Ergo ist Eile geboten.«

»Na dann los! Bring das Gerät so nahe wie möglich ins Zentrum der Rauchwolken.«

»Einverstanden! Wir sollten bis zum Kloster fahren. Dort wären wir nah genug dran. Tommy, du fährst, ich bereite den Start vor.«

»Ja! Sputen wir uns. Den schwarzen Rauch zaubern wir nicht weg. Wie es aussieht, passiert der jeden Moment die Anlagen des Klosters Brunshausen. Über der allgemeinen Klinik wird er sich auch in Kürze ausbreiten.«

»Das ist bei der Windlast anzunehmen. Aber okay, an mir soll's nicht liegen. Lass uns einfach Hand in Hand arbeiten, Andy. Wie im Training. Mit dem Unterschied, da hätten wir eine wunderschöne Begleitung. Oder macht dich das eifersüchtig, wenn ich über deine Freundin Tosca spreche?«

»Mensch, du hast Eier in der Hose. Wie kommst du grade jetzt drauf? Reden wir später weiter. Lass uns auf den Job konzentrieren. Den will ich nicht in den Sand setzen.«

»Angst?«

»Nein! Dafür bleibt keine Zeit. Wie es aussieht, müssen wir uns in mehrere Krisenszenarien hineindenken. Das schließt die Suche nach weiteren Brandrisiken und Opfern ein.«

Er warf dem befreundeten Polizeikommissar einen kurzen Blick zu. Exakt zehn Minuten später hob die Drohne ab.

»Nur eine kurze Info für dich: Meine Lieblingsdrohne verfügt über eine spezielle Multispectraleinheit. Die erzeugt ein Standardsignal für die Übertragung von Video-Signalen jeweils in einem eigenen Kanal. Aber das Beste ist das Tool zur Messung von Gefahrstoffen. Das ist mein ganzer Stolz«, erklärte er.

»Verstehe! Schon genial, was mit den Teilen heutzutage alles möglich ist. Und jetzt schau dir die gigantische Blase am Himmel an«, meinte Tommy.

»Wegschauen ist da nicht mehr drin. Die macht mir Angst.«

»Und mir erst. Die Menschen tun mir leid. Der ganze Dreck in der Luft ist nicht unbedingt gesundheitsfördernd. Außerdem stinkt es bestialisch nach Gummi.«

»Weißt du, der Gestank ist nicht wirklich mein Problem.«

»Was dann?«

»Hm, ich sage es mal so. In erster Linie ist es die Sorge um das Leben und die Gesundheit der Einheimischen und Touris. Das katapultiert mich glatt zurück in das Jahr 2001. Das war sicher auch ein Grund, weshalb ich Feuerwehrmann geworden bin. Dieser verdammte Terroranschlag hat tausende Menschen in den Tod gerissen.«

»Ich kann das nachvollziehen. Doch einstürzende Gebäude gibt es hier auf dem Freigelände nicht.«

»Na du bist ja cool.«

»Ist keine Überraschung, oder?«

»Hab ich den Anschein erweckt?«

»Nein!«

»Dann sind wir uns einig. Ich wünsche mir nur, dass die Blumenrabatte den Ascheregen und die Rußpartikel überstehen.«

»Werden sie schon. Was dich betrifft, guck in den Spiegel. Der Dreck in der Luft zeigt Wirkung.«

»Hm, sollte ich mich selber vorführen?«, grinste er.

»Ja, unbedingt.«

»Und«, unterbrach Andy den Begleiter mit dem Anflug eines ernsten Tons, »sieh mich nicht als Besserwisser. Du wirst einige Täter jagen müssen.«

»Erklär mir das.«

»Das funktioniert nur mit einem Blick in die Vergangenheit. Der Glaube an ein hoffnungsfrohes Leben treibt uns an.«

»Bitte die Kurzform. Keine Allgemeinplätze.«

»Bin schon auf dem besten Weg dahin. Ich habe meine Hausaufgaben gemacht.«

»Oh, jetzt wird's persönlich. Etwa, weil wir auf historischem Grund stehen?«

»Verdammt, ja! Reiz mich nicht.«

Tommy nickte mit dem Kopf, sagte: »Dann klär mich auf! Schluss mit der Geschichtsstunde.«

»Das hast du dringend nötig. Ich beeile mich, versprochen. Hab gelesen, dass dieser Ort Berühmtheit durch ein fürstliches Frauenstift erlangte.«

»Weil? Gibt es eine schlüssige Erklärung?«

»Ja klar! In dem Stift führten unverheiratete adlige Töchter ein gottgefälliges Leben. Und das bis zur Auflösung um das Jahr 1810 herum. Immerhin bot ihnen das sogenannte kaiserlich-freie weltliche Reichsstift Gandersheim ideale Lebensbedingungen. Das über mehrere Jahrhunderte hinweg.

Heute hat eine evangelisch-lutherische Stiftskirchengemeinde die Hand drauf ausgebreitet.«

»Ist das alles?«

»Na ja, es kommt auf den Blickwinkel an. Solltest dich mal mit der Geschichte deiner Heimat befassen.«

Tommy Dorn grinste verschämt. »Nun, da ist was dran. Aber das muss warten. Erst lösen wir einen Fall. Und vorab, den Kirchenschatz durfte ich bereits bewundern. Du sollst wissen, mit Prophezeiungen hab ich's nicht so. Gott ist uns grade auch nicht wohlgeneigt.«

»Okay! Ich bin der gleichen Ansicht.«

»Egal was passiert. Alles ist gut! Ich weiche dir nicht von der Seite. Übrigens habe ich so einen Verdacht. Na ja, ist vielleicht unbegründet.«

»Hmm, lass hören. Du darfst auf keinen Fall Alleingänge riskieren. Möglicherweise steckt da eine Gang dahinter. Also Vorsicht! Solche Leute sind gefährlich. Im Übrigen kümmert sich die Polizei drum und nicht die Feuerwehr.«

»Angeber! Weil du Kommissar bist, heißt das nicht, dass ein Feuerwehrmann in dieser Beziehung wertlos ist. Schau doch hin. Drei Großbrände, wer löscht denn die, hey?«

»Hör auf mit dem Blödsinn, Andy. Ich will dich nicht belehren. Freunde helfen sich. Ist doch klar. Lass mich wissen, ob die Drohne zur Identifizierung von Tatverdächtigen beitragen kann. Hier hat nicht nur jemand seine Altreifen kostenlos entsorgt.«

»Nein!«, fiel er ihm ins Wort. »Puh, das wird ja immer anstrengender mit dir«, schob er hinterher. »Wir bleiben bei dem Prinzip. Jeder erledigt seinen Job. Das haben wir bisher immer so gehalten. Gut so! Nichts passiert zufällig. Mehrere Brände zur gleichen Zeit, *das* ist kein Zufall.«

»Und, Andy, was sagt der Brandmeister in dir?«

»Der ist sehr frustriert. Meine Waffe ist die Drohne.«

»Und dein vielgepriesenes Spielzeug?«

»Du unterschätzt das, mein Freund. Dieses Ding kann das tun, wozu der Mensch nicht fähig ist. Eines ist klar. Erst die

Brandursachenermittler werden Licht in die Sache bringen. Zugleich sind ja die Experten vom LKA irgendwann mit einbezogen. Aber das Problem liegt tiefer. Sie brauchen ein frei zugängliches Objekt. Das ist momentan ausgeschlossen. In ein paar Stunden findet die Eröffnungsfeier der Gartenschau statt.«

»Entschuldige, so meinte ich das nicht! Ich vertraue dem Equipment und dir, mein Freund. Das heißt aktuell, deine Drohne stellt fest, welche Gefahr die Welle an Gestank wirklich mit sich bringt. Dazu veranlassen wir die Probenahme von Partikeln aus dem Umfeld des Brandherdes. Ich bin sicher, diese Vorgehensweise liefert ausreichend Hinweise auf das Vorhandensein giftiger Stoffe.«

»Entschuldigung akzeptiert! Tommy, nun muss es schnell gehen. Richtig eingesetzt, erfüllt die Drohne mit Sicherheit alle Erwartungen. Am besten wäre die Entwarnung. Das heißt, der Rauch verzieht sich. Kein Nachweis von Giftstoffen und damit ausbleibende gesundheitliche Auswirkungen.«

»Danke Andy! Das wäre wünschenswert. Lösen wir zuerst ein Problem.«

»Klar, die wichtigste Frage lautet: was brennt?«

»Richtig! Schau dich um. Was siehst du?«

»Hmm, die Farbe des Rauchs hat sich verändert.«

»Korrekt. Das drängt sich wahrscheinlich jedem Menschen auf.«

»Und was denkt der Brandmeister?«

»Bin ja nicht blind. Klar habe ich dicke gelbliche Rauchschwaden registriert. Und genau das macht mir Sorgen.«

»Mir ebenfalls. Mittlerweile wissen wir, dass drei Brandherde existieren. Sie liegen kilometerweit auseinander. Ausgebrochen in landwirtschaftlichen Objekten. Und fast zur gleichen Zeit. Der Geruch, die schmierigen Flusen in der Luft, das ist schon kurios. Die Intensität des Brandes deutet darauf hin, dass Folien vom Feuer betroffen sind. Die Erfahrung sagt, dass in solchen Gebäudekomplexen oft Düngemittel und Insektizide eingelagert werden.«

»Ja! Wir brauchen dringend eine Aussage zum Gefährdungspotential durch freigesetzte Giftstoffe.« Er wandte sich dem Freund vollauf mit fragendem Blick zu. Seine Kiefer mahlten. Die Anspannung ließ sich nicht verheimlichen.

Andy registrierte das mit innerer Genugtuung. »*Verdammt Tommy, tu mir das nicht an. Ich habe genauso Angst wie du. Gib mir Halt*«, schoss es ihm durch den Kopf, ohne es auszusprechen. Lauthals sagte er: »Die Drohne gehorcht meinen Befehlen. Bald haben wir brauchbare Ergebnisse.«

»Gut! Wenn es etwas Neues gibt, egal was, raus damit! Ich bin das Verbindungsglied zur Einsatzleitung der Polizei. Der kurze Weg sozusagen. Die zählen auf mich ... und dich.«

»Da bin ich ja beruhigt, Mann. Treffsicherer hättest du das nicht sagen können.«

»Na ja, dein versteckter Sarkasmus belebt die Sache. Los geht's im ersten Stepp«, verkündete er.

Polizeikommissariat Bad Gandersheim

Hauptkommissarin Susann Schneider zählte seit Jahren zu den Beamten, die Entscheidungen mit Augenmaß trafen. Ein Charakterzug, den die Vorgesetzten in der Polizeidirektion Göttingen schätzten. Im Augenblick kippte ihre Stimmung. »*Vorsicht bitte!*«, schallte eine Art Ordnungsruf durch den Raum. Ihr Blick folgte dem Klang der eigenen Stimme, um sich nachfolgend am Funkgerät festzusaugen. »*Verrückter Kerl*«, sagte sie fassungslos. Polizeikommissar Dorn rief sie in die Wirklichkeit zurück. »Blumen morden nicht, Frau Hauptkommissarin. Wir lassen die Feuerteufel lächerlich aussehen.«

»*Der junge Mann hat Humor*«, schwirrte es unbesehen durch ihren Kopf. Seine blumige Reaktion hatte sich fest in ihrem Gedächtnis eingebrannt. Das würde auf ewig die Antwort im Polizeidienst sein: skurril, Zeugnis tiefer Verwurzelung mit dem Berufsethos.

In dem Moment besann sie sich, drückte auf die Sprechtaste und sagte: »Die Luftanalytik, Kommissar. Die hat absolute

Priorität. Ich brauche eine Entscheidungshilfe. Sie sind mein Mann. Wie Sie die Sache angehen, da hänge ich mich nicht rein. Die Eröffnungsfeierlichkeiten der Landesgartenschau müssen wie geplant über die Bühne gehen.«

Dorn reagierte mit einem Stoßseufzer. Darin verbarg sich ein Aufflackern, das für die Vorgesetzte kein unbekanntes Terrain war. Und dies in dem Moment, wo sie es brauchte.

»Ich bin dran, Chefin, versprochen! Sie haben viel mehr um die Ohren.« Das traf endgültig den richtigen Ton.

»Scheint so«, verschluckte sie erregt eine tiefgründige Antwort. Zum angemessenen Zeitpunkt. Auf dem Schreibtisch flackerte der Monitor auf. Er baute ein Bild auf. Das Gesicht der Dienstvorgesetzten in der Polizeidirektion Göttingen. Es füllte den Bildschirm komplett aus. Schneider fiel der herausfordernde Blick auf. Aufmerksamkeit einfordernd folgte eine markante Stimme.

»Mich erreichen unliebsame Nachrichten. Bei Ihnen läuft wohl grade was aus dem Ruder, oder liege ich falsch? Drei Brandherde mit unbekannter Ursache. Haben Sie da Feuerteufeln Unterschlupf gewährt?«

»Nein! Auf jeden Fall ist die Frage berechtigt. Das ist eine furchtbare Katastrophe. Ich bin überzeugt, dahinter versteckt sich Ablenkung.«

»Sie haben eine Straftat ins Auge gefasst?«

»Mein Blickwinkel bestärkt mich darin. In der Stadt gab es vor fünf Minuten heftige Detonationen. Zwei Einsatzteams sind bereits vor Ort. Sie bestätigen die Sprengung von Geldautomaten.«

»Da hat sich Ihre Befürchtung ja bestätigt.«

»Ja! Die Räuber wüteten nicht zufällig. Und ich wette, dass sich dahinter Insider verbergen.«

»Mag sein. Spekulationen helfen jetzt nicht. Die Gartenschau öffnet in drei Stunden die Tore.«

»Das ist mir bekannt. Die Mitarbeiter des Kommissariats sind darauf eingestellt, ihr Bestes zu geben. Unser Ziel besteht in der Sicherung der Eröffnungsveranstaltung. Das hat absolute Priorität.«

»Hauptkommissarin Schneider, eine andere Antwort könnte ich mir nicht vorstellen. Trotzdem ist die Lage zu ernst für einen Alleingang. Ich habe ein mobiles Kommando der Landespolizei abkommandiert. Und der Landrat hat das kommunale Krisen- und Notfallmanagement einberufen. Sie sind praktisch der verbindende Arm dorthin, unsere Kontaktperson.« Die Vorgesetzte lächelte vielsagend, bevor sie sagte: »Susann, wir kennen uns seit etlichen Jahren. Mir ist bewusst, auf Ihnen liegt eine schwere Last. Sie sollen wissen, ich bin jederzeit für Sie da. Ihr Instinkt, die Ortskenntnisse und die Fähigkeiten Ihrer Mitarbeiter sind Garanten für den Erfolg. Bitte setzen Sie all das umsichtig ein.«

»Hab ich verstanden! Bei aller Wertschätzung für die Unterstützung verweise ich auf ein dringend zu lösendes Problem.«

»Und das wäre?«

»Die Frage zu beantworten, was die gelben Rauchschwaden bedeuten.«

»Ja okay. Was passiert konkret?«

»Der Wind treibt den Brandrauch auf das Gelände der Gartenschau zu. Wir haben keine Zeit für wuchtige Planspiele.«

»Was schlagen Sie vor?«

»Da halte ich es mit der Feuerwehr. Die Fachleute sind in der Lage zu sagen, wie bei solchen Ereignissen vorzugehen ist. Negativszenarien zu üben ist Jobbestandteil.«

»Bitte Susann, ich brauche keine Belehrung.«

»Klar. Entschuldigung!«

»Beenden wir das Taktieren. Ihre ehrliche Meinung ist gefragt.«

»Okay! Unbekannte Täter haben drei Brände gelegt. Zufälle für das Geschehen zur gleichen Zeit schließe ich aus. Es handelt sich um landwirtschaftliche Objekte. Riesige Hallen, wo Gummireifen, Folien, Düngemittel, Insektizide und wer weiß was noch lagern. Und die setzen eine Unmenge giftigen

Rauch frei. Für mich ergab sich ein akuter Handlungsbedarf, um hier Klarheit zu schaffen. Ich habe Kommissar Dorn hierfür bestimmt.«

»Was, ohne Rücksprache mit dem Krisenmanagement?«

»Ja! Ausschlaggebend war seine Kenntnis über die technischen Raffinessen einer Drohne der Ortsfeuerwehr.«

»Das ist alles?«

»Mir reicht es, dass er mit einem Brandmeister befreundet ist. Der lässt sich zum Drohnenführer ausbilden und testet grade das Fluggerät.«

»Und die Luftanalyse? Wer veranlasst die?«

»Die Drohne ist das Labor. Mobil, im Nu direkt vor Ort! Sie fliegt in den Rauch hinein und lokalisiert Gefahrenquellen hinsichtlich des Giftpotentials. Ich habe die Statistik befragt. Die besagt, dass achtzig Prozent betroffener Personen an den Folgen giftigen Brandrauches sterben. Knapp zwanzig an Verbrennungen.«

»Das klingt verblüffend. Kommissar Dorn klärt also an vorderster Front die wichtigste Frage ab?«

»Ja, korrekt! Ich verantworte das. Die zentrale Leitstelle der Feuerwehr hat dieser Vorgehensweise zugestimmt.«

»Das akzeptiere ich! Susann, eine letzte Frage. Wie beurteilen Sie die Existenz eines politischen Hintergrundes?«

»Hier hat sich ein Raub ereignet, ohne Terrorverdacht. Da bin ich sicher.«

»Zumindest ist das für die Eröffnungsfeierlichkeiten ein hoffnungsvolles Zeichen.«

»Das klingt aus Ihrem Mund beruhigend.«

»Hmm, wie viel Zeit bliebe für eine Evakuierung?«

»Kaum ausreichend. Die drei Stunden sind rasend schnell um.«

»Oha, ist verdammt eng. Ich werde den meteorologischen Dienst einschalten.«

»Ja, das wäre eine gute Entscheidungshilfe. Im Moment hört sich alles noch bedrohlich an. Trotzdem hat das Ganze eine positive Seite. Der Bürgermeister steht an die Spitze ziviler Einsatzkräfte aus Bad Gandersheim und Umgebung. Das Zusammenspiel mit meinen Leuten funktioniert. Ich habe keinen Moment daran gezweifelt.«

Der Kopf auf dem Display nickte.

»Nach vorn schauen ist der einzig gangbare Weg. Sie werden Teil davon sein. Ihr Platz ist ab sofort im Kommissariat. Hier richtet sich der polizeiliche Krisenstab ein. Sie arrangieren das Zusammenwirken mit den gesellschaftlichen Kräften. Eine erste Anforderung besteht in der Sicherung der Kommunikation. Noch Fragen?«

»Nein! Das Team ist handlungsfähig. Jeder kennt seine Aufgabe.«

»Ich baue auf Ihr Wort. Rufen Sie mich an, wenn die Einsatzkräfte eingetroffen sind. Sie weisen die Hundertschaft der Bereitschaftspolizei ein. Drücken wir uns die Daumen, dass nicht evakuiert werden muss.«

Der Gedanke daran ließ ihr Herz rasen. Das Gespräch war abrupt beendet. Einen Moment lang hielt sie an den Worten fest. Daraufhin schloss sie die Augen. Tommy Dorn fiel ihr ein. Annähernd zur selben Zeit vernahm sie ein unüberhörbares Klopfen an der Tür.

»Ich wollte nicht gestört werden«, verlor sich in der Überraschung über das, was folgte.

»Du? Wer hat dich hereingelassen?«

Vincent Reuter reagierte wie in Trance. »Einer der Kollegen da vorn im Büro. Ich weiß, wir haben uns lange nicht gesehen.«

»Hm, du bist goldig. Seit der Schulzeit. Sind ja nur ein paar Jahrzehnte.«

»Bitte, ich brauche jemanden zum Reden. Du bist immer noch eine verlässliche Freundin. Susann, ich sitze in der Klemme. Du bist jetzt Polizistin und stehst einem Kommissariat vor.«

»Du meinst, ich bin von der Sache her vertrauenswürdig?«

»Ja! Unbedingt!«, schob Vincent ein gequältes Lächeln

über die Lippen. »Susann, bitte, nimm dir ein paar Minuten Zeit. Der alten Freundschaft wegen.«

»Oh ja, ich sehe, zwanzig Jahre sind eine lange Zeit. Du lebst doch in dieser Stadt, genau wie ich. Gab es denn niemals einen Grund, um unsere Freundschaft aufleben zu lassen?«

»Hmm, die Kritik ist angekommen. Weißt du, ich habe meine Frau durch einen Verkehrsunfall verloren. Der Fahrer war angetrunken. Er hat nicht mal Reue gezeigt. Die Verbitterung hat mir jahrelang das Hirn vernebelt.«

»Diese Offenbarung muss hart sein für dich. Wenn sie dir Erlösung bringt, na okay, setz dich«, sagte sie mit der Hand winkend. »Nun, was gibt es, was ich für dich tun kann?«

Ihre Worte trafen auf Schweigen. Im Endeffekt nickte er zustimmend. »Ich weiß, du hast hier eine Aufgabe. Hmm, mal seh'n, ob ich das plausibel rüberbringe. Du bist Hauptkommissarin, Chefin des Kommissariats. Und ich bin sicher, der Umgang mit Tatverdächtigen ist dir vertraut.«

»Vincent, lass die Schmeichelei. Reden wir über die Sache. Ich weiß, wer ich bin. Heute muss ich folgenschwere Entscheidungen treffen. In der Stadt herrscht Verwirrung. Du hast den Rauch in der Luft wahrgenommen und den Gestank?«

»Ja klar. Lässt sich nicht umgehen.«

»Gut. Du bist zu mir gekommen. Ich akzeptiere, dass du bisher deinen eigenen Weg gegangen bist. Wie ich. Oder ist aus dir ein schlechter Mensch geworden?«

»Nein, nein! Das ist es nicht«, fiel er ihr ins Wort. »Ich habe da so eine Vermutung.«

»Wozu brauchst du da die Polizei?«

»Na ja, es ist mir peinlich. Vielleicht bin ich auch ein gebranntes Kind! Trotzdem sitze ich hier. Freiwillig!«

»Nun, ich hab weiß Gott gerade genug um die Ohren. Was willst du? Eine Anzeige aufgeben? Weißt du etwas über die unbekannten Angriffe in der Stadt? Hast du Kenntnis von einem konkreten Tatvorgang? Vincent, darum kümmern wir uns bereits, das schließt auch die drei Brände am Stadtrand ein.«

»Ich fange mal mit dem Naheliegenden an. Das ist eine verfahrene Situation. Ich habe Spielschulden. Fünfzig Riesen. Hab sie im Hinterzimmer eines Fitnessclubs beim Pokern verloren«, sagte er und setzte nach: »Ich bin ein dämlicher Trottel. Glaubte, das schnelle Geld zu machen.«

»Um Schulden mit anderen Schulden abzulösen? Ist idiotisch, Vincent.«

»Stimmt, ist es. Zu spät. Die Herren haben mir ein Ultimatum gesetzt. Entscheidend aber ist die Todesdrohung gegenüber meiner Tochter.«

»Oh, das sieht schon anders aus. Das riecht nach räuberischer Erpressung. Gibt es Beweise? Äh, entschuldige. Natürlich nicht«, sagte sie im gleichen Atemzug. »Also strafrechtlich ist das wertlos.«

»Was erwartest du von mir?«

»Na ja. Du zeigst den Geldeintreiber an. Illegales Glücksspiel, Erpressung, Drohung mit Tötungsabsicht. Hm, funktioniert aber auch nicht«, meinte sie lauthals.

»Mist«, versetzte Vincent umso mehr in Erstaunen.

»Tot nützt du den Leuten nichts. Da läuft vermutlich was im Hintergrund. Deshalb also bist du hier bei mir. Verlangst einen Freundschaftsrat. Richtig?«

»Du hast es erfasst. Danke! Ist mir peinlich, dich mit meinen Problemen zu behelligen.«

»Nein, sehe ich anders. Es geht ausschließlich um das Leben deiner Tochter. Und da gibt es noch einen Punkt. Die Häufung von Straftaten während des Festzeitraumes stellt eine schwerwiegende Bedrohung für die öffentliche Ordnung und Sicherheit dar.«

»Du sprichst von der Landesgartenschau?«

»Ja! Dürfte auch dir klar sein, dass das ein bedeutendes gesellschaftliches Ereignis ist. Vince, lass mich nachdenken. Mir fällt da vielleicht eine Lösung ein. Nun gut, hör mir zu.«

»Willst du mich beeindrucken, Susann?«

»Nein! Es gibt einen Grund, weshalb dich das interessieren könnte. Der Biker-Verein hat sein Programm kundgetan.«

»Ist mir bekannt. Da geht es hauptsächlich um Technikshows und Fahrübungen.«

»Okay! Dann weißt du, dass die Polizei über die Sicherheit aller Veranstalter wacht. Und nun pass auf. Die Biker haben dich als Betreuer des Technikstandes gemeldet. Was sagst du?«

»Haut mich glatt um. Meine Vergangenheit lässt sich nicht so schnell ablegen. Mir sind diese Leute vertraut. Als Kraftfahrzeugmeister, versteht sich. Aber du hast recht, das Ohr an der Masse könnte wertvoll sein.«

»Korrekt! Da kommst du ins Spiel. So stelle ich mir das jedenfalls vor.«

»Und, wie weiter?«

»Mach die Augen und Ohren auf. Das ist alles. Kein Risiko eingehen. Fang mit den Kontakten des Vereins an. Meine Kollegen vom Staatsschutz werden dir dankbar sein.«

»Womöglich! Trotzdem habe ich Angst. Vor einem ausgeraubten Heim zu stehen ist nicht grade angenehm.«

»Verstehe! Tosca, so heißt das junge Fräulein Tochter doch, ist kein Nesthäkchen. Sie ist sogar mit einem meiner Assistenten befreundet. Wir reden mit dem Kollegen, wenn sich die Lage beruhigt hat. Ich habe ihn heute mit der Funktion eines Verbindungsbeamten beauftragt. Er begleitet das Drohnen-Einsatzteam über den gesamten Einsatzzeitraum. Aktivitäten deiner Zocker haben wir somit auch aus der Luft im Griff. Das dürfte ausreichend sein, um Angriffe jeglicher Art zu erkennen. Gemeinsam mit einem Brandmeister der Feuerwehr steht sie sozusagen unter persönlichem Polizeischutz. Aber nur, wenn du als Vater deinen Teil dazu leistest. Verschaff dir auf diesem Wege Reaktionszeit. Tu es für euch! Das ist mein Rat.«

* * *

Tief in seinem Inneren bereute Tommy, nicht an Andys Seite zu sein. Augenblicklich änderte sich das. Er zuckte zusammen. »*Was war das denn?*« Ein dumpfer Knall. Dem folgte eine Vibration, wie bei einem Erdbeben. Das Klirren von zerspringendem Glas ließ sein Gesicht zunehmend erblassen. »*Eine Explosion. Ein Gasleck in irgendeinem der Häuser?*« Das Plärren des Funkgerätes unterbrach den verrückten Gedankenstrom.

»Verdammt, wo stecken Sie denn?«, sprang eine verdrossene Stimme in sein Ohr. Ihrer Wirkung bewusst, schlug sie einen sanfteren Ton an.

»Tommy, die Drohne. Versuchen Sie, den Drohnenführer von der Feuerwehr zu erreichen.«

»Das ist kein Problem, Hauptkommissarin. In fünf Minuten bin ich bei ihm. Ich rufe Sie per Handy zurück.«

Ihr Ton baute Enttäuschung auf. Indes, Schneider steckte das weg. Der aufgebaute Druck verschwand. »Danke! Ich weiß, ist ungewöhnlich, Sie als Joker einzusetzen.«

»Meinen Sie mich? Das steht mir nicht zu.«

»Überlassen Sie das mir. Zum Kern der Sache. Damit wir uns verstehen. Die Eröffnung der Gartenshow ist schon ausreichend mit dicken Rauchschwaden getrübt. Und bitte, ich erinnere Sie an die blumenreichen Worte. Haben Sie nicht die Meinung vertreten, dass die wohl der schlechteste Anlass sind, dem Verbrechen Auftrieb zu geben.«

»Verstehe! Ist ein hilfreiches Kredo. Gefällt mir«, sagte er, die stille Wertschätzung akzeptierend.

»Schön! Und nun kommt's! Sie starten mit Ihrem Partner von der Feuerwehr neu durch. Die Luftanalyse nach herkömmlicher Art setzt ein Polizei-Drohnenteam aus Göttingen fort. Ihre Konzentration gilt Tätern auf Leichtmotorrädern. Vier Geländemaschinen, Enduros vermutlich. Die Fahrzeugführer sind Profis. Und der Umgang mit Sprengstoff scheint denen vertraut zu sein. Grasen Sie den Luftraum über den angrenzenden Bundesstraßen ab. Vergessen Sie einzeln stehende Gehöfte nicht.«

»Okay! Veranlasse ich sofort! Schicken Sie mir brauchbare Koordinaten?«

»Nein! Noch sind die Täter unsichtbar. Ich brauche eine Spur. Irgendetwas Verwertbares, was hilft, sie zu identifizieren. Viel Glück.«

Andy empfing den Freund mit säuerlicher Miene. »Kannst du nicht zugeben, dass es eine dämliche Idee war, nur diese eine Drohne einzusetzen?« Er schnaubte verächtlich durch die Nase. Zumindest bereute er tief im Inneren seine Reaktion.

»Was? Du schuldest mir eine Antwort«, schob er versöhnlicher hinterher.

»Stimmt! Jammern bringt nichts. Wir beide sind jetzt das Schwert einer Polizeiaktion.«

»Blödsinn! Klingt nach Spinnerei!«

»Nein! Die Explosionen vorhin, hast du sie gehört?«

»Ja klar. Das ließ sich nicht vermeiden!«

»Ist das alles, was du dazu zu sagen hast?«

»Was erwartest du für eine Antwort?«

»Dass du für den Einsatz deiner Drohne brennst. Ist doch die Gelegenheit, um potentielle Täter aufzuspüren. Andy, deshalb bin ich zu dir gekommen. Praktisch im Auftrag des Krisenstabes meiner Dienststelle.«

»Du übertreibst, Tommy. Ich bin ein Feuerwehrmann. Kein Polizist. Tu mir den Gefallen und drück dich deutlicher aus.«

»Was ist denn da unverständlich? Die Erschütterungen vorhin, um die dreht sich's. Sie sind Teil eines Raubzuges. Vermummte Täter haben Geldautomaten in der Marienstraße und Moritzstraße gesprengt. Die Sprengkraft hat ausgereicht, um die Vorderfronten der betroffenen Gebäude zu zerstören. Reicht das, um deine Aufmerksamkeit zu erhalten?«

»Hättest du auch gleich sagen können. Natürlich helfe ich bei der Aufklärung aus der Luft. Wir haben drei Akkusätze zur Verfügung. Ein Akku hält die Drohne etwa vierzig Minuten in der Luft. Je nach Entfernung zum Suchgebiet und zurück bleiben hochgeschätzt anderthalb Stunden für das Einsatzgeschehen übrig.«

»Ohne zwischendurch zu landen?«

»Was denn sonst, Tommy! Es gibt nur ein Problem. Die Reichweite der Funkfernsteuerung ist begrenzt. Eine Live-Übertragung der Bilder auf den externen Monitor im Einsatzleitwagen ist momentan nicht möglich. Das Fahrzeug steht mir nicht zur Verfügung.«

»Du hast eine andere Lösung, oder?«

»Ja! Definitiv! Wir folgen der Flugroute mit dem PKW. Das sichert eine durchaus stabile Datenübertragung. Ich bin der Pilot und du mein Umfeldbeobachter.«

»Oha, das hört sich gut an. Kannst deinen Vorgesetzten Meldung erstatten. Die Drohne ist einsatzbereit. Sofort! Der Vorteil liegt auf der Hand. Das Gerät arbeitet das Gelände in einem Bruchteil der Zeit ab, die manuelle Suchaktionen erfordern.«

»Gut! Andy, die Zeit läuft! Wir sind das einzige Team, das sofort losschlagen kann. Analysiere deinen Gegner, hab ich mal gelernt.«

»Alle Welt, du versetzt mich in Erstaunen, Tommy.«

Sein Pilot bebte sichtbar vor Anspannung. »Ich habe die Infrarot-Wärmebildkamera der Drohne in den Schwarz-Weiß-Modus gestellt«, sagte er betont hastig. »Wenn das schiefgeht, verdammt, das wäre mir ausgesprochen peinlich.«

»Es gibt keinen Grund für Pessimismus. Du hast mir erklärt, dass sich damit warme Oberflächen treffend dargestellten lassen.«

»Tommy, sechs Kradfahrer verschwinden nicht von der Bildfläche, ohne die Beute zu sichern. Wir sollten in Richtung der Bundesstraße 445 fahren. Die bietet vielfältige Möglichkeiten, um unerkannt unterzutauchen.«

»Einverstanden! Die Gegend ist spärlich bewaldet. Gut, um das Umfeld dort weiträumig zu erkunden. Lass sie ein paar Schleifen ziehen. Und drück die Daumen. Uns fehlt eine Erfolgstory. Mir schwebt vor, eine überregionale Drohnenstaffel ins Leben zu rufen. Andy, du wärst deren bester Chef.«

»Mensch Tommy, deine Fantasie, die ist genial. Schau lieber mit auf die mobile Übertragungseinheit«, befand der Freund im Überschwang der Gefühle.

»Ach Mist«, schob er hinterher. »Ich dachte für den Hauch einer Sekunde, was entdeckt zu haben. Ähmm, Fehlanzeige! Was sagt mein Umfeldbeobachter?«

Tommy Dorn griff den Gedanken auf.

»Konzentrier dich! Ich hasse es, wenn du deine Fähigkeiten geringschätzt. Belanglos ist das garantiert nicht. Zeig her. Was hat die Kamera übertragen? Lässt sich daraus ein Standort lokalisieren?«

»Spekulativ ja! Da, einen halben Kilometer vor uns. Ich richte die Drohne darauf aus.«

»Okay! Bringt die Zoomfunktion was? Na ja, ich täusche mich ungern. Intuition ist dir eigen und zaubern gelingt mir ebenso wenig.«

»Kein Problem, wenn du nichts bemerkt hast. Ich bin sicher, dass die Hochgeschwindigkeitskamera den winzigen Moment des Mündungsblitzes erfasst hat. Na ja, mit einem Funken Glück zeigt uns der Lichtpunkt den Standort eines Schützen.«

»Den wir nicht sehen, sondern erahnen. Was bringt das?«

»Ein Gesicht! Aufmerksamkeit, mein Freund. Die lässt uns präziser nachhaken. Wir suchen Geldräuber. Ich rieche buchstäblich ein Nest. Und das verhältnismäßig nahe«, sagte er und richtete die Drohne neu aus.

»Momentchen, Tommy. Was ist das denn? Der Wärmepunkt erhält eine Kontur.«

»Stimmt! Mensch, die wächst ja zu einer gefährlichen Kreatur heran. Ich bin perplex.

Ein Scharfschütze.

Fünfhundert Meter voraus.

Keine Chance einzugreifen.«

Andy zitterte vor Aufregung. Er sah in Tommys Gesicht. »Erklär mir, wie wir uns verhalten, wenn der Sniper die Drohne bemerkt.«

»Dann ist es eh zu spät. Ich denke, das Risiko ist kalkulierbar. Also quatsch nicht. Das Gerät fliegt ja nicht über seinem Kopf. Warum sollte der das bemerken? Ich fordere Unterstützung an. Meine Chefin koordiniert das Zusammenwirken mit einem Einsatzkommando der Polizei.«

Er griff zum Funksprechgerät, sagte kurz: »Hier Kommissar Dorn. Das Drohnenteam benötigt Hilfe. Die Kamera hat eine Person mit Gewehr erfasst. Wir halten die Position.«

Die folgenden Sekunden änderten alles. Andy schrie auf. »Mensch Tommy, hier läuft ein Riesending ab.«

* * *

Einen halben Kilometer voraus bewahrheitete sich seine Befürchtung. Den Lichtblitz erzeugte faktisch ein Schuss. In Echtzeit. Das Geschoss traf auf die Windschutzscheibe eines Werttransporters. Der Sniper hatte es nicht drauf angelegt, damit sofort zu töten.

»Scheißkerle, leidet, das gehört zum Job. Das kugelsichere Glas rettet euch nicht«, brabbelte er vor sich hin.

Ihm reichte die Wirkung aus, die es hervorrief. Und die setzte mit der Reaktion des Fahrers ein. Der trat irritiert auf das Bremspedal. Erst da registrierte er den Einschlag. Winzige Risse breiteten sich aus. Das Spinnennetz dehnte sich blitzartig. Es leistete die Vorarbeit für ein finales Ereignis.

»Du musst weg hier«, schrie der Beifahrer angstvoll seinen Partner an. Eine Meldung über den vermeintlichen Angriff abzusetzen zog er in seiner Verwirrung nicht in Betracht. Die Stimme in seinem Kopf schaltete in den Alarmmodus, sagte: *»Nur eins zählt. Weg hier. Dem unbekannten Angreifer davonfahren.«*

Zu spät. Dem Schützen verschaffte der Stopp auf diesem Abschnitt der leeren Bundesstraße 445 einen Heimvorteil. Er lag präzise an der Stelle auf Lauer, die sein Auftraggeber ihm zugewiesen hatte. Der athletische Glatzkopf einer ortsansässigen Bikertruppe zahlte anständig. Und er stellte eines der besten Sturmgewehre zur Verfügung. Eine Heckler & Koch Typ HK 416 mit elektronisch verstärkter Optik. Eine neue Waffe, die deutschen Eliteeinheiten vorbehalten ist. Wie die in seine Hände gelangte, dem schenkte er keine Beachtung. Manche Wege waren unerforschlich. Geld regelte alles. Die Aktion hier schuf Begehrlichkeiten in der Branche. Und das spülte Euros in die Kasse. Er hing dem Gedanken nicht lange nach. Im Gegenteil. Zynisches Lächeln umspülte die Mundwinkel. Die Militärvergangenheit hatte ihn abgeklärt. Unempfindlich für Todesgedanken lag er im Moment flach ausgestreckt auf einem nahen Hügel. Voller Konzentration richtete er den Blick auf den Transporter. Der hatte grade die Geschwindigkeit an die Örtlichkeit angepasst.

»Eine Kurve. Perfektes Schussfeld«, brummte er und presste unhörbar Luft über die Lippen aus. *»Guter Standort. Ein Schuss, um den Fahrer zu schocken. Dann kurze Feuerstöße. Genau so!«*

Mit wem er sprach, entzog sich dem Mangel an Betrachtern. Einzig der Wind schien erschüttert von dem Ansinnen des Todesschützen.

Das Ploppen des einzelnen Schusses verlor sich im Stakkato der darauffolgenden Salve. Panzerbrechende Projektile prallten auf die Scheibe. *»Super. Das passt. Wie bei den Einsätzen in Afghanistan. Das Glas ist nichts weiter als Butter.«* Zum Dank tätschelte er mit einer Hand den Lauf des automatischen Gewehrs. Ein bekanntes Gefühl durchströmte ihn. Es entsprach dem Anblick von Blut getöteter Zielpersonen. Inspirierend, Verlangen schaffend.

Im Zielfernrohr sah er, wie eine Kugel in die Stirn des Fahrers eindrang. Ihre zerstörerische Wucht verspritzte die rote Körperflüssigkeit überall hin. Das Geschoss zertrümmerte beim Austritt den halben Hinterkopf. Der Tod riss ihn mit sich fort.

Dem Beifahrer verklebte die herumspritzende Hirnmasse das eigene Gesicht. Das Gewebe breitete sich wie eine der Gesichtsmasken im Massagestudio aus. Mit dem Unterschied, dass davon Ekel ausging. Ihm blieb der Bruchteil einer Sekunde für diese Wahrnehmung. Zu gering, um die Masse wegzuwischen und die Augen freizulegen. »*Scheiße*« war das einzige Wort, das sich aus dem angstverzerrten Mund entlud. Schockstarre folgte. Seine Handlungsunfähigkeit war besiegelt. Zugleich mit dem Totalausfall von Körper und Geist drängte sich ihm ebenfalls der Tod auf. Zwei panzerbrechende Kugeln zertrümmerten das Gesicht. Kampfunfähigkeit herstellen, töten, das entsprach ihrer Bestimmung.

Die Feuerwehrdrohne verlor sich nicht wie ein Mensch in diesen Spekulationen. Die Maschine zog davon unbeeindruckt ihre Bahnen.

»Tommy, ohne lückenlose Dokumentation ist das hier nichts wert. Ich lasse den Flieger offensiv auf die Kerle da unten los. Einverstanden?«, erklärte Andy kurzentschlossen.

»Ja klar. Das verwirrt sie.«

»Nicht wirklich. Sieh dir an, wie die Gestalten herbeifliegen. Denen ist das egal. Sie erfüllen ihren Auftrag.«

»Andy, wir halten jede Sequenz des Handelns fest.«

»Was anderes passiert nicht. Schau auf die Uhr. Die haben nur etwa zwei Minuten für den Spuk gebraucht. Und sogar die Geldkassetten in einem Transporter verstaut.«

»Den haben die Verbrecher garantiert gestohlen.«

»Ich zeichne alles auf, was zur Aufklärung relevant ist. Das Nummernschild, egal ob geklaut oder nicht. Die Gesichter mit den Masken kriege ich ebenso ran.«

»Klar, jedes Detail ist von Bedeutung«, erwiderte Tommy mit einem Aufschrei.

»Siehst du, was ich sehe? Die Räuber schleppen Kanister heran.«

»Ist Benzin, was sonst. Sie zünden das Fahrzeug an, um die Spuren zu verwischen.«

»Ja, und wir beide sind machtlos gegen die Horde bewaffneter Gangster.«

»Nein, das verinnerlicht sich mir anders, Andy.«

»Wie denn?«

»Wir haben Abläufe eines Verbrechens dokumentiert. Lass uns damit zur Dienststelle fahren.«

»Ja! Passt! Die Akkus der Drohne sind ohnehin erschöpft.«

* * *

Eine Woche später spielte der bullige Biker-Vereinschef eine vermeintliche Gewinnkarte aus.

Vincent hielt sich im Gebäude des Vereins auf. Chancen wahrnehmen, das war der Grund. *»Nur nicht unbedacht reagieren«*, summte die Stimme von Hauptkommissarin Susann Schneider seinem Kopf. Er drehte sich dem massigen Menschen zu, lächelte künstlich die kühle Arroganz weg.

»Leute, die erste Runde ist gespielt. Sie gehört uns. Die Ernte steht an«, zog an ihm vorbei. Die unverschämt grinsend eingeforderte Aufmerksamkeit verpuffte.

»Vincent, hast einen prima Job geleistet. Ich schicke dich bald nach Polen. Ein neuer Job. Die Lage sondieren. Nimm deine Tochter mit. Ein paar Tage zusammen bewirkt Wunder. Mach was draus und das Blatt wendet sich.«

»Mistkerl! Dein großspuriger Auftritt gehört bald der Vergangenheit an!«, verlor sich dieser Gedanke. Unbeachtet zog er sich nach draußen zurück, um zu rauchen.

Sabine Hartmann

Theater, Theater ist unsere Welt

Mit drei schnellen Schritten durchquerte er den schmalen Raum, packte ihre Schultern, drückte sie gegen die Spüle. Sie quiekte überrascht, versuchte ihn wegzudrücken, sich umzudrehen. Er presste ihre Arme an den Körper und drückte sich stärker an sie. Er leckte über ihren Hals. Sie zuckte zusammen, schrie, zappelte. Wunderbar. Leider ein bisschen zu laut. Er zerrte den Stöpsel aus ihrem rechten Ohr und flüsterte: »Hör sofort auf damit, sonst bereust du es.« Er fühlte, wie sie erstarrte.

»Was wollen Sie? Hilfe!«, schrie sie und versuchte erneut, sich loszureißen.

»So nicht, meine Liebe.« Er legte seine Hand auf ihren Hinterkopf und presste ihn kräftig nach unten. Wasser schwappte aus dem Becken. Er hörte es knirschen, als ihr Gesicht Gläser zermalmte. Sie wand sich, versuchte nach ihm zu treten. Ihre Hände stemmten sich auf die Ablage. Keine Chance. Problemlos hielt er ihren Kopf unter Wasser. Ihre Bewegungen wurden fahriger, unkontrollierter, kraftloser. Gut so. Mit Schwung zog er ihren Kopf an den Haaren nach oben. Sie schnappte nach Luft. Das Wasser, das heruntertropfte, hatte sich rot verfärbt.

Er zerrte sie zu einem Stuhl, der an dem winzigen Klapptisch stand, und drückte sie auf die Sitzfläche. Sie hustete und krümmte sich. Unnachgiebig drückte er sie nach hinten. Nachdem er ihre Hände mit Kabelbindern an der Lehne befestigt hatte, trat er vor sie, hob ihren Kopf an, sodass er in ihr Gesicht schauen konnte. Zwei Schnitte an der Stirn, einer auf der Wange, knapp unter dem linken Auge. Mit der

Fingerkuppe wischte er über den Schnitt. Sie zuckte zurück. Er leckte das Blut ab und wisperte: »Das hätte wirklich ins Auge gehen können.«

»Was wollen Sie? Ich weiß von nichts.«

»Warum so förmlich? Du kennst mich doch. Komm, sag ordentlich guten Tag.«

»Was wollen Sie von mir?«

Er lächelte sie freundlich an. Dann schlug er ihr ins Gesicht. Ihr Kopf knallte gegen die Wand. Sie stöhnte, leckte sich über die aufgeplatzte Lippe. Plötzlich trat sie nach ihm.

Glücklicherweise erwischte sie ihn nicht richtig. Vorsichtshalber ging er zwei Schritte zurück und betrachtete sie aufmerksam. Würde sie wieder anfangen zu schreien? Sinnlos. Niemand würde sie hören. Oder würde sie betteln? Langsam zog er eine Plastiktüte aus der Hosentasche und entfaltete sie.

»Hören Sie, ich … ich weiß nicht, was Sie von mir wollen.«

»Diskutieren willst du also. Mir vielleicht vorschlagen, dass ich vernünftig sein soll. Das hättest du dir eher überlegen müssen, Frollein.« Er öffnete die Plastiktüte und näherte sich ihr.

Sofort weiteten sich ihre Augen, sie schob den Kopf so weit nach hinten, wie sie konnte. »Was soll das?«

»Meine Liebe, ich habe eine Weile gebraucht, bis ich dich gefunden habe. Hast du ernsthaft geglaubt, dass du dich erfolgreich vor mir verstecken kannst?« Er begann die Tüte wieder zusammenzufalten.

»Glauben Sie mir doch. Ich kenne Sie nicht.«

Er sah sie überrascht an und klappte die Tüte wieder auf. Sie sprach immer schneller. Aber er hatte keine Lust mehr, ihr zuzuhören.

Er stülpte ihr die Tüte über den Kopf. Natürlich atmete sie sofort erschrocken ein, so dass er deutlich sehen konnte, wie die Panik sie packte. Er brauchte nur zu warten.

Sie bäumte sich so auf, dass sie mit dem Stuhl umkippte. Wütend trat er ihr in die Seite. Mühsam hob er sie mitsamt dem Stuhl auf. Oh, es wurde höchste Zeit. Er zog die Tüte herunter. Ihr Gesicht war rot angelaufen, sie atmete hektisch. Ihre Beine zuckten unwillkürlich. Nur langsam wurde sie ruhiger.

Die feuchte Bluse spannte über ihrem Brustkorb, der sich unregelmäßig hob und senkte. Sie schluchzte. Er beobachtete, wie sich ihre Brustwarzen unter dem feuchten Stoff abzeichneten. Ohne sein Zutun streckte seine Hand sich aus und drückte sie fest zusammen. Sie wimmerte. Gleich war sie so weit.

»Nun, meine Liebe, erinnerst du dich jetzt an mich?«

Sie hielt den Kopf gesenkt, so dass er ihr nicht ins Gesicht sehen konnte.

»Nein, ich weiß nicht, wer Sie sind«, sagte sie, und ihre Stimme klang immer noch erstaunlich fest.

Er zuckte mit den Schultern und zog ihr die Tüte noch einmal über den Kopf. Er hatte Zeit, jede Menge.

Diesmal wartete er, bis sie ohnmächtig war, bevor er das Plastik entfernte. Sie brauchte länger als geplant, bis sie ihn wieder ansah. Was war los? Sein Blick huschte zu der Klappe im Boden.

Ein lauter Knall. Eine Druckwelle riss ihn von den Füßen. Die Bodenklappe hob sich. Neben ihm krachten Scheinwerfer zu Boden. Dass Leute schrien, konnte er nur sehen. Er kroch von der Bühne, kauerte sich dicht an die gemauerte Wand, presste die Hände auf die tauben Ohren.

Auch Lima Grotjahn, die neben dem Toningenieur auf einem Klappstuhl gesessen hatte, war aufgesprungen. Irgendwas war explodiert. Das stand so nicht in ihrem Skript. Im Keller der Probenbühne? Sie hatte genau gesehen, dass sich die Bodenklappe, durch die eigentlich Lazlo als Retter auftauchen sollte, angehoben hatte. Die Dramaturgin tauchte mit einem Erste-Hilfe-Koffer auf und lief zu Teodor, der benommen an der Wand saß und vermutlich noch nicht bemerkt hatte, dass ihm Blut über die Wange lief.

Lima schluckte mehrmals, um den Druck loszuwerden. Es fühlte sich an, als hätte ihr jemand Watte in die Ohren gestopft. Sie nestelte ihr Handy aus der Tasche, wählte Ewalds Nummer. Sie brauchte schließlich nicht zu verstehen, was er sagte. Er sollte ihr zuhören. Gleichzeitig verließ sie den Probensaal und ging zur Kellertreppe.

Ihr Telefon klingelte vergeblich. Sie zuckte mit den Schultern. Vermutlich war der Kommissar bereits alarmiert worden.

Lima schaute die Treppe hinunter. Alles unauffällig. Das Licht schaltete sich ein, sobald sie den Gang, der zu den Toiletten und zur Werkstatt führte, erreicht hatte. Die Tür zu dem großen Raum unter der Bühne hing schief in den oberen Scharnieren.

Kein Feuer, kein Rauch.

Lima bemerkte ihn sofort. Lazlo lag auf dem Rücken. Die Arme ausgebreitet, die Augen starr zur Decke gerichtet. Sie hockte sich neben ihn. Haare und Augenbrauen waren versengt.

»Was tust du da?«, dröhnte Ewalds Stimme hinter ihr.

Lima zuckte zusammen, erhob sich. »Nachsehen.«

»Hast du was angefasst? Wie lange bist du schon hier unten?«

»Nein, 37 Sekunden.«

»Wir sprechen uns später. Abflug!«, sagte Ewald und wandte sich dann an Zahni, seinen Partner. »Wir brauchen die Spurensicherung.« Er schnüffelte.

»Riecht nicht nach Gas. Nicht mehr«, sagte Lima.

»Aber nach aufdringlicher Krimiautorin«, knurrte Ewald. »Du störst meine Ermittlungen. Geh nach oben und mach deine Zeugenaussage.«

Obwohl sie sich im Gebäude und auf dem Gelände herumtrieb, bis die Leiche abtransportiert worden war, erfuhr sie nicht viel mehr, als sie sich selbst zusammengereimt hatte. Offensichtlich war im Keller unbemerkt Gas ausgetreten.

Als Lazlo auf den Schalter gedrückt hatte, der die Plattform steuerte, hatte ein Funke das Gas entzündet und den jungen Statisten getötet. Doch etwas störte sie. Warum hatte Lazlo so weit entfernt vom Aufzug auf dem Boden gelegen? Konnte ihn die Explosion so weit schleudern, ohne dass er verletzt wurde? Lima hatte kein Blut gesehen, keine verdrehten Gliedmaßen. Der junge Mann hatte beinahe friedlich, lang ausgestreckt, auf dem Rücken gelegen. Sie kannte ihn nur flüchtig, wie man eben jemanden kannte, der in dem Ort aufwuchs, in dem man selbst lebte. Immerhin wusste sie, dass er bei einem Gartenbaubetrieb arbeitete, wenn er nicht als Statist bei den Domfestspielen unterwegs war. Gartenliebe, Gartenlust, irgendwas Poetisches.

Okay, dann eben Gartentraum, wobei Lima eher ein Gartentrauma erlitt, als sie den geschlängelten Weg zum Eingang des Unternehmens entlangging. Sie hatte nicht geahnt, dass es derart viele unterschiedliche Möglichkeiten gab, seine Beete unter Steinen zu begraben. Sie grinste. Eine Sorte passte vorzüglich zu ihrer aktuellen Strähnchenfarbe, hellblau mit Perlmuttschimmer. Sie hob ein Steinchen auf und steckte es in die Jackentasche.

Ein Mann, der eine dunkelgrüne Latzhose und ein neongrünes Poloshirt trug, trat aus dem Gebäude. Er setzte ein Lächeln auf, als er Lima erblickte. »Wir haben heute geschlossen, bitte kommen Sie nächste Woche wieder«, sagte er und wollte an ihr vorbeigehen. Sie ergriff seinen Arm. »Ich war dabei, als Lazlo, na ja, den Unfall …«

Der Mann erstarrte, zog seinen Arm jedoch nicht zurück. Seine Stimme klang heiser, er fragte: »Was wollen Sie?«

Lima zuckte mit den Schultern. »Sehen, wo er gearbeitet hat. Er war so, aufgeschlossen, so interessiert an allem.«

»Das stimmt. Lazlo war der beste Auszubildende, den ich je hatte.« Er seufzte. »Warten Sie auf die Erweiterung der Landesgartenschau nächste Woche, drüben bei Brunshausen, an der Gande. Diese hängenden Gärten, das war seine Idee. Ich muss los.«

Lima hatte von dieser Erweiterungsbaustelle gehört. Da hatte es irgendwelche Schwierigkeiten mit dem Erwerb des Geländes gegeben, deshalb waren die Arbeiten noch nicht abgeschlossen, obwohl die Landesgartenschau längst begonnen hatte. Man munkelte etwas von archäologischen Bodenfunden. Ob Ewald etwas Genaueres wusste? Darauf konnte sie jetzt nicht warten. Sie musste sich selbst vor Ort umschauen. Es war nicht zu fassen. Endlich führten Mitglieder des Ensembles der Domfestspiele im anschließenden Gartenschauprogramm einen ihrer Thriller auf, den sie extra für die Probenbühne umgeschrieben hatte, und dann starb einer der Schauspieler bei den Proben. Ganz kurz blitzte der Gedanke auf, dass jemand ihr damit schaden wollte. Auf keinen Fall, auf derartig paranoide Ideen würde höchstens der ermittelnde Kommissar kommen, um sie außer Gefecht zu setzen.

Nix da.

Sie fuhr nach Brunshausen. Rechts neben der Durchgangsstraße waren auf dem Grünstreifen ein paar provisorische Parkplätze eingerichtet worden. Von dort aus brauchte sie rund fünf Minuten, um das zukünftige Landesgartenschaugelände zu erreichen. Auf einer schmalen Brücke über die Gande war ein Drehkreuz installiert worden. Noch ließ es sich problemlos beiseiteschieben. Lima lief den Hauptweg entlang. Eine Art Labyrinth, überall erhoben sich von Blumen und Grünpflanzen überwucherte Gestelle. Auf jedem herrschte eine Blütenfarbe vor. Gerade versperrte Lima ein violett leuchtendes Quadrat den Weg. Rechts oder links? Sie entschied sich für rechts.

Es dauerte fast zwanzig Minuten, bis sie das Zentrum des Labyrinths erreicht hatte. Einen hölzernen Turm, nur drei oder vier Meter hoch. Sie stieg hinauf und sah sich um. Ein großer Pfeil, den sie zuerst für eine Art Wetterhahn gehalten hatte, wies nach Norden. Dort stand in etwa zwanzig Meter Entfernung ein großes, graues Zelt. Sofort eilte sie dorthin. Der Weg war bereits wenige Meter hinter dem Turm mit

Baken verstellt. Lima ließ sich nicht aufhalten. Um das Zelt waren rot-weiße Flatterbänder gewickelt. Sie schob die Zeltplane einer Seite ein wenig hoch und schaute ins Innere. Sie sah einen hölzernen Tisch und dahinter eine Grube, in der weiße Zettelchen steckten. Sah beinahe aus wie bei einer Mordermittlung oder … wie bei einer archäologischen Ausgrabung.

»Was tun Sie da?«

Lima fuhr herum. Oh, Steinberg, Lazlos Chef von der Gartenbaufirma. Lima setzte den treuherzigsten Augenaufschlag auf, den sie zustande brachte, und lächelte verlegen: »Sie haben doch gesagt, ich …«

»Nach der Eröffnung habe ich gesagt. Verschwinden Sie jetzt. Sonst rufe ich die Polizei.«

›Na, das könnte interessant werden‹, dachte Lima, beschloss aber, dass sie es nicht darauf ankommen lassen wollte. Sie hatte gesehen, was sie wissen wollte. »Schon gut, ich bin ja schon weg. Aber das Labyrinth ist der Hammer.«

Lima hätte sich zu gern Lazlos Wohnung angesehen. Aber da lief sie natürlich Gefahr, den Leuten des Kommissars zu begegnen. Es war aber auch zu dämlich. Bei ihren Krimis half er gern, erklärte ihr Verfahren, zeigte ihr Instrumente und Programme, die Fachleute für Ermittlung und Spurensicherung einsetzten, aber sobald es um einen seiner Fälle ging, blockierte er komplett. Was wirklich schade war, denn live ist immer besser als jede Erklärung.

Lima saß in ihrem Wagen und dachte nach. Sie hatte bereits gewendet und wollte nach Hause fahren, als ihr Tante Agathe einfiel. Nicht ihre Tante, Lazlos Tante. Die hatte sich beim Blutspenden mal damit gebrüstet, dass der Lazlo ihren kompletten Garten gestaltet hatte, völlig kostenlos, weil das seine Abschlussarbeit für das zweite Lehrjahr sein sollte. Nachdem Lima in die Straße eingebogen war, parkte sie ein paar Häuser weiter vorn, falls die Polizei auf die gleiche Idee kam wie sie. Im Moment war in der Straße kein

Einsatzfahrzeug zu sehen, und Ewalds roter Kombi ebenfalls nicht.

Lima klingelte und drückte beide Daumen, dass die Tante noch nichts vom Tod ihres Neffen wusste.

Die Tür wurde geöffnet, doch Agathe schien sich nicht an Lima zu erinnern. Deshalb streckte sie die Hand aus.

»Lisa-Marie Grotjahn, wir kennen uns vom DRK. Da haben Sie mal von Ihrem Garten erzählt. Ich wollte fragen, ob Sie mir den mal zeigen würden. Ich spiele auch mit dem Gedanken, die Firma Gartentraum zu beauftragen.«

Agathe nickte, lächelte und bat Lima herein. Sie gingen durch den Flur und das Wohnzimmer, traten auf die Terrasse. Von dort aus konnte man den ganzen Garten überblicken. Am hinteren Ende stand ein großer Laubbaum, vermutlich eine Buche. Darunter eine Sitzecke und davor in unregelmäßigen Abständen puzzleförmige Beete.

Agathe ging mit ihr durch den Garten und erklärte ihr das Konzept jedes einzelnen Beetes. Schließlich kamen sie bei der Buche an. »Das da müssen Sie nicht beachten. Da hat der Lazlo ein paar Experimente gemacht.«

»Mit dem Grill?«

Agathe lachte. »Aber nein, das ist doch kein Grill, das ist eine Schmiede.«

»Eine Schmiede? Ach, ich verstehe, für Gartendekorationen.«

»Darüber darf ich Ihnen wirklich nichts sagen. Es ist alles sehr geheim.« Glücklicherweise klingelte es in diesem Moment an der Haustür. Verwirrt schaute Agathe zwischen ihr und dem Haus hin und her. »Gehen Sie nur, ich schau mich noch einen kleinen Moment um, wenn ich darf.«

Agathe nickte und lief zum Haus.

Sofort untersuchte Lima die kleine provisorische Schmiede. Sie steckte ein paar Schlackestückchen und einige Metallbrocken ein. Wenn das keine Bronze war, würde sie nie wieder ein Wort schreiben.

Dann verließ sie den Garten durch die Seitentür neben der Garage.

Lima war gerade zu Hause angekommen und hatte es sich mit einem Glas Wasser, einer Packung Kekse und einem Buch auf dem Sofa gemütlich gemacht, als ihr Telefon klingelte. Sie sah auf dem Display, wer da anrief.

»Hallo Teodor, wie geht es dir?«

»Mir geht es gut. War nur kurz im Krankenhaus. Ich verstehe das alles nicht. Aber das ist auch egal, es muss ja weitergehen. Ich will mit dir über das Stück sprechen.«

Lima rutschte das Herz in die Hose. Bitte nicht, bitte keine Absage. Andererseits, verständlich wäre es.

»Also, Ariane will auf jeden Fall als Petra weitermachen, und sie hat auch schon einen Ersatzschauspieler für Lazlo gefunden.« Seine Stimme wurde immer leiser, je länger er sprach.

Lima wusste nicht, was sie dazu sagen sollte. Sie gab ein aufmunterndes Geräusch von sich.

»Ich verstehe diese Frau nicht. Hat die gar kein Herz?«

»Ariane?«

»Wer sonst? Weißt du, was Lazlo mir erzählt hat? Er hat gesehen, dass sie stapelweise Stimmkarten für sich selbst geschrieben und in die Kästen für die Besucher gesteckt hat. Ich habe schon versucht, Sandra anzurufen. Wollte sie fragen, ob sie die Petra spielen würde, habe sie aber nicht erreicht.«

»Immer langsam, wer weiß, ob das stimmt. Du meinst die Stimmkarten für den Preis als beste Schauspielerin der Saison?«

»Genau, für den Roswitha-Ring, Ariane will mit aller Macht berühmt werden.«

Lima runzelte die Stirn. »Na ja, würdest du denn lieber aufhören, an dem Stück zu arbeiten?«

»Nein, natürlich nicht, ›the show must go on‹. Aber … jetzt gerade …«

»Dann lass uns doch einfach eine Pause machen, zum Beispiel bis nach der Beerdigung.«

Teodor klang erleichtert. »Gute Idee, so machen wir's. Danke. Ich melde mich bei dir.«

Lima hatte gehört, dass Sandra Koschmieder, die in ›Der Name der Rose‹ und ›Die Schatzinsel‹ mitspielte und vor allem in ›Der kleine Horrorladen‹ die Herzen der Zuschauer für sich gewann, als wahrscheinlichste Anwärterin auf diese Auszeichnung gehandelt wurde.

Sie musste grinsen. Eigentlich erstaunlich, dass nicht schon viel früher mal eine auf diese Idee gekommen war. War es denkbar, dass Ariane Angst hatte, dass Lazlo mit seinen Informationen zum Intendanten ging und sie verpfiff? Brachte man deswegen jemanden um?

Andererseits hatte Ariane das eindeutigste Alibi von allen. Zum Zeitpunkt der Explosion hatte sie für alle sichtbar auf der kleinen Bühne gelegen.

Nachdem Jonas, der Kunstschmied aus Gehrenrode, ihr bestätigt hatte, dass die kleinen Metallbrocken aus Bronze bestanden, rief sie den Kommissar an.

»Was willst du?«

»Weißt du, dass Lazlo Bronze geschmiedet hat?«

»Hm, das passt zu den älteren Verbrennungen auf seinen Händen und Oberarm… sorry, das … egal. Wo?«

»Bei seiner Tante Agathe im Garten. Und der Steinberg, sein Chef, der versteckt eine archäologische Ausgrabungsstelle auf dem Gartenschaugelände.«

»Das verstehe ich nicht.«

Lima lächelte. »Na ja, vermutlich haben die beiden beim Arbeiten was richtig Altes gefunden. Bronzeschmuck oder Schwerter, was weiß ich. Die haben sie verschwinden lassen. Lazlo schmiedet die Fundstücke nach und voilà! Überraschung! Alles nur gefälscht. Die Archäologen ziehen ab, Besuchermassen strömen herbei.«

»Warum dann der Mord?«

»Vielleicht hat Lazlo kalte Füße bekommen oder wollte zu viel von dem Verkaufserlös. Wer weiß? Bei Geld hört die Freundschaft auf.« Lima konnte hören, dass der Kommissar aufgestanden war und herumlief.

»Okay, danke. Ich kümmere mich und du, du schreibst schön weiter an deinem nächsten Krimi.«

Er hatte aufgelegt, bevor Lima antworten konnte.

Natürlich konnte sie sich nicht auf ihren Text konzentrieren. Ein Spaziergang beruhigte das Gedankenkarussell ebenso wenig wie zwei Gläser Aperol auf Antonios Terrasse. Als die Zuschauer aus ›Der Name der Rose‹ strömten, legte sie Geld auf den Tisch, winkte und kehrte nach Hause zurück.

Als das Telefon klingelte, schreckte sie auf. Sie tastete nach dem Handy. Was für ein schrilles Geräusch. »Ja.«

»Du klingst ja munter.«

»Ewald! Hat alles geklappt? Habt ihr den Mörder?«

»Fehlalarm. Das Ganze ist eine Inszenierung. Steinberg und Lazlo wollten so tun, als hätten sie wirklich was gefunden, um Besucher anzuziehen. Aber Lazlos dilettantische Fälschungen hätten keinen Archäologen hinter dem Mikroskop hervorgelockt. Sie haben sogar einen Schauspieler engagiert, der den Forscher geben soll.«

»Mist!«

Ewald lachte. »Klang verführerisch, muss ich zugeben, war aber eben einer blühenden Fantasie entsprungen. Oh, Zahni kommt eben ins Büro. Muss los.«

Lima hörte noch, dass er etwas wie: »Habt ihr die vermisste Person?« sagte, bevor er die Verbindung beendete. Vermisste Person? Vermutlich wieder einmal eine verwirrte Omi aus dem Seniorenheim.

Lima zog sich an, frühstückte zwei Tassen Kaffee und lief dann unruhig in ihrer Küche auf und ab. Sie musste etwas übersehen haben. Auch wenn Ewald das nicht explizit gesagt hatte, die Polizei glaubte offensichtlich ebenfalls nicht an einen Unfall.

Ariane. Sie war die Einzige, die ein Motiv hatte. Zugegeben, ein eher mageres. Aber sie war auf der Bühne gewesen. Fernauslösung. Das war die Lösung. Sah man das nicht dauernd im Fernsehen, dass Explosionen mit Handys ausgelöst wurden? Hätte Ariane die Gelegenheit gehabt, ihr Handy zu bedienen, kurz bevor es rummste? Klar. Sie lag auf dem Boden, zusammengekrümmt, mit dem Rücken zum Publikum.

Lima zerrte ihr Fahrrad aus dem Schuppen und fuhr so schnell sie konnte zur Probenbühne. Sie hörte Stimmen aus dem Saal. Ein Klirren. Vorsichtig spähte sie durch die Tür. Ah, Emse und Karl bauten ein Bühnenbild auf. Da wollte sie nicht stören.

Sie schlich in den Keller. Die Tür war repariert, aber unverschlossen, wie immer. Die Garderoben lagen links, die Toiletten rechts. Arianes Schrank stand offen. Ein Paar Stiefel, Handtuch und Badelatschen, Limas letzter Krimi ›Gold in der Gande‹ und eine Packung festes Shampoo. Mehr nicht. Was hatte sie erwartet?

Sie fuhr herum. War da jemand? Ihre Nackenhärchen stellten sich auf.

Sie schüttelte den Kopf. Werd bloß nicht paranoid.

Um sich selbst zu beweisen, dass da niemand war und dass sie keine Angst hatte, betrat sie den großen Werkstattraum unter der Bühne, ohne das Licht anzuschalten. Sie umging die Stelle, an der Lazlo gelegen hatte. Als sie an dem Aufzug angekommen war, schaltete sie die Taschenlampe ihres Handys an. Sah alles so aus wie immer. Sie leuchtete in die Tiefe des Raumes. Wo stand die Heizung? Sie erblickte eine Reihe Gasflaschen, wie man sie für Grills oder Terrassenöfen verwendete.

Atmete da jemand? Ihre Hand zitterte. Waren das Schritte hinter ihr? Sie drehte sich langsam um. Ein höhnisches Lachen ertönte. Woher? Sie fuhr erneut herum, schlug mit der Hand gegen den Aufzug. Das Handy fiel herunter. Sie schrie, spürte, dass jemand sie stieß. Sie fiel hin. »Ariane! Hilfe!«, brüllte sie, so laut sie konnte.

Als sie wieder wach wurde, saß sie auf einem Stuhl. Ihre Hände waren hinter der Lehne zusammengebunden. Sie zog daran. Autsch, verdammt. Kabelbinder. Sie hob den Kopf. Sah sich um. Bläuliches Licht flackerte in einiger Entfernung. Es zischte. Jemand zündete einen der Heizstrahler an. Das Licht breitete sich aus, wurde rot.

Lima versuchte aufzustehen. Es gelang ihr nicht. Ihr Mund war trocken, aber sie war nicht geknebelt. Sie bewegte die Zunge, befeuchtete die Lippen und rief um Hilfe. Sofort erklang Musik. Joshua Kadison, *Picture Postcards from L.A.*, nicht laut, aber laut genug, dass ihre Rufe darin untergingen. »Ariane! Bist du da? Ariane, sprich mit mir.«

Plötzlich stand jemand neben ihr, beugte sich herunter, leckte ihr über den Hals. Sie bog sich zur Seite. Igitt. Dann ein Flüstern, ganz nah an ihrem Ohr. »Du hast es wirklich geglaubt, nicht wahr? Dass Ariane ihn umgebracht hat. Tja, sie war's nicht.«

»Teodor?«

Er stellte sich vor sie. Lächelte selig. »Mit mir hast du nicht gerechnet, stimmt's? Mit mir rechnet nie jemand.«

»Hast du Lazlo ...? Warum?« Lima verstand nichts. Sie zerrte an ihren Händen. Sie musste hier weg.

»Das ist deine Frage, nicht wahr?« Er zog etwas aus seiner Tasche. »Aber hier stelle ich die Fragen. Du kennst doch das Stück. Warum hat die Polizei Ariane noch nicht verhaftet? Ich habe alles vorbereitet. Das Handy in ihrem Spind deponiert, Theaterblut an ihrem Handtuch und an Lazlos Hose.« Er breitete eine Plastiktüte aus. »Los, sag's mir.«

»Was? Woher soll ich wissen …?« Sie zitterte. Der wollte doch nicht ...?

»Falsche Antwort. Du weißt doch, wie es läuft.« Er kicherte. »Dies hier ist keine präparierte Theaterplastiktüte, das kannst du mir glauben.« Er zog sie auf, hielt ihr die Öffnung hin. Ging um den Stuhl herum. Lachte erneut. »Ich habe das Stück auch gelesen. Treten ist nicht.«

Lima warf sich nach vorn. Vielleicht zerbrach der Stuhl. Doch er kippte nicht. Teodor hielt ihn an der Lehne fest.

»Nicht so stürmisch.«

Dann stülpte er ihr die Tüte über den Kopf. Lima sog vor Schreck tief die Luft ein. Sofort klebte das Plastik an ihren Lippen, sie wollte schreien. Strampelte mit den Beinen. Luft. Luft. Höhnisches Gelächter. Hilfe! Luft!

»Ganz ruhig. Ganz ruhig.«

Lima schnappte nach Luft. Sie konnte atmen. Erleichtert füllte sie ihre Lungen. Dann blickte sie sich um. Sie saß noch immer auf dem Stuhl. Jemand hielt ihren Oberkörper fest.

»So ist es gut. Schön tief atmen.«

»Ewald?« Ihre Stimme klang rau, und sie musste schon nach den beiden Silben wieder heftig einatmen.

»Ja, ich bin da. Alles ist gut.«

»Woher?«

»Später, erhol dich erst einmal.«

Lima und der Kommissar saßen an der Eisdiele in der Sonne. Die Cappuccino-Tassen waren leer. Nachdenklich sagte Lima: »Die Liebe bringt offensichtlich das Beste und das Schlechteste zutage.«

Ewald grunzte zustimmend. »Teodor liebt Sandra Koschmieder. Er wollte ihr alle Hindernisse aus dem Weg räumen. Und Ariane stand ihr im Weg, dachte er. Deshalb musste sie verschwinden.«

Lima seufzte. »Ihr deswegen den Mord an Lazlo anhängen, Lazlo überhaupt nur aus diesem Grund umzubringen? Ich kann es nicht fassen.«

»Immerhin haben wir Ariane noch rechtzeitig gefunden.«

»Die vermisste Person.«

»Er hatte den Lenker an ihrem Fahrrad gelöst. Er wusste, dass sie durch den Wald nach Hause fährt. Glücklicherweise hat sie sich nur ein Bein und zwei Rippen gebrochen.«

»Aber eine ganze Nacht, verletzt, allein im Wald. Das ist gruselig.« Lima verstummte. »Allerdings nicht halb so gruselig wie plötzlich das Opfer im eigenen Krimi zu sein.« Sie lächelte kläglich. »Ich glaube, ich schreibe in Zukunft Liebesromane.«

Ewald legte ihr eine Hand auf den Arm und drückte fest. »Ich fürchte, das geht nicht. Ich brauche deine Hilfe. In Altgandersheim wurde ein Mann ermordet, könntest du dich mit seiner Witwe anfreunden? Wir können ihr bisher nichts nachweisen.«

Lima sah ihn verwundert an. Hatte er eben um ihre Hilfe in einem echten Fall gebeten? »Vielleicht hat er es verdient?«

»Das sollten wir herausfinden, oder?«

Corina C. Klengel

Die hölzerne Braut

Hrotsvita blickte aus dem Fenster ihrer kleinen Kammer. Die Sonne erreichte nur einen Teil der schmalen Nebengasse, über der die Fachwerkhäuser geradezu zusammenwuchsen. Das dunkle Zwielicht der Gasse passte zu ihrer Bedrücktheit. Es war ein schlimmer Tag, nämlich der Tag, an dem über ihre langjährige Freundin Bridlin gerichtet werden sollte. Sie wusste in der Tiefe ihres Herzens, dass Bridlin keine schwarze Hexe, sondern ein guter, gottesfürchtiger Mensch war. Doch was konnte sie, eine einfache Buchbinderstochter, dem Schuldspruch eines beauftragten Gerichtskommissars entgegensetzen? Es war zum Verzweifeln, wie sich so plötzlich alles gegen Bridlin verschworen hatte. Neben der boshaften Aussage, man habe Bridlin im Himmelskleid bei Vollmond Zaubersprüche aufsagen gesehen, hatte ein in ihrer Kammer gefundener Apfel als endgültiger Schuldbeweis gedient. Er war quer aufgeschnitten worden, sodass sich das Kerngehäuse als fünfzackiger Stern zeigte. Der fünfzackige Stern, auch Drudenfuß genannt, war seit Alters her ein Hexenzeichen.
Mit schwerem Herzen dachte Hrotsvita an Agnes und Etzel, Bridlins Eltern, sowie an die kleinen Geschwister ihrer Freundin. Unvorstellbar, was sie durchmachen mussten. Wie ihr eigener Vater, so war auch der Papiermacher Etzel für Nonnenstift und Kloster tätig.

Seufzend öffnete Hrotsvita, die man nach einer weisen Äbtissin des Stifts benannt hatte, das Fenster, um zu lüften. Vom Marktplatz waren bereits die ersten Geräusche der Händler zu vernehmen, die ihre Stände aufbauten. Früher hatte sie den Markttag geliebt. Es war Bridlin, mit der sie durch die Reihen der Händler gestromert war. Und nun würde Bridlin an eben diesem Ort ihr Leben verlieren. Und das nicht etwa, weil sie in einer Vollmondnacht Milch verzauberte, nein, der wahre Grund war, dass ihre schöne Freundin den reichsten Mann der Stadt abgewiesen hatte.

Mit schwerem Herzen ließ sie den Kopf hängen. Da fiel ihr Blick auf eine Rose, die auf dem Balken ihres Fensters lag. Sie nahm die Blume auf und betrachtete die fünf zarten Kelchblätter, deren Farbe innen weiß begann und zum Rand hin in helles Rosa auslief.

»Fünf Blätter ... genau wie bei Apfelblüten«, murmelte Hrotsvita versonnen vor sich hin. Sie, die Blumen über alles liebte, wusste, die Fünfblättrigkeit machte Rosen und Apfelbäume zu Verwandten. Die Rose war ebenso Symbol der Christen wie auch der weißen Hexen, dachte sie wehmütig. Während sie die perfekte Form der Blüte bestaunte, stieg ihr ein betörender Duft in die Nase. Endlich stahl sich ein Lächeln in ihr Gesicht. Es war nicht die erste Gabe, die sie auf diese Weise erhielt. Die erste Rose bekam sie drei Wochen zuvor, kurz vor Johannis. Obwohl sie nicht glaubte, dass der Sender dieses Rosengrußes noch in der Nähe war, lehnte sie sich doch aus dem Fenster und blickte neugierig hinaus. Die Rosengabe hatte sie jeweils am Markttag erreicht. War er einer der Händler? Warum sprach er sie nicht an? War er nicht mehr dort, wenn sie mit ihrer Mutter auf dem Markt kam, um einzuholen? War er zu schüchtern? Oder zu hässlich? Gedankenversunken ging sie, um sich einen Becher zu holen. Wie schon zuvor würde sie die herrliche Blume darin in ihr Fenster stellen. Insgeheim hoffte sie, dass derjenige, der sie mit diesem wiederkehrenden Rosengruß bedachte, so sehen würde, dass sie seine Gabe mit Freuden annahm und schätzte.

Am Frühstückstisch kehrte ihre Schwermut zurück. Sie bekam kaum etwas von ihrer Hafergrütze herunter, obwohl sie an diesem Tag etwas Honig enthielt, den Hrotsvita so mochte. Ihre Mutter Jonatha betrachtete sie voller Sorge und strich ihr über die Wange.

»Vielleicht solltest du heute nicht auf den Markt gehen. Wir brauchen nicht viel, das schaffe ich schon allein.«

Hrotsvita lächelte sie dankbar an. Als sie sich vergegenwärtigte, dass ihre Mutter ihr den Anblick der Vorbereitungen des Henkers zu ersparen suchte, brach sich der seit Tagen in ihr schwelende Zorn Bahn.

»Das ist einfach nicht gerecht!«, entfuhr es ihr. »Bridlin ist der großzügigste, liebenswerteste Mensch, den ich kenne. Nie und nimmer ist sie eine Schadensbringerin. Ich bin überzeugt, dass Cuntz für diese schrecklichen Vorwürfe verantwortlich ist. Dieser ebenso reiche wie verschlagene Goldschmied hat einfach viel zu viel Einfluss auf die Honoratioren der Stadt und vor allem auf das Stift. Hat er nicht gerade wieder einen großen Beutel Taler für den Zierrat der neuen Seitenkapellen gestiftet?«

»Hrotsvita, Liebes, mäßige deine Stimme«, flüsterte ihre Mutter mahnend und sah sich verzagt um, als stünde der Goldschmied irgendwo in einer Ecke ihrer Stube.

»Ach Mutter ... wie kann der Herr nur so ein Unrecht zulassen? Bridlin muss sterben, weil sie Cuntz' Antrag ablehnte und nicht, weil sie die Milch von Matthes Kuh verhexte. In jener Nacht lag Bridlin wie wir auch im Bett und schlief.« Hrotsvita warf die Arme hoch. »Himmelherrgott, jeder weiß doch, diese Kuh war betagter als der elende Schuppen, in dem Matthes sein Vieh hält. Die war nicht verhext, sondern alt und krank. Ein paar Tage vorher sah ich ihn im Gespräch mit Yrmell. Sicher bat er sie um heilende Kräuter für die Kuh.«

»Du hast ihn mit Yrmell gesehen?«, fragte ihre Mutter.

»Aber ja. Meinst du nicht, dass sie Bridlin helfen könnte?«

Jonatha nahm Hrotvitas Hände in die ihren und sagte traurig: »Selbst wenn Matthes ihr von seiner siechenden Kuh erzählte ... du weißt doch, dass es einer Verfemten nicht erlaubt ist, auszusagen. Überdies würde man ihr nicht glauben.«

»Weil ihr Wort gegen das von Cuntz stünde, ich weiß. Auch das ist Unrecht. Yrmell ist eine gute Heilerin und Hebamme. Es gibt kaum jemanden in der Stadt, dem sie nicht schon geholfen hat. Sobald die Kranken gesundet sind, nennen sie Yrmell eine Hexe und wechseln die Gassenseite.

Bei guten Gaben bleiben die Leute misstrauisch, aber an Schadenszauberei sind alle sofort bereit zu glauben?«

»Du hast ja recht. Die Menschen unterscheiden nicht zwischen weißen und schwarzen Hexen. Es überwiegt die Angst vor den besonderen Fähigkeiten dieser Frauen. Yrmell ist eine weiße Hexe. Man lässt sie gewähren, aber die Menschen nehmen sie auch nicht in ihrer Mitte auf.«

»Deshalb muss sie ganz allein im Wald hausen?«

Jonatha lächelte. »Oh, ihr Häuschen und der Garten sind sehr schön. Und allein ist Yrmell auch nicht, sie hat einen Sohn.«

»Oh ... das wusste ich gar nicht.«

»Er ist ein weiterer Grund, warum Yrmell nicht in unserer Mitte leben darf. Es gibt keinen Vater. Bei ledigen Müttern sind die Leute schnell dabei zu behaupten, sie bekäme ein Wechselbalg oder es sei der Teufel selbst gewesen, der solchen Frauen beigewohnt hätte.«

Hrotsvita verdrehte die Augen und gab ein abfälliges Geräusch von sich.

»Ich hätte auch nichts von ihrem Sohn gewusst, wäre der Junge nicht damals dabei gewesen, als ich mit dir niederkam.«

Jonatha senkte den Kopf. Hrotsvita wusste, dass es einzig Yrmells Heilkunst zu verdanken war, dass sie beide lebten. Es war eine sehr schwere Geburt gewesen, während der Mutter und Kind dem Tode näher als dem Leben gewesen waren. Yrmell war es gelungen, sie beide im letzten Moment dem Sensenmann wieder zu entreißen. So war Hrotsvita das einzige Kind ihrer Eltern geblieben.

Jonatha lächelte nun verschmitzt. »Habe ich dir mal erzählt, dass Yrmells Sohn dich streichelte, als du gerade geboren warst?« Hrotsvita staunte ihre Mutter an. »Alle waren damit beschäftigt, meinen Blutfluss zu stillen. Dich hatte man schnell in eine Decke gewickelt und an die Seite gelegt, wo du deinen Zorn mit aller Kraft in die Welt brülltest. Urplötzlich warst du still. Ich hatte schon Angst, dass der Herr dich zu sich genommen hatte, doch als wir uns umsahen, da stand der kleine Veyt an deiner Wiege. Er redete auf dich ein und streichelte dich.«

»Wie alt war der Junge?«, wollte Hrotsvita wissen.

»Vielleicht vier oder fünf.«

»Ist er heute auch ein Heiler?«

»Sicher wird er eine Menge von seiner Mutter gelernt haben, aber er verdingt sich mit Holzarbeiten, soviel ich weiß.«

»Und er lebt ebenfalls draußen im Wald? Darf er auch nicht in der Stadt wohnen?«

»Man schätzt seine Kunstfertigkeit, sehr sogar, aber nicht seine Anwesenheit.«

Hrotsvita schüttelte traurig den Kopf. Dann sah sie ihre Mutter verzweifelt an. »Und wenn die nächste Kuh Euterbrand bekommt, wen hängen sie dann? Yrmell? Ihren Sohn? Oder irgendeinen von uns?«

Bevor ihre Mutter zu einer Antwort fand, wurde die Tür zu Stube geöffnet und Vater Simon erschien. Die Röte seines Gesichtes ließ darauf schließen, dass er den Weg vom Librarium bis zum Haus gerannt sein musste. Nun trat er mit unendlich traurigem Blick in die Stube, wo er mit erwartungsvollen und zugleich fragenden Blicken empfangen wurde.

»Bridlin ...«, begann er und suchte sichtlich nach Worten.

»Vater, was ist mit ihr? Hat man ein Einsehen gehabt?«, fragte Hrotsvita voller Hoffnung.

»Nein ... leider ... man fand sie heute Morgen in ihrer Zelle ... tot.«

Hrotsvita schluchzte auf. Auch ihre Mutter schlug die Hände vor das Gesicht. Simon strich seiner Tochter tröstend über die Schultern.

»Es tut mir so leid. Ich wollte, dass du es von mir erfährst.«

»So blieb ihr und ihren armen Eltern die Schande der öffentlichen Hinrichtung erspart«, murmelte Jonatha bedrückt. »Wobei ich gar nicht weiß, ob die beiden noch da sind ...«

Simon blickte seine Frau an. »Wollten Etzel und Agnes denn fort?«

Jonatha nickte. »Hier wären sie doch Aussätzige. Etzel hat einen Vetter im Bayrischen. Dort werden Papiermacher gesucht.«

* * *

Hrotsvita trug den gefüllten Korb vom Markt nach Hause. Wieder dachte sie voller Kummer an Bridlin. Mittlerweile hatte sie am wöchentlichen Marktbesuch jegliche Freude verloren. Zu schwer wog die Leere an ihrer Seite. Die blonden Schwestern hatten die Nachbarn sie und Bridlin stets schmunzelnd genannt. Obwohl nicht blutsverwandt, so hatten sie doch beide Haare von der Farbe erntereifen Korns. Das von Hrotsvita war sogar noch eine Spur heller als das von Bridlin, die nunmehr bereits seit drei Wochen in Gottes Erde ruhte. Man munkelte, dass jemand Bridlin einen Gifttrunk in die Zelle geschmuggelt hatte. Hrotsvita hoffte, dass dieser Trank die Qualen ihrer Freundin früh genug hatte beenden und Bridlin ihren Frieden hatte finden können. Der einzige Lichtblick in der Zeit der schmerzenden Leere war die Rose, die sie auch am heutigen Morgen wieder vor ihrem Fenster vorgefunden hatte. Dieses Mal hatte die Blume auf einer kleinen Holztafel gelegen, in die jemand mit großer Kunstfertigkeit ihr Antlitz geschnitzt hatte. Obwohl nur wenige Linien darauf zu sehen waren, so hatte man sie doch auf den ersten Blick erkennen können. Auch ihre Eltern waren höchst beeindruckt von dieser ungewöhnlichen Gabe. Die Frage, wer dieser Galan wohl sein könnte, brannte immer drängender in ihr. Warum nur hielt er sich verborgen?

Dergestalt in Gedanken versunken, bemerkte sie die massige Gestalt nicht, die sie schon seit geraumer Zeit beobachtete und in die sie nun geradewegs hineinlief. Erschrocken wich sie zurück. Die begonnene Entschuldigung blieb ihr geradezu im Halse stecken, als sie in das feiste Gesicht von Cuntz blickte – eben jenem Manne, dem Bridlin den Tod verdankte.

»Schöne Hrotsvita, Ihr wirkt ein wenig abwesend, wie mir scheint«, bemerkte er und deutete eine Verbeugung an.

»Verzeiht! Ich habe tatsächlich nicht auf den Weg geachtet«, stammelte Hrotsvita und wollte sich schon an dem verhassten Goldschmied vorbeidrängen. Dieser packte unversehens ihren Arm.

»Nicht so schnell!« Er blickte sie streng an. »Für diesen Fauxpas darf ich doch wohl Genugtuung erwarten.«

»Wie bitte?«, fragte Hrotsvita verunsichert. Cuntz' Gesicht verzog sich zu etwas, was wohl ein Lächeln sein sollte, aber verstörender wirkte als die strenge Miene zuvor.

»Trinkt einen Becher gewürzten Wein mit mir, dann soll eure Schuld getilgt sein.«

Hrotsvita sah in seine hellen Augen, welche sie an die von Schweinen erinnerten. Plötzlich glaubte sie, ein gefährliches Glitzern darin zu sehen. Da es angeraten war, diesen einflussreichen Mann nicht zu verärgern, mühte sie die Andeutung eines Lächelns auf ihre Züge.

»Sehr gütig von Euch, Meister Cuntz. Aber was würden die Leute sagen, wenn ich, eine unwürdige Buchbinderstochter mit Euch in die Schenke ginge. Das wäre Eurem untadeligen Ruf abträglich.«

»Eure Schönheit, beste Hrotsvita, macht Euren Stand mehr als wett. Und mein Ruf ist so schnell nicht zu erschüttern.«

»Aber meiner«, wagte Hrotsvita einzuwenden. Bangen Herzens wartete sie auf seine Reaktion, denn seine Augen hatten sich zu schmalen Schlitzen verengt. Während er seinem Mund befahl, sich zu verbreitern, schauten seine Schweinsäuglein aus, als beabsichtigten diese, sie in Brand zu setzen.

»Natürlich meine Teure«, brachte er mühsam höflich hervor. »Dann soll der gemeinsame Weingenuss warten, bis ich Euren Eltern meine Aufwartung gemacht habe. Dieses hole ich zeitnah nach, drängt es mich doch, Euch näher kennenzulernen. Einen schönen Tag noch, schöne Hrotsvita!«

Damit wandte er sich ab und ließ eine verstörte Hrotsvita zurück, der die Gedanken durcheinanderpurzelten wie Würfel in einem Schüttelbecher.

* * *

»Er will uns seine Aufwartung machen?«, fragte Jonatha mit schreckgeweiteten Augen, während Hrotsvita die Tränen über die Wangen liefen.

»Das ist nicht gut«, bemerkte Simon nahezu tonlos.

»Ihr könntet behaupten, ich sei bereits versprochen ... einem entfernten Vetter in ... in ... irgendwo weit weg«, haspelte Hrotsvita verzweifelt. Ihr schlug schweigsame Hilflosigkeit entgegen. Sie sank zusammen. »Ich werde wie Bridlin enden ...«

»Na na, nun male den Teufel nicht an die Wand!« Ihr Vater klopfte unbeholfen auf ihrer Hand herum. Allerdings klang er wenig zuversichtlich.

»Was ist denn mit deinem Rosenkavalier?«, fragte ihre Mutter. »Weißt du mittlerweile, wer er ist?«

»Nein«, jammerte Hrotsvita und sackte noch ein Stück mehr zusammen.

»Himmel! Warum offenbart sich dein Verehrer nicht?« Jonatha schimpfte diesen Satz nahezu heraus. Hrotsvita war klar, dass die pure Sorge diesen unbotmäßigen Ton verursachte. »Wenn er dir einen Antrag machen würde, bevor dieser Cuntz sich dir erklärte ...«

Simon blickte seine Frau traurig an. »Ich fürchte, seine Zurückhaltung könnte einen Grund haben. Womöglich ist er ein Unfreier und steht weit unter Hrotsvitas Stand.«

»Mit Sicherheit würde ich mit so einem Mann glücklicher werden als mit einem gierigen Goldschmied«, begehrte Hrotsvita trotzig auf.

Ihr Vater lächelte unfroh. »Selbst wenn er sich offenbarte und dir einen Antrag machte, er müsste sich gegen die einflussreichste Persönlichkeit der Stadt stellen.«

»Du hast recht«, lenkte Hrotsvita ein. »Das könnte und würde ich von ihm nicht verlangen. Es reicht, wenn dieser grässliche Cuntz mich ins Unglück stürzt.«

Jonatha wandte sich mit flehendem Blick an ihren Mann. »Könnte nicht die Äbtissin helfen?«

»Schwerlich«, entgegnete dieser. »Prinzessin Sophia muss sowieso schon um ihren Einfluss kämpfen, zumal sie nicht mehr so häufig in Gandersheim weilt. Bedenke, sie hat gerade erst die Gegenäbtissin Walburg überwunden.«

»Dann bleibt uns nur noch zu beten«, bemerkte Jonatha sichtlich verzweifelt.

»Genau das werde ich jetzt tun«, verkündete Hrotsvita, die die Trauer ihrer Eltern unsäglich schmerzte. Sie erhob sich, griff nach einem Tuch und verließ geradezu fluchtartig ihr Elternhaus.

* * *

Ihr Elan, in einem inbrünstigen Gebet Hilfe bei höheren Mächten zu suchen, zerfiel bereits auf dem Weg in die Marktkirche. Nachdem sie sich bekreuzigt und vor dem Altar geknickst hatte, war die zum Gebet nötige Ruhe endgültig verschwunden. Zorn und Verzweiflung brachen gleichermaßen unhaltbar aus ihr heraus. Händeringend begann sie zu lamentieren.

»Was habe ich getan, dass mir das gleiche Schicksal droht wie Bridlin? Lehne ich die Avancen dieses schmierigen Goldschmiedes ab, marschiert der schnurstracks zum Schultheiß und behauptet auch von mir, Milch verhext zu haben. Seine Frau zu werden, ertrage ich aber auch nicht. Was soll ich nur tun?«

»Der Goldschmied?«

Hrotsvita fuhr herum. Aus dem Seitenschiff trat ein junger Mann mit einem Holzbeitel in der Hand heraus. Offenbar hatte er dort gerade etwas repariert. In ihrem Gefühlssturm hatte sie ihn gar nicht bemerkt. Ihr Schreck wurde zu Verwunderung, weil der junge Mann sie nun derartig verstört ansah, als habe sie sich gerade mitten im Kirchenschiff in einen Leviathan verwandelt. Hrotsvita starrte verwirrt zurück. Nach einem Moment begannen beide, beschämt über die eigenartige Situation, gleichzeitig zu sprechen, wobei sie gleichermaßen mit einer Entschuldigung herauspurzelten. Sie hielten abermals inne und lächelten sich schüchtern an. Schließlich ergriff der junge Mann das Wort.

»Du bist mit Recht so aufgewühlt, wenn dir Cuntz den Hof macht«, bemerkte dieser, um sich im nächsten Moment für seine allzu vertraute Anrede erneut zu entschuldigen.

»Aus irgendeinem Grund habe auch ich das Gefühl, dich zu kennen, obwohl ich dich nie sah«, gab Hrotsvita zurück.

»Oh ja, wir kennen uns.« Der junge Mann lächelte sie an. »Ich bin Veyt ...«

»Yrmells Sohn«, fiel ihm Hrotsvita verblüfft ins Wort.

»Ich kenne dich schon seit deiner Geburt«, bemerkte er schmunzelnd.

»Ich weiß. Meine Mutter erzählte es mir. Vielen Dank, dass du mich so nett willkommen geheißen hast.«

»Gern geschehen«, gab er zurück. Doch dann flüchtete sein Blick wieder vor dem ihren. »Ich habe mich immer gefreut, wenn ich dich auf dem Markt sah.«

»Oh«, brachte Hrotsvita noch heraus, bevor ihr die Worte ausgingen.

»Wissen deine Eltern von Cuntz?«, wollte er wissen.

Hrotsvita nickte. »Sie wissen auch keinen Rat. Gerade bin ich aus unserem Haus geflohen, weil ich ihre Verzweiflung nicht ertragen konnte. Vielleicht sollte ich weggehen ...«, überlegte sie laut.

»Hast du denn jemanden, zu dem du könntest?«

»Nein«, seufzte Hrotsvita.

»Du könntest zu uns kommen. Ich weiß, meine Mutter wäre einverstanden. Der Wald ist ein wunderbares Versteck, da ihn die meisten Menschen fürchten.«

Hrotsvita blickte den jungen Mann verwundert an. »Das ist ein großmütiges Angebot!«

»Weißt du, ich habe dich auf dieser Welt willkommen geheißen und nun fühle ich mich verantwortlich für dein Wohlergehen. Komm zu uns in den Wald!«

Hrotsvita war geradezu fasziniert von seinen Augen, in denen sie mehr als nur Verantwortungsgefühl zu lesen glaubte. Deren eigenartig intensive Farbe von Veilchen schien ihr auf seltsame Weise vertraut. Die Erkenntnis, dass diese Augen das Erste waren, was sie von dieser Welt sah, verursachte ein warmes Gefühl.

»Auch ich mag den Wald, seine Pflanzen und Gerüche ... aber ich würde dich und deine liebe Mutter in größte Gefahr bringen, nähme ich dein Angebot an. Zudem würde ich meine Eltern dem Groll dieses Ungeheuers ausliefern. Sie wären es, die seinen Zorn ausbaden müssten.«

»Ja, das wäre möglich«, räumte Veyt ein.

»Wie ich es auch drehe und wende ... ich bin diesem Mistkerl ausgeliefert.« Sie sank auf eine der Kirchenbänke. »Ich kann diesen Mann einfach nicht heiraten ... ich habe den Verdacht, dass er meine liebste Freundin auf dem Gewissen hat.«

Veyt seufzte hörbar. »Ja, das hat er.«

Hrotsvitas Augen wurden abermals groß. »Du weißt das sicher?«

Zögernd erzählte Veyt mit einem Fingerzeig auf den Westflügel: »Ich war damals dort oben auf der Empore, um die Deckenbalken zu überprüfen. Meister Cuntz kam mit dem Schultheiß und der Äbtissin herein. Ja, du liegst mit deinem Verdacht richtig. Er war es, der deine Freundin denunzierte.« Sein Blick kehrte sich für einen Moment nach innen. »Jeder hat gesehen, wie er Bridlin nachgestellt hat ... und wie angewidert sie von ihm war. Der ganze Prozess war ein verachtenswerter Racheakt, der nichts mit Recht und Gesetz zu tun hatte. Die Äbtissin hat damals hier in der Kirche zwar ihre Zweifel an Cuntz' Vorwürfen kundgetan, aber letztlich konnte sie ja nichts tun. Es unterstand nicht ihr, über eine schwarze Hexe zu richten. Die Kirche ist nur für weiße Hexen zuständig. Und der Schultheiß war ganz begierig darauf, einen Hexenprozess durchzuführen, der ihm Geld in die Kassen spült. Er wollte es den anderen Stadtvätern von Braunschweig, Goslar und anderenorts gleichtun, die auf diese Weise den Säckel füllten.«

»Ich verstehe nicht ...«

»Je mehr die Verwandten der Hexe zahlen, desto milder fällt die Folter aus«, erklärte ihr Veyt.

»Oh mein Gott!«, entfuhr es Hrotsvita. »Agnes und Etzel besitzen doch keine Reichtümer.«

»Nein. Sie konnten nicht viel zahlen, dabei gaben sie alles, was sie hatten. Bridlins Eltern haben unsäglich gelitten. Meine Mutter hat Agnes geholfen, so gut es ging.«

Hrotsvita ahnte nun, woher das Gift kam, mit dem ihre Freundin sich das Leben nahm. »Ich hoffe, Bridlin hat nicht leiden müssen.«

»Nein. Sie nahm einen Trank zu sich, noch bevor die Folter begann.«

Durch ihre Hände hindurch, die sie vor ihre tränenden Augen geschlagen hatte, murmelte sie ein von Herzen kommendes »Danke«, welches offenließ, ob dies dem todbringenden Trank oder der Information galt. Es gab Dinge, die sprach man besser nicht aus. Dann ließ sie die Hände sinken und sah Veyt flehend an. »Möglicherweise brauche ich den gleichen Trank.«

»Es muss einen anderen Weg geben!«

Seine Worte waren so heftig, dass Hrotsvita zusammenzuckte.

»Entschuldige! Ich wollte dich nicht erschrecken. Es ist nur ...« Er drehte sich um die eigene Achse und schloss für einen Moment die Augen. Urplötzlich brach es aus ihm heraus. »Weißt du, wie lange ich mich schon danach sehne, mit dir zu sprechen? Endlich geht mein Wunsch in Erfüllung und dann eröffnest du mir, dass ein anderer schneller war als ich ... was bin ich nur für ein Idiot!«

Verwirrt blieb ihr Blick an dem Holzwerkzeug hängen,

welches er noch immer in der Hand hielt, und verstand. »Das geschnitzte Bildnis ... es ist von dir. Du hast mir die Rosen und das Bildnis auf das Fenster gelegt?«

»Ja ... das war ich.«

»Die Rosen waren so schön ... sie haben mich getröstet.«

»Vor vielen Jahren waren wir mal in Hildesheim. Ich nahm einen Ableger von der Rose, die den dortigen Dom in ihren Armen hält, und pflanzte ihn ein. Die Pflanze gedieh prächtig und umrundet heute nahezu unser ganzes Anwesen«, berichtete Veyt.

»Das würde ich gern mal sehen. Aber sag, warum bist du denn nie zu mir gekommen?«

»Du bist eine geachtete Bürgerstochter und ich ...«

»Du bist der Sohn einer Heilerin, die fast jedem in dieser Stadt schon einmal beigestanden hat. Und von deiner Kunstfertigkeit erzählt man sich auch überall«, hielt Hrotsvita dagegen.

Ein kurzes Lächeln blitze auf, bevor er sie daran erinnerte: »Wir sind Verfemte, die nicht innerhalb der Stadtmauern leben dürfen.«

»Wolltest du denn je in der Stadt leben?«

»Nein, das nicht. Ich liebe den Wald und kann mir keinen schöneren Ort vorstellen.«

»Dann darfst du dich wohl glücklich schätzen.«

»Im Moment bin ich alles andere als glücklich. Hätte ich früher den Mut gefunden, dich anzusprechen, hätte sich auch für dich einiges anders entwickeln können und du wärest vielleicht nicht in der Lage, in der du dich jetzt befindest.«

»Wirklich?«

»Ich hätte Cuntz zuvorkommen können, was dir die jetzige Situation erspart hätte. Hättest du denn meinen Antrag in Erwägung gezogen?«

Hrotsvita starrte den jungen Mann an, während sich ihr Herz gebärdete, wie ein wild dahingaloppierendes Füllen.

»Kerl!«, schallte es plötzlich durch die Kirche und ließ die beiden zusammenfahren. »Was stehst du hier herum und belästigst diese junge Frau, die doch sicher herkam, um zu beten.« Der unerbittliche Blick der Nonne wanderte zwischen Hrotsvita und Veyt hin und her.

Hrotsvita knickste gehorsam. »Ehrwürdige Mutter, ich habe mein Gebet bereits beendet. Gerade eben bat ich Meister Veyt, den ich übrigens seit meiner Geburt kenne, bei meinem Vater wegen einer Reparatur vorstellig zu werden.«

»Soso, eine Reparatur. Du bist doch die Tochter des Buchbinders.« Hrotsvita bejahte dies. »Dein Bräutigam hat gerade einen Vermählungstermin festgesetzt. Er wäre sicher nicht erfreut, wüsste er, dass du ohne Anstandsperson allein mit einem Mann sprichst, gleich, wie lange du ihn kennst.«

Hrotsvita starrte die Nonne an. »Mein Bräutigam?«, echote sie mit ungläubigem Gesicht.

»Aber ja. In knapp drei Wochen wirst du mit Meister Cuntz vermählt werden.«

»Was? Aber ... das kann nicht sein!«

Die Nonne blickte sie scharf an. »Was redest du da, Kind? Wieso kann das nicht sein?«

»Weil sie mit mir verlobt ist«, ließ nun Veyt hören.

Die Nonne stierte erst Veyt an, dann Hrotsvita. »Ist das wahr?«

»Ja«, bestätigte Hrotsvita und schob trotzig ihr Kinn vor.

»Wann habt ihr euch verlobt?«

»Kurz vor Johannis«, erklärte Hrotsvita. »Er überreichte mir eine heilige Rose, eine Rose, die vom Hildesheimer Dom stammt.«

Die Nonne überwand ihre Verwirrung schnell. »Nun, aber es war Meister Cuntz, der das Aufgebot zuerst bestellte. Er machte deutlich, dass es eilig sei.« Sie maß Hrotsvita mit verächtlichem Blick. »Sei froh Kind, dass sich ein so angesehener Mann deiner erbarmt, obwohl du unkeusch warst.«

»Was?« Hrotsvita fühlte nie gekannten Zorn in sich hochbrodeln. »Ich habe es nie an dem gebotenen Anstand fehlen lassen! Ich bin nicht ...«

»Mäßige deinen Ton, Kind!«, fuhr ihr die Nonne über den Mund. »Ich halte es für besser, wenn du jetzt nach Hause gehst.« Sie wandte sich an Veyt. »Und du geh gefälligst wieder an deine Arbeit, solange du sie noch hast! Ich werde der Äbtissin melden, dass du versucht hast, ein Frauenzimmer zu verführen, auf die ein angesehener Bürger dieser Stadt Anspruch angemeldet hat.«

* * *

Verbittert starrte Hrotsvita auf das üppig verzierte Brautkleid. Seit gut zwei Wochen lag es nun auf der Truhe, die einst die Mitgift ihrer Mutter enthielt. Niemand hatte es gewagt, das kostbare Kleidungsstück auch nur anzurühren. Totenähnliche Stille hing seither in diesem Haus. Ihre Tränen wollten einfach nicht versiegen, seit Cuntz das Haus betreten und großherrlich verkündet hatte, dass sie am letzten Sonntag des August in der Stiftskirche auf ihn zu warten habe, um sich mit ihm zu vermählen. Dann hatte er das kostbare Gewand auf die Truhe geworfen und war wieder gegangen. Seither waren alle wie gelähmt. Zwar hatte sie in diesen schrecklichen zwei Wochen täglich eine Rose vor ihrem Fenster gefunden, aber das vermochte sie auch nicht zu trösten – im Gegenteil. Seit ihrer Begegnung mit Veyt, der so mutig für sie eingetreten war und ihr Herz damit vollends entflammt hatte, war die Situation noch schwerer geworden. Musste sie sich in dieser ausweglosen Situation auch noch verlieben? War dieser Cuntz, den sie am nächsten Morgen heiraten sollte, nicht schon Strafe genug?

Sie rührte sich auch nicht, als sie Stimmen im vorderen Teil des Hauses hörte. Schließlich öffnete sich die Tür.

»Wir haben Besuch, Liebes«, erklärte Jonatha erstaunlich aufgeräumt. Während sich Hrotsvita mühsam erhob und die letzten Tränen wegwischte, staunte sie nicht schlecht. Es war Yrmell, die nun auf sie zutrat und sie forschend betrachtete. Sie strich ihr lächelnd über die Wange.

»Er hat dich gut getroffen, mein Veyt«, stellte sie fest, um dann schmunzelnd hinzuzufügen: »Aber er hatte auch lange genug Zeit, dich zu studieren.«

Hrotsvita, die glaubte, dass Yrmell von dem kleinen Holzbildnis sprach, mühte ein Lächeln auf ihre tränenverhangenen Züge und begrüßte Yrmell.

Die nickte ihr aufmunternd zu und verkündete sodann: »Ich habe mir erlaubt, eurer Hausmagd Kräuter für einen Tee zu geben, den sie für uns alle zubereiten soll. Der Aufguss aus wilden Rosen wird uns allen guttun. Und dann werde ich euch meinen Plan erläutern.«

In Hrotsvita glomm ein Fünkchen Hoffnung auf. Draußen im Flur hörte sie ihren Vater. Als sie erkannte, mit wem dieser sprach, begann ihre Mitte vor Aufregung zu flirren. Veyt und ihr Vater betraten wenige Minuten später zusammen mit mit der Magd die Stube. Hrotsvita konnte kaum den Blick von Veyts blauen Augen wenden, die sie geradezu anstrahlten. Yrmell hatte den beredten Blickwechsel zwischen Hrotsvita und ihrem Sohn offenbar bemerkt und lächelte nun zufrieden. Während die Magd den Tisch deckte, griff sich die resolute Waldbewohnerin ungeniert das Brautkleid. Sie hielt das kostbare Gewand vor sich in die Höhe und betrachtete es prüfend.

»Wir brauchen noch einen Schleier, dann dürfte es gehen«, befand sie. Jonatha nickte und begann sofort in ihrer Mitgifttruhe zu wühlen. Schließlich legte ihre Mutter ein Stück feinen, aber undurchsichtigen Stoff auf das Brautkleid, welches über der Lehne eines Stuhles lag. Man setzte sich zu Tisch.

»Also ich habe vielleicht eine Idee, wie du der Vermählung entgehen könntest, aber es wird dich einiges kosten, Hrotsvita«, eröffnete Yrmell.

»Wir geben dir alles, was wir haben«, erklärte Vater Simon eilig, doch Yrmell winkte ab.

»Bester Simon, ich will doch kein Geld von euch. Ich wollte damit nur sagen, dass es für Hrotsvita nicht leicht wird, sollte sie meinem Plan zustimmen.«

»Ich bin zu allem bereit«, erklärte diese. »Nur ... es darf niemand anderer durch diesen Plan zu Schaden kommen, das musst du mir versprechen. Dieser Cuntz ist ein gefährlicher Mann.«

»Weise gesprochen für so eine junge Frau«, erwiderte Yrmell anerkennend. »Sei beruhigt, bei meinem Plan zahlt der arme, reiche Goldschmied die Zeche. Aber auch du, denn du wirst dein Leben hier in diesem Hause und in dieser Stadt aufgeben müssen.«

»Wo soll ich denn hin?«, fragte Hrotsvita nun verzagt.

»Zu mir!«, ließ nun Veyt hören. »Werde meine Frau!«

Hrotsvita klopfte das Herz bis zum Halse. »Wie gern würde ich ja sagen ... aber wenn Cuntz davon erführe, er würde dich durch das ganze Herzogtum jagen. Dich, deine Mutter, meine Eltern und mich.«

»Nicht, wenn er glaubt, dass du gestorben und ins Reich der Hel gegangen bist«, erklärte Yrmell. Für einen Moment war es totenstill.

Hrotsvita sah von Yrmell zu Veyt, wobei sich ihre anfängliche Verblüffung zu einem Funkelblick wandelte. »In diesem Fall ... würde ich nichts lieber tun, als deine Frau zu werden.«

Yrmell lächelte zufrieden. »Dann wirst du noch heute dein Elternhaus, die Stadt und auch deinen Namen hinter dir lassen. Leider darfst du nichts mitnehmen. Denn morgen wird sich vermutlich der Schultheiß deine Kammer ansehen. Es muss alles so aussehen, als habest du sie nur verlassen, um in die Kirche zu gehen.«

Hrotsvita nickte.

»Veyt erlauschte, dass Cuntz die Vermählung so einfach wie möglich halten will. Zeremonielle Gebete solle es nicht geben. Der Pfarrer hat somit lediglich die Aufgabe, die kurze Verkündung, eine Ehe eingehen zu wollen, zu bezeugen. Danach soll der Gottesdienst beginnen. Die von Cuntz gewünschte Schmucklosigkeit bietet die Möglichkeit für eine List. Du, Hrotsvita, sollst zur Prim von deinem Vater geleitet in die Marktkirche kommen und dort deine Gebete verrichten.

Cuntz wird kurz vor dem Gottesdienst zur Terz dazustoßen und sodann sein Ehegelöbnis verkünden.« In Yrmells Augen blitze der pure Schalk auf. »Niemand wird darauf achten, wenn deine lieben Eltern früh am Morgen eine verschleierte Braut in die Kirche geleiten.«

Nun erhob sich Veyt und ging in den Flur. Einen Moment später kehrte er mit einer lebensgroßen Statue aus Holz zurück.

»Daran habe ich seit unserem Gespräch gearbeitet«, erklärte der junge Mann in feierlichem Ton. »Das ist aus dem Holz eines Apfelbaumes.«

Hrotsvita starrte verwirrt auf ihr hölzernes Ebenbild. Yrmell erhob sich und holte das Brautkleid. Sie streifte der Statue das Brautkleid über.

»Ihr wollt die Statue statt meiner in die Kirche bringen?«, fragte Hrotsvita voller Zweifel. »Und dann? Cuntz kann doch keinen Holzstamm heiraten. Immerhin muss doch die Braut der Ehe zustimmen. Spätestens dann wird die List auffliegen und Cuntz wird euch alle mit heiligem Zorn verfolgen.«

»Nicht, wenn wir alle schwören, dass du es warst, die zum Altar schritt und dort wie befohlen auf ihn wartete«, erklärte Yrmell. »Während des Ehegelöbnisses hat dich dein Unwillen gegen den aufgezwungenen Bräutigam zu Holz erstarren lassen.«

»Ein Bräutigam, der eine bereits bestehende Verlobung ignorierte, die durch die heilige Hildesheimer Rose geschlossen wurde«, warf Veyt ein.

»Wir können bezeugen, dass du dich seit Wochen aus Gram dem Siechtum nähertest«, fiel nun auch Jonatha ein.

»Du warst so leidend, dass ich bereits einen Sarg orderte«, erklärte nun auch ihr Vater.

Yrmell fuhr unbeirrt fort. »Jeder hier im Städtchen weiß bereits von deinem Kummer und deiner Unpässlichkeit, zumal dich seit gut drei Wochen niemand mehr in den Gassen sah. Wenn deine lieben Eltern die kränkelnde Braut auf dem Weg zur Kirche stützen müssen, so wird das niemanden groß wundern. Dass die arme Braut während des Gelöbnisses zu Holz erstarrt ... tja, das muss dann wohl Hexerei sein.«

»Du hast doch schon selbst erkannt, wie begierig man ist, an Hexerei zu glauben«, erinnerte Jonatha ihre Tochter, die noch immer zweifelnd von einem zum anderen blickte.

»Glaub mir, über den Urheber dieses entsetzlichen Zaubers wird man sich schnell im Klaren sein. Schließlich war es Cuntz, der den ersten Fall von Hexerei in unserem Städtchen entdeckt haben will. Bei der Anklageerhebung waren nicht wenige arg befremdet darüber, wie viel der Goldschmied über das Maleficum wusste«, bemerkte Veyt. »Wenn unser Plan klappt, wird es Cuntz sein, dem man vorwerfen wird, seine Braut verhext zu haben.«

»Die hölzerne Braut wird noch am selben Tage zu Grabe getragen werden«, erklärte Simon. »Dann wärest du frei.«

Nun verstand Hrotsvita. Das Leben kehrte in ihre Augen zurück. »Wir versuchen es!«

Yrmell zog einen Tiegel aus ihrer Tasche. Dem Duft nach handelte es sich um Leim, jenen Leim, den auch ihr Vater für sein Handwerk verwendete. Dann zog sie eine Schere hervor und sah Hrotsvita an.

»Als letzte Zutat brauchen wir dein Haar. Es wird diese Statue vervollständigen, sodass kein Mitglied der Gemeinde noch daran zweifeln wird, dass du es warst, die zu Holz erstarrte.«

* * *

Noch lange sprach man in Gandersheim über diesen denkwürdigen Sonntag und die hölzerne Braut.

Im Nachhinein, als die List längst in aller Munde war, ergötzte man sich an Meister Cuntz' Schrecken, als dieser voller Vorfreude den Schleier zurückschlug. Hatte doch der reiche Goldschmied nur eine Minute zuvor ungeduldig anstelle seiner schweigenden Braut das Ja-Wort in die Apsis tönen lassen. Als er dann in ein holzerstarrtes Antlitz blickte, soll er aufgeschrien haben wie ein Kleinkind – so erzählte man sich feixend.

Doch zunächst hatte das pure Grauen um sich gegriffen wie ein Strohfeuer. Erst hatte die Mutter der Braut markerschütternd geschrien und war hernach in eine Ohnmacht gesunken. Weitere Frauen der ersten Reihen waren vor Furcht und Abscheu geschüttelt eingefallen. Die hölzernen Züge, so schwor ein jeder, seien die von Hrotsvita gewesen. Das hellblonde Haar, um das sie alle Frauen insgeheim beneidet hatten, habe das hölzerne Antlitz umrahmt. Ob des schauerlichen Anblicks habe sich der verzweifelte Vater auf seinen Schwiegersohn gestürzt, weil er dachte, dieser habe das Unglück verschuldet. Der Goldschmied hingegen habe den konsternierten Blick nicht von dem hölzernen Antlitz loszureißen vermocht, bis ihn der Brautvater zu Boden riss. Schließlich habe eine gellende Stimme »Hexerei!« gerufen. Dadurch seien die Schreckensschreie zu einem Crescendo angewachsen. Immerhin war es ja die weiße Hexe aus dem Wald gewesen, die das gerufen hatte. Und die musste es ja wissen. In Windeseile war die Nachricht, dass die eh schon kränkelnde Braut vor Gram und Widerwillen zu Holz erstarrt sei, bis zu den hinteren Bänken gedrungen. Ein jeder schwor hernach, er habe die Anwesenheit des Leibhaftigen deutlich erspürt. Die Folge war ein wilder Tumult gewesen. Während die Gläubigen schreiend und zähneklappernd aus dem Gotteshaus flohen, soll der wackere Pfarrer das Kreuz geschlagen und einen Exorzismus angestimmt haben, bevor er sich mit einem beherzten Satz hinter dem Altar vor dem Bösen in Sicherheit brachte. Eine Nonne, so erzählt man sich, habe sich inmitten des Tohuwabohus auf den Boden geworfen, die Arme ausgebreitet und den Herrn um Vergebung angefleht, weil man die heiligen Rose missachtet habe, unter deren Schutz ein früheres Bündnis versprochen worden sei.

So wundert es nicht, dass man den Bräutigam wegen des dringenden Verdachtes, seine Braut verhext zu haben, weil deren Herz einem Anderen gehörte, abführte und in den

Turm sperrte. Die bedauernswerte Braut wurde noch am selben Tage zu Grabe getragen. Erst als sich die heilige Erde über dem Sarg mit seinem grauenerregenden Inhalt türmte, kehrte in der Stadt langsam wieder Ruhe ein.

Bei dem anschließenden Prozess gegen Meister Cuntz wusste keiner der Gandersheimer auch nur ein gutes Wort über den Goldschmied zu berichten. So mancher Zeuge hatte erklärt, ihn schon lange im Verdacht gehabt zu haben, mit dem Teufel im Bunde zu stehen. Anders schien der sich so schnell mehrende Reichtum nicht erklärbar. Zudem habe Cuntz, so beteuerte man mannigfaltig, im Fall der bedauernswerten Bridlin falsches Zeugnis abgelegt und so deren Tod verschuldet. Jedoch war man sich uneins, ob es Cuntz war, der die Braut verhexte, oder ob es die heilige Rose war, die Hrotsvita zu Rosenholz erstarren ließ, um sie vor dem Goldschmied zu schützen. Einig waren sich jedoch alle darüber, dass Cuntz der Schmied das Unglück verursacht habe.

Es war der Herzog von Braunschweig höchstselbst, der schließlich anreiste, um den Vorsitz in diesem Prozess zu übernehmen. Herzog Heinrich II. zeigte sich erschüttert von den Aussagen der Zeugen, sodass er den Goldschmied, angewidert von so viel Schlechtigkeit, schuldig sprach. Allerdings bestimmte der Landesvater, der den Beinamen der Friedfertige trug, es solle ein Ende mit dem Töten haben. Er zog alle Reichtümer des boshaften Schmiedes ein, entschädigte die Familie der hölzernen Braut mit einem Sühnegeld und nahm Cuntz die Bürgerrechte. Noch am selben Abend jagten die Gandersheimer den Goldschmied mit Schimpf und Schande aus der Stadt.

Es dauerte nicht lange, da erzählte man sich hinter vorgehaltener Hand, dass der ruchlose Goldschmied einer List aufgesessen ward, sah doch die Frau des Kunsttischlers der hölzernen Braut täuschend ähnlich. Zwar gab diese an, aus dem Harze zu stammen, auch nannte sie sich Rosa, doch vermochte dies die Gerüchte nicht einzudämmen.

Rosa trat die Nachfolge der Heilerin Yrmell an und wurde ebenso gut wie diese. Veyt tat sich alsbald mit so kunstvollem Schnitzwerk an einem Haus am Marktplatz hervor, welches man Bracken taufte, sodass es auch ihm fortan nicht an Aufträgen mangelte. Die fröhliche Kinderschar der beiden hatten ausnahmslos einen so hellen Schopf, der einen jeden an das Blondhaar Hrotsvitas erinnerte.

Hatte man wirklich die zu Holz erstarrte Hrotsvita zu Grabe getragen? Oder hatten zwei Liebende ihrem Glück mit einer Scheinbeerdigung nachgeholfen? Und wer hatte die Rose auf Hrotsvitas Grab gepflanzt, die alljährlich so herrlich blühte und die fortan jeden Brautstrauß zierte?

Noch lange erzählt man sich die Mär von Hrotsvita und Veyt, bis sie schließlich sechzig Jahre später das erlauchte Ohr des neuen Herzogs erreichte, den man wilder Heinz nannte. Es geht das Gerücht, dass auch er sich die List einer Scheinbeerdigung zunutze machte ...

Barbara Merten

Mord im Rosenbeet

Du zerstörst Leben!
Aber ICH stelle mich dagegen.
Du wirst gehen.

Voll Vorfreude schob Simon Breitschneider die Schubkarre mit seinen Arbeitsutensilien vor sich her. Sein Chef, Gärtnermeister Busch, hatte ihm aufgetragen, die Beete im Rosengarten von Ackerwinde, Vogelmiere und Co. zu befreien und das Verblühte auszuschneiden. Im Gegensatz zu seinen Kollegen freute sich Simon auf diese Arbeit, auch wenn ihm die Rosen mit ihren Stacheln die Arme zerkratzten. Er kannte all ihre Namen, sprach jede persönlich an, wusste genau, zu welcher Rosensorte sie gehörte, wann sie und von wem sie gezüchtet worden war. Für ihn waren Rosen die Königinnen der Blumen. Zu gern würde er im Rosenpark Reinhausen arbeiten, um dort Rosen zu veredeln oder sie durch Stecklinge zu vermehren, sie wachsen und blühen zu sehen. Er träumte davon, eine eigene Rose zu züchten, hatte schon eine genaue Vorstellung, wie ›seine Rose‹ aussehen sollte und vor allem, wie sie duften müsste.

»Träume sind Schäume«, seufzte er und dachte an den heutigen Abend, wenn er sich als Bühnenarbeiter ein paar Euros dazuverdiente, weil das Gehalt hinten und vorn nicht reichte. Was ihn am meisten an dem Nebenjob störte, war der Stress, sekundenschnell zu reagieren, das Bühnenbild exakt im richtigen Moment umzustellen. Jeder Griff musste sitzen. Allein die Bezahlung war gut. Sein Freund Hajo Ritter sah das ganz anders. Der blühte abends regelrecht auf, kokettierte mit den Damen des Ensembles, kannte schon viele Texte der Schauspieler auswendig. Die Aufführung von Umberto Ecos

›Der Name der Rose‹ war Hajos absoluter Favorit. In seinen Träumen sah er sich mit Sean Connery auf der Bühne stehen.

Simon dagegen fand das Stück furchtbar. Da gefiel ihm ›Der kleine Horrorladen‹, das schräg-rockige Musical, was in diesem Jahr auch aufgeführt wurde, weitaus besser.

Eine Pflanze züchten, die sich von Menschenblut ernährt, das wär's, dachte er, wenn er hinter der Bühne stand und der Handlung der nicht ganz ernst gemeinten Horrorgeschichte lustvoll folgte.

Aber jetzt war es noch früh am Morgen, die Sonne schien und es versprach ein herrlicher Sommertag zu werden. Die ersten Besucher würden frühestens in zwei Stunden mit lautem Gebrabbel den Garten bevölkern. Die Zeit bis dahin wollte Simon auskosten, die Rosen mit allen Sinnen genießen.

Bei ›Roswitha von Gandersheim‹, der Gallicer Rose, die einen besonderen Ehrenplatz im Park bekommen hatte, stellte er die Schubkarre ab, wandte sich der Pflanze zu, als wolle er eine Freundin begrüßen. »Guten Morgen, Roswitha. Gut siehst du aus mit deinen widerspenstigen Stacheln.« Er beugte sich zu ihr hinunter, sog an einer offenen, zartrosa Blüte mit kräftig gelb leuchtenden Staubgefäßen intensiv den blumigen Duft ein. »Wunderbar! Einzigartig! Das Parfüm einer willensstarken, edlen Dame«, schwärmte er ehrfurchtsvoll mit geschlossenen Augen, ehe er sich wieder aufrichtete. »Beinahe wärst du in Vergessenheit geraten. Nun kommst du durch die Gartenschau endlich zu Ehren«, sprach er zu ihr. Vorsichtig, fast zärtlich, strich er mit der Hand beschützend über die zahlreichen Knospen und Blüten, betrachtete die Pflanze von allen Seiten. Ihre stacheligen Stiele mit dem dunkelgrünen Laub machten einen gesunden, kräftigen Eindruck. »Meine Pflege. Kein Rosenrost, kein Mehltau«, murmelte er stolz nickend. »Ich werde auch weiterhin gut auf dich acht geben.«

Sein Blick fiel auf die Taglilien, die kurz vor der Blüte standen. Irgendetwas lag dort zwischen ihnen und der Rose. Simon schaute genauer hin, fixierte grimmig. »Diese Taugenichtse!«, entfuhr es ihm. Er trat einen Schritt ins Beet hinein, bückte sich, um eine zerbeulte Coladose, die jemand dort entsorgt hatte, herauszuklauben. Dabei ratschte er mit dem Arm an den Stacheln der Rose entlang. Die Haut riss auf. »Autsch! So kratzbürstig heute?«, grinste er. In gebückter Stellung hielt er inne, schaute auf die roten Kratzer, nahm die Dose, horchte. *Wer kommt denn jetzt schon in den Park?*, wunderte er sich. Noch ehe er sich aufrichten konnte, um nachzusehen, spürte er, wie ihn jemand von hinten packte. Ein plötzlich heftig ziehender Schmerz am Hals irritierte ihn. Mit der Hand griff er an die Stelle, spürte, wie sein Blut pulsierend herausschoss und die Rose begoss. Nicht begreifend drehte er sich um. Du?, sagte sein Blick. Im nächsten Moment wurde ihm schwarz vor Augen. Er taumelte, fiel seitwärts auf seine geliebte ›Roswitha von Gandersheim‹, die blutrot gefärbt unter ihm versank.

Ich habe es getan!
Es musste sein.
Bin ich ein Mörder?
– Nein! –

Hauptkommissarin Fatma Friedrich bahnte sich einen Weg durch die Schaulustigen, die sich am Eingang zum Rosengarten drängelten, um Handyfotos zu schießen. Sie war entsetzt, zückte gereizt ihren Ausweis. »Was soll das denn? Hier wird kein Krimi gedreht«, rief sie ärgerlich. »Gehen Sie zur Seite und lassen Sie mich durch!« Ein Polizist, der versuchte die Menschen zurückzudrängen, hob das Absperrband, damit sie durchgehen konnte. Er nickte ihr zu.

»Moin Fatma. Schlimm, was da passiert ist. Hoffentlich kriegst du den Täter.« Sie zog skeptisch die Augenbrauen hoch. »Ich versuch's.« Eiligen Schrittes betrat sie den Rosengarten, ging rüber zu den in weißen Schutzanzügen vermummten Männern von der Spurensicherung.

»Diese Gaffer sind echt furchtbar«, sagte sie immer noch verärgert. Sie schüttelte sich, so als wolle sie die neugierigen Blicke der Leute abstreifen.

Dann sah sie den bleichen Toten, der wie ein geschächtetes Tier ausgeblutet im Rosenbeet lag. Es versetzte ihr einen Stich in der Herzgegend. Das viele Blut! Sie hielt die Luft an, presste die Lippen fest aufeinander, um einen Schrei des Entsetzens zu unterdrücken. Uwe Specht, der unter den Polizistinnen wegen seiner flotten Sprüche nicht sehr beliebte Rechtsmediziner, schaute zu ihr auf, betrachtete ihren verkrampften Körper.

»Hallo Fati-Mausi! Fall mir bloß nicht in die Suppe. Dein erster Mord?«, frotzelte er und ein überhebliches Lächeln zuckte um seine Mundwinkel. Augenblicklich hatte sich die Hauptkommissarin wieder im Griff.

»Moin, SpuSi-Uwe«, konterte sie. »Nenn mich nicht Fati-Mausi. Auch wenn du mit der SpuSi-Truppe kommst, haben wir beide noch lange kein Spusi miteinander.« Sie kniff die Augen zu Schlitzen zusammen. *Was soll die Anmache? Der traut mir wohl nicht zu, den Mord aufzuklären,* dachte sie gereizt. Energisch straffte sie ihren Rücken, drückte ihre Schulterblätter zusammen.

»Ja. Das ist mein erster Mord. Und? Wir leben hier ja in der Kleinstadt. Da sollte das nicht so häufig vorkommen. Meinst du, ich schaff das nicht? Ich krieg den, der das getan hat. Da kannst du Gift drauf nehmen. Das bin ich Simon schuldig. Und ich hoffe doch sehr, dass du deine Arbeit auch gewissenhaft tust.«

Uwe hob hilflos die Hand. »Okay.«

Traurig schüttelte Fatma den Kopf. »Wer macht sowas? Du kanntest Simon doch auch. Wart ihr nicht sogar in der Grundschule in einer Klasse? In meinen Augen war der lammfromm. Der hatte doch keine Feinde, oder?«

Der Rechtsmediziner wiegte den Kopf. »Na ja, in der Grundschule waren wir in einer Klasse. Das ist Urzeiten her. Irgendeinen Grund wird's schon gegeben haben, ihn umzubringen. Dem hat jemand mit einem Okuliermesser eiskalt die Kehle durchgeschnitten, 'ne Schneideübung war das jedenfalls nicht, Frau Hauptkommissarin.«

»Motiv?«

Er zog die Schultern hoch. »Hass, Rache, ... was weiß ich.«

»Mit was für'm Messer, sagtest du?«, fragte Fatma nach.

»O-ku-lier-messer. Ein sehr scharfes Gärtnermesser, mit dem man Rosen veredelt. Simon seins liegt dahinten in der Schubkarre.« Uwe zeigte auf die Karre, die an der Weggabelung stand. Dann nahm er eine Plastiktüte aus seinem aufgeklappten Koffer, hielt sie Fatma hin. »Und hier ist die Tatwaffe. Das gleiche Messer. Der Täter hat sich nicht mal die Mühe gemacht, das Ding zu verstecken oder mitzunehmen. Es lag direkt neben der Leiche. Wahrscheinlich sind keine Fingerabdrücke drauf, sonst hätte er es bestimmt nicht liegen gelassen.«

Fatma betrachtete das blutige Messer in der Tüte. »Oder der Täter wurde gestört und hat es vor Schreck fallenlassen.« Über Uwes Gesicht huschte wieder dieses Grinsen, das Fatma an ihm nicht ausstehen konnte.

»Ich geb' dir einen Tipp«, sagte er und begann lauthals zu singen: »Der Mörder ist immer der Gärtner!«

»Ey, du bist sowas von abgebrüht. Hier liegt ein Toter, den du gut kanntest! Und du singst Quatschlieder. Geht's noch?«, empörte sich Fatma. »Wer hat ihn denn gefunden?«

»Die Torten-Omi. Kennste die? Die bringt jeden Morgen mit dem Bäckerjungen den Kuchen her. Sie hat vor Schreck die Rosentorte fallen lassen und ist prompt ohnmächtig geworden. Der Junge hat schnell reagiert, sie ins Haus gebracht, den Notarzt und die Polizei angerufen. Ein Sani ist noch bei ihr in der Küche. Vielleicht haben die beiden jemanden gesehen. Obwohl – Simon war bestimmt schon 'ne halbe Stunde tot, als die kamen. Genaues kann ich aber jetzt noch nicht sagen. Heute gegen Abend hast du's auf dem Schreibtisch.«

Fatma nickte. Nachdenklich ging sie ins Gebäude, grüßte die ältere Dame, die in einem Sessel saß und die Beine auf einen Stuhl gelegt hatte. »Guten Morgen.«

Der Sanitäter trat einen Schritt zur Seite. »Hallo, Frau Hauptkommissarin. Ich denke, Frau Pflaume geht's wieder besser. Der Schreck ist ihr in die Glieder gefahren, wie man so schön sagt. Jetzt müsste sie wieder so weit fit sein. Puls und Blutdruck sind o.k..«

»Danke«, sagte Fatma, ließ den Sani seine Sachen packen und wandte sich der Bäckersfrau zu, um sich vorzustellen. »Hallo, Frau Pflaume. Ich bin Hauptkommissarin Fatma Friedrich. Geht's Ihnen besser? Kann ich Ihnen ein paar Fragen stellen?«

»Ja klar, Frau Friedrich. Bin ja nicht aus Zucker, ha ha,« lachte sie. »Ich kenne Sie. Aber noch besser kenne ich Ihren Mann, den Thomas. Der hat schon als Kind bei mir jeden Samstag seine Mohnschnecke geholt. Kuchen-Omi hat er mich genannt, wie alle Kinder, bis heute. Eigentlich stehe ich ja schon lange nicht mehr hinterm Tresen und in der Backstube. Aber zur LaGa haben sie mich nochmal aktiviert.« Sie zwinkerte Fatma zu. »Wegen der Rosentorte. Die kann keiner so wie ich, sagen die Leute. Ist nämlich mein Geheimrezept, mit echtem Rosenwasser.« Sie leckte sich über die Lippen. »Jeden Morgen bring ich mit Jonas die Kuchen ins Rosencafé. Wir haben extra einen Schlüssel bekommen. Wenn das Personal eintrudelt, steht schon alles im Kühlschrank bereit. Aber heute Morgen ... Der Anblick – schrecklich! So viel Blut und der aufgeschnittene Hals! Das hat mich regelrecht aus den Puschen geworfen. Eigentlich bin ich ja nicht zimperlich. Aber das war zu viel. Hoffentlich kriegen Sie den Mörder. Gut, dass Jonas bei mir war. Er hat mich hier reingeschleppt und die Tür wieder verschlossen. Wir hatten furchtbare Angst, dass der Unhold noch irgendwo hinterm Busch steht. Das Blut war ja noch frisch«, sagte sie und nickte dem jungen Mann zu, der im Gesicht mindestens so kreidebleich war wie seine Bäckerkleidung.

Fatma erkundigte sich, ob ihnen etwas aufgefallen sei. Beide zuckten die Achseln, schüttelten den Kopf.

»Eigentlich nicht. Auf dem Parkplatz standen ein paar Autos, wie immer. Sonst war alles ruhig«, meinte Frau Pflaume, machte eine Pause, überlegte. »Doch! Die Krähen in der Esche haben geschrien. Totenvögel hat man sie früher genannt!« Sie schaute zu dem jungen Bäckerlehrling. »Jonas hat die auch gehört.«

Der Jugendliche zog schüchtern die Schultern hoch, nickte. »Ja, das stimmt. Ich weiß nicht, wie ich das sagen soll«, begann er verkrampft. »Die schwarzen Vögel. Die waren so aufgeregt. Sie sind über dem Baum gekreist. Kann sein, dass da jemand den Abhang Richtung Straße runtergerutscht ist. Da war nämlich so ein Geräusch. Vielleicht täusche ich mich aber auch. Das ging alles so schnell und ich hatte echt Schiss.«

Fatma legte verständnisvoll ihre Hand auf seine Schulter.

»Danke, gute Schlussfolgerung. Das ist eine Möglichkeit. Wir werden das überprüfen. Wenn ich noch Fragen habe, melde ich mich. Und wenn Ihnen noch was einfällt«, sie zog ihre Visitenkarte aus der Tasche und gab sie Frau Pflaume. »Rufen Sie mich an, jederzeit.« Sie verabschiedete sich, ging hinaus. »Wenn noch was ist, meldet euch, ich bin auf dem Kommissariat!«, rief sie den Männern von der SpuSi zu. Sie nickten, hoben den Daumen und suchten weiter den Boden nach Spuren ab.

Im Kommissariat lief bereits alles auf Hochtouren. Fatma saß noch keine fünf Minuten an ihrem Schreibtisch, da klingelte das Telefon. Der Bürgermeister war am Apparat. Kaum hatte sie aufgelegt, bimmelte es erneut. In Folge wollten die Presse, der Intendant und ... und … von ihr persönlich Informationen bekommen. Genervt meldete sie der Zentrale, dass sie nur in ganz dringenden Fällen das Gespräch an sie weiterleiten sollten. *Glauben die hohen Herren, dass sie durch Druckaufbau die Aufklärung des Mordes beschleunigen können?*, ärgerte sie sich. *Wie soll ich einen klaren Gedanken fassen, wenn es immerzu bimmelt?*

Um zwanzig Uhr verließ Fatma erschöpft das Polizeigebäude, bahnte sich einen Weg zwischen den dicht gedrängten Autos auf dem Parkplatz. Die Abendvorstellung vor der Stiftskirche hatte begonnen. Fatma erkannte die Musik zu dem Schauspiel: ›Der Name der Rose‹. Der musikalische Leiter, Ferdinand von Seebach, spielte mit dem Ensemble gerade den Auftakt. Auch wenn sie ihn nicht sehen konnte, hatte sie das Bild genau vor sich. Letzte Woche war sie mit Thomas dort gewesen. Der Name der Rose. *Eine atemberaubende Vorstellung,* dachte sie. *Simon liebte Rosen. Irgendwie makaber.* Sie bekam eine Gänsehaut. *Warum benutzte der Täter ein Okuliermesser? Hat es eine besondere Bedeutung? Oder will mich jemand in die Irre führen?* Sie biss sich auf die Lippe. *Jetzt ist Feierabend!*

Hinter dem Festspielbrunnen stand Thomas allein am leeren Bratwurststand, winkte ihr zu. Sie lief zu ihm, ließ sich erschöpft in seine Arme fallen.

»Hallo Schatz. Ich bin sooo fertig. Halt mich fest.« Kuschelnd suchte sie seinen Mund. »Was für ein Tag. Und dann spielen die heute auch noch ›Der Name der Rose‹. Fehlt denen jede Pietät? Einer ihrer Bühnenarbeiter wurde abgemurkst! Mitten im Rosenbeet!«

»Nun komm erst mal runter, Fatma. Sie haben vor Beginn eine Gedenkminute eingelegt. Wegen eines Bühnenarbeiters lassen die doch die Vorstellung nicht sausen. Die Leute kommen von weit her. Wie stellst du dir das vor?« Er sah sie an, zwinkerte. »Die Bratwurst ist gleich fertig und hier ist das Beruhigungsbier zum Feierabend. Prost!« Er reichte ihr ein Glas. »Willst du reden?«

Sie schüttelte den Kopf, trank das Glas in einem Zug leer. »Nach der Bratwurst lass uns nach Hause gehen. Mich regt das hier auf.«

Am nächsten Morgen hatte Fatma zu ihrer sachlichen, klar strukturierten Denk- und Arbeitsweise zurückgefunden. Thomas war ein guter Zuhörer gewesen, hatte sie beruhigt. Er wusste, was sie brauchte, was ihr guttat. Nun saß sie im Büro, machte sich einen Plan, pinnte ihn an die Wand. Sie las den Obduktionsbericht, den SpuSi-Uwe ihr gestern gegen Abend gemailt hatte, noch einmal, dachte darüber nach.

Hm, nichts Neues. Schnitt mit einem Okuliermesser von hinten. Die Größe des Täters kann nicht angegeben werden, weil Simon sich wohl gebückt hatte. Kann jeder sein, männlich oder weiblich. Durch die Schärfe des Messers ist keine besondere Kraft nötig gewesen. Er oder sie konnte sich wohl unbemerkt heranschleichen, denn es wurden keine Abwehrspuren gefunden. Simon muss völlig überrascht gewesen sein. Wahrscheinlich hat er nicht lange gelitten. Tröstlich. Wer wusste, dass Simon im Rosengarten arbeiten würde? Der Gärtnermeister Herr Busch. Noch wer? Sein Freund und Arbeitskollege, Hajo Ritter?

Sie notierte auf einem Zettel, was sie nachfragen wollte, blickte dann ins Leere. *Zuerst geh ich in seine Wohnung. Vielleicht finde ich da einen Ansatzpunkt. Und wir müssen seinen Computer checken.*

Sie rief Detlev, den jungen, drahtigen IT-Spezialisten, der neu ins Team gekommen war, zuhause an. Er kannte sich in der digitalen Welt aus wie kein anderer. Das war auch der Grund, warum er schon nach ein paar Wochen einen Spitznamen hatte: ›PC.‹ Sie bestellte ihn gleich zur Wohnung in die Ottostraße. Dann nahm sie Simons Wohnungsschlüssel, den sie bei seinen Sachen im Spind gefunden hatten, verließ das Gebäude und stieg aufs Rad.

Fatma wusste, dass Simon Single war, dass seine Mutter an Alzheimer litt, im Altenheim lebte, und dass er sonst keine weiteren Angehörigen hatte. Also würde sie sich ganz in Ruhe die Wohnung ansehen können. *Hoffentlich finde ich etwas, was mich weiterbringt.*

Sie bog in die Ottostraße. PC wartete vor dem Haus.

»Ey, so schnell? Du wohnst doch außerhalb! Bist du durchs Glasfaserkabel gerauscht?«, grinste sie den jungen Mann an, der sein Rad an dem Laternenpfosten festgekettet hatte und an seinem Handy daddelte.

»Yolo.«

Sie krauste verständnislos die Stirn. »Was?«

»You only live once.«

»Aha«, nickte sie schmunzelnd, schloss ihr Rad ab, ging

auf das Haus zu. Als sie vor der Wohnungstür stand, warnte ihre innere Stimme. *Kann sein, dass doch jemand in der Wohnung ist, jemand, der noch schnell etwas verschwinden lassen will!* Vorsichtig steckte sie den Schlüssel ins Schloss, öffnete die Tür. »Hallo?« Lauschend trat sie den ersten Schritt in den Flur, versuchte sich jedes Detail einzuprägen. All ihre Sinne waren bis aufs Äußerste angespannt. War da ein Schatten, ein Geräusch? Sie schnüffelte. *Riecht nach Rosen, wie bei einer Frau.* Langsam öffnete sie die erste Tür auf der linken Seite, schaute in das kleine Bad. Blitzblank. Die zweite Tür stand offen. Sehr ordentlich. Sie betrat den großen Raum, schaute sich um. *Eine Einraumwohnung. Küche, Schlaf- und Wohnraum in einem.* »Alles clean«, sagte sie laut, nachdem sie in jede Ecke und auch hinter die Tür geguckt hatte. PC ging geradewegs auf den Computer zu, der auf dem aufgeräumten Schreibtisch rechts vom Fenster stand.

»Krass«, kommentierte er den Anblick.

»Was meinst du?«, fragte Fatma. Der junge Mann zog Schultern und Mundwinkel hoch. »Na ja, sieht eher nach einer Bürostute aus als nach Erdratte. So clean ist es nicht mal bei meiner Mutter, und die hat echt 'nen Putzfimmel.«

Fatma überlegte. »Ja, da ist was dran.« Sie zog ihr Handy, machte Fotos von der Wohnung. »Hat der kein Passwort?«, fragte sie, als PC auf die Tasten des Computers einhämmerte.

»Doch, aber null Problem. Was hatte der denn für Vorlieben? Kanntest du den nicht?«

»Kennen? Jein. Wie man sich halt so kennt unter Gleichaltrigen in der Kleinstadt. Hm. Nett, ruhig. Einzelgänger. Hatte, glaube ich zumindest, keine feste Beziehung. Er war leidenschaftlicher Gärtner. Das war immer sein Thema. Vor allem liebte er Rosen. Sieht man ja hier. Nur Rosenbilder hängen an den Wänden.« Fatma schaute sich die Bilder näher an. »Guck mal! Da stehen sogar die Namen der Rosen unten drauf. Könnte ein Name das Passwort sein?«

»Vielleicht. Kannst du seine Lieblingsrose erkennen?«

»Schwer zu sagen.«

»Wenn du das Passwort schnell knacken willst, musst du dich in den Menschen reindenken. Wie tickt der?«

»Okay.« Fatma dachte nach. »Was würde ich für ein Passwort nehmen, wenn ich Simon wäre? Rosen, Rosen. Überall Rosen. Tipp mal ›Rosen‹ ein.«

»Nix. Hab ich schon. Denk weiter.«

»An Simons Stelle hätte ich mir vielleicht in meinen Träumen eine eigene Rose gezüchtet. Wie würde er sie nennen? Simons Rose? Oder Rose Simon?« Sie rümpfte die Nase, stellte sich Simon mit seiner eigenen Rose vor. »Rose of Simon!«, sprudelte es aus ihr heraus.

»Ey, hammerhart!« PC hob den Daumen. »Bin drin!«

Im nächsten Moment erstarrten beide, horchten. Jemand hatte einen Schlüssel ins Türschloss gesteckt und die Tür aufgeschlossen. Fatma hielt den Zeigefinger an den Mund, ging einen Schritt zurück hinter die Tür, um nicht gleich gesehen zu werden. *Wer hat einen Schlüssel? Der Mörder?* Mit Schrecken bemerkte sie, dass sie unbewaffnet war. *Höchst unprofessionell. Was mach ich jetzt?* Sie wagte kaum zu atmen, hörte, wie die Wohnungstür wieder geschlossen wurde, Schritte über den Flur kamen. PC saß angespannt auf dem Schreibtischstuhl und starrte gebannt auf die offene Tür.

Jemand, der sich die Kapuze seiner Jacke über den Kopf gezogen hatte, trat ein, blieb aber sogleich wie angewurzelt stehen. »Was machst du an Simons Computer?«

Ehe PC antworten konnte, trat Fatma von hinten heran, umklammerte den Eindringling rücklings, zog die Kapuze herunter. Sie ließ sogleich wieder los, als sie die langen blonden Haare sah.

»Heike, du? Was machst du in Simons Wohnung? Und warum hast du einen Schlüssel?«

Die junge Frau lief rot an. »Äh, wieso fragst du?«

Fatma legte die Stirn in Falten. »Weil Simon tot ist, vielleicht? Das weißt du doch. Also, was willst du hier, und warum kommst du so vermummt?«

Heike biss sich auf die Lippen, rieb ihre Hände an der Jeans ab. »Ich – ich wollte nur gucken, ob Simon noch was von mir hat.«

»Simon? Hat was von dir?«

»Scheiße! Kannst du das für dich behalten?«, flehte Heike.

»Was soll ich denn für mich behalten? Wie stellst du dir das vor? Ich leite die Untersuchung.« In Fatmas Kopf überschlugen sich die Gedanken. »Sag bloß, du hattest was mit dem?«

Betreten schaute Heike zu Boden.

»Nee, ne? Bist du nicht glücklich verheiratet und war dein Mann nicht Simons Freund? Rede mit mir! Was suchst du hier? Hast du was mit Simons Tod zu tun? Wusste Heiko von eurem Verhältnis? Hat er es rausgekriegt und Simon umgebracht?«, überschüttete Fatma Heike mit Fragen.

Die setzte sich erschöpft aufs Sofa. Tränen rannen über ihre Wangen. »Nein! Nein! Hajo weiß nichts von Simon und mir. Und das soll auch so bleiben. Ich liebe Hajo!«

Fatma raufte sich das kurze schwarze Haar, setzte sich stöhnend daneben und wartete, bis Heike begann zu erzählen: »Das Ganze hat mit dem ›Kleinen Horrorladen‹ angefangen, dem Musical, das bei den Festspielen läuft. Ich hatte von Hajo eine Freikarte zur Erstaufführung gekriegt. In dem Stück geht es um eine Pflanze, die sich von menschlichem Blut ernährt und immer mehr haben will. Zum Schluss verschlingt die Pflanze in ihrer Gier sogar den Besitzer. Die Vorstellung war super. Ich war ganz aufgewühlt von dem Schauspiel und auch von der Musik. Hajo und Simon hatten als Bühnenarbeiter Dienst. Hinterher trafen wir uns an der Bierbude, um den Abend ausklingen zu lassen. Ich wollte nicht, dass Hajo Alkohol trinkt, weil er das nicht verträgt, wenn er viel gearbeitet hat. Das haut bei ihm so rein, dass er nur Scheiße erzählt. Weil ich das gesagt habe, fühlte sich mein Göttergatte in seiner Ehre gekränkt. Um mir eins auszuwischen, hat er gleich mit Schnaps angefangen, war schnell so stramm, dass mir Simon helfen musste, ihn nach Hause zu bringen. Wir haben ihn ins Bett gepackt und noch ehe ich ihm die Schuhe ausziehen konnte, hat er laut geschnarcht. Simon und ich haben uns totgelacht und irgendwie ist es dann über uns gekommen. Da war noch diese Aufgewühltheit von der Blut lechzenden Pflanze in meinem Kopf und die Musik. Verstehst du, was ich meine?«

Heike schaute Fatma verständnisflehend an.

»Der Sex mit Hajo ist nicht mehr so prall. Simon dagegen war so einfühlsam, so sanft, hat mich an dem Abend als Frau, wie eine Königin, behandelt. Das hat mir gefallen. Wir hatten nach dem Abend noch ein paar Mal Sex. Simon wurde aber immer gieriger. Ich hatte das Gefühl, er wollte mich besitzen. Regelrecht blutrünstig ist er geworden. Ich hab Schiss gekriegt, dass er mich umbringt in seiner Ekstase. Darum hab ich Schluss gemacht.«

Fatma blies die Wangen auf. »Und was willst du jetzt hier in der Wohnung?«

»Meinen Herzanhänger suchen. Simon hat mir beim letzten Mal die Kette mit dem Anhänger vom Hals gerissen. Die Kette hab ich mitgenommen, aber zuhause merkte ich, dass der Anhänger fehlt.« Heike griff zwischen die Sitze des Sofas, suchte unter dem Sofa, fand aber nichts. Dann fuhr sie fort: »Immer wenn ›Der Name der Rose‹ lief, haben wir uns hier getroffen, weil Hajo dann Dienst hatte. Simon hasste das Stück.«

Fatma zog die Stirn in Falten. »Mein lieber Schwan. Da hast du dich ja in was reingeritten. Wie hat Simon denn reagiert, als du Schluss gemacht hast?«

Heike zuckte die Achseln, presste die Lippen aufeinander. »Er hatte wohl Angst, dass ich Hajo was beichte und er dann gar keinen Freund mehr hat.«

Fatma beließ es dabei, glaubte aber nicht, dass das die ganze Wahrheit war. »Meinetwegen kannst du jetzt erst mal gehen. Aber heute Nachmittag kommst du auf die Wache. Wir machen ein Protokoll. Und du bleibst im Ort, klar?«

Heike nickte, stand auf.

»Wo und wann finde ich Hajo heute?«, fragte Fatma nach.

»Bis 16 Uhr ist er auf der LaGa, danach kommt er nach Hause. Sagst du ihm was?« Pure Sorge sprach aus ihrem Blick.

»Kann ich dir noch nicht sagen. Das hängt von den weiteren Ermittlungen ab. Du stehst unter Verdacht und Hajo natürlich auch. Ist dir das klar? Mal sehen, was sich noch auftut. Ich rate dir dringend, sprich mit Hajo, bevor es andere tun. Ich gebe dir ein paar Stunden Zeit. Dann rede ich mit Hajo.«

Wie ein geprügelter Hund verließ Heike die Wohnung.

»Du lässt sie laufen?«, fragte PC. Fatma hob hilflos die Arme.

»Haben wir irgendwas? Nur weil sie Sex mit einem Mann hatte, der nicht ihr Mann war?« Sie atmete hörbar aus. »Ich muss los, die Bühnenarbeiter, dann Hajo und die anderen Gärtner unter die Lupe nehmen. Sorgst du dafür, dass der Computer mit aufs Revier kommt? Ruf am besten die Streife, dass sie ihn aufs Revier bringen. Bis heute Abend will ich alles, was irgendwie interessant sein könnte, auf meinem Schreibtisch haben.«

»Voll korrekt.«

Fatma grinste. *Der ist nur zehn Jahre jünger als ich und hat einen ganz anderen Slang drauf. Voll krass!*

Auch wenn sie überall herumschnüffeln,
sie kriegen mich nicht.
Ich musste es doch tun!

Sie fuhr gleich von Simons Wohnung aus zum Bauhof, um mit Simons ehemaligem Vorgesetzten, Herrn Busch, zu sprechen. Der Gärtnermeister saß in seinem Büro, hatte sie schon erwartet. »Kommen Sie«, lud er die Kommissarin ein, auf dem hölzernen Stuhl vor seinem Schreibtisch Platz zu nehmen. »Was für ein furchtbares Verbrechen«, stellte er kopfschüttelnd fest. »Das ist kein gutes Aushängeschild für die LaGa, kann ich Ihnen sagen. Obwohl es jetzt sicher so manch Schaulustigen hierher lockt.«

»Ja, da haben Sie recht. Ein furchtbares Verbrechen.«

Fatma setzte sich. »Können Sie mir von Simon Breitschneider erzählen? Welche Rolle spielte er in Ihrem Team? Hatte er Gegner? Wie war er unter den Kollegen?«

Bei jeder Frage beobachtete sie ihr Gegenüber genau. *Wird der nervös? Hat er Bluthochdruck? Oder warum läuft der rot an?*

»Tja, Sie haben ja viele Fragen. Was soll ich da sagen? Herr Breitschneider war fleißig, ordentlich, ein kompetenter Gärtner, arbeitete am liebsten allein bei den Rosen, war zwar langsam, aber stetig. Und immer pünktlich. Irgendwie bin ich aus ihm aber nicht schlau geworden. Er war nicht so'n Menschenfreund, wenn Sie verstehen. Einzelgänger. Trotzdem war ich mit seiner Arbeit zufrieden. Allerdings …« Er machte eine kurze Pause, holte tief Luft, wischte sich mit der Hand den Schweiß von der Stirn, schien zu überlegen. »Na ja. Sie werden es eh erfahren. Letzte Woche ist seine Kündigung raus.«

Fatma krauste die Stirn. »Was war der Grund?« Herr Busch zog einen Schmollmund, blickte dann auf. »In der Stadtverwaltung sind anonyme Briefe angekommen. Die waren nicht sehr freundlich verfasst und haben einige Mitarbeiter schwer diskreditiert. Es ging um Korruption, Falschaussage, Veruntreuung. Man hat das intern auf Inhalt, Ausdruck usw. untersucht und schnell herausgefunden, dass die Briefe von Simon Breitschneider geschrieben waren. Daraufhin gab es ein Gespräch mit Herrn Breitschneider und der Rechtsabteilung. Näheres weiß ich allerdings nicht.«

Der Gärtnermeister zuckte die Achseln. Fatma wollte wissen, wer, und ob auch er selbst betroffen war. Doch Herr Busch verneinte. Er wisse nichts, versicherte er ihr. Sie nahm ihm das nicht ab, verabschiedete sich, als sie merkte, dass sie nicht weiterkam. Bevor sie jedoch den Raum verließ, fragte sie, wo Hajo Ritter jetzt arbeitete. Herr Busch stand auf, ging zu einer schwarzen Tafel, die an der Wand hing. Fatma folgte ihm, schaute interessiert auf den Wochenplan, machte mit ihrem Handy ein Foto. Ihre Augen hefteten sich an den Montagmorgen.

6.30 Uhr Simon/Rosengarten, las sie, suchte dann, wo Hajo zu der Zeit eingeteilt war. *Jeder, der will, kann hier erfahren, wer wo ist. Sogar durchs Fenster schaut man direkt auf den Plan. Da braucht man nicht mal reinkommen. Andererseits lässt sich eine Kreidetafel schnell neu beschreiben,* überlegte sie.

»Hajo müsste jetzt noch mit einem Kollegen im Kurpark sein«, sagte der Gartenchef und riss Fatma aus ihren Gedanken.

Sie brauchte einen Moment, bis sie verstand.

»Ah ja, danke!«

Zehn Minuten später stellte Fatma ihr Rad im Kurpark neben dem Pritschenwagen vom Bauhof ab und ging zu Fuß auf Suche. Sie fand die beiden Männer mit einer Brotstulle in der Hand auf einer Bank sitzend. Mittagspause. *Ich könnte jetzt auch was zu essen vertragen,* dachte sie und prompt meldete sich knurrend ihr Magen.

»Na, schmeckt's euch?«, eröffnete sie das Gespräch.

Mit vollgestopftem Mund nickte der eine Arbeiter, während Hajo die Hand zum Gruß hob.

»Moin Fatma. Kommst du wegen Simon? Grauslich, ne? Ich darf da gar nicht dran denken«, sagte er, schaute auf sein Brot und verzog das Gesicht. »Müssen wir jetzt auch um unser Leben fürchten? In der Zeitung stand, dass Simon mit einem Gärtnermesser die Kehle durchgeschnitten wurde. Hat's da jemand auf uns Gärtner abgesehen?«

Fatma zuckte die Achseln. »Ich weiß im Moment noch nicht viel. Darum bin ich hier, um euch beiden ein paar Fragen zu stellen. Und mit dir, Hajo, muss ich auch noch allein reden.«

»Wieso das?« Er klang empört.

Fatma stutzte. »Du warst so ziemlich der einzige Freund von Simon, oder?«

»Und das macht mich jetzt verdächtig?«

»Nun halt mal den Ball flach. Ich muss mir ein Bild von Simon machen, von seinen Freunden und Feinden, seiner

Arbeit und Freizeit, so, wie er gelebt hat. Du kannst mich dabei unterstützen. Du willst doch auch, dass wir den Mörder finden.«

Hajos Antwort: »Na klar will ich das!«, kam Fatma ein wenig zu laut, zu eifrig und zu heftig. *Was ist mit dir los, Hajo Ritter? Hat Simons Tod dich so getroffen? Oder hast du was zu verbergen? Was weißt du? Hat Heike schon mit dir geredet?* Skeptisch schaute sie Hajo an, stellte dann dem Arbeiter mehrere Fragen zu seinem Verhältnis zu Simon als Kollegen, ob ihm etwas an ihm aufgefallen wäre und so weiter. Ergebnislos. Dann ging sie mit Hajo ein Stück an der Gande entlang, wollte von ihm wissen, was ihn mit Simon verband, ob er wüsste, dass Simon Schwierigkeiten oder gar Feinde hatte, fragte nach den anonymen Briefen, die in der Stadtverwaltung für Aufsehen gesorgt hatten. Hajo tat, als wüsste er von nichts, schilderte Simon als den besten Kumpel, auf den er sich immer verlassen konnte.

»So einen Freund krieg ich nie wieder. Sein Tod hat echt 'ne Lücke in mein Leben gerissen. Durch dick und dünn sind wir zusammen gegangen, hatten den gleichen Beruf ...«

Fatma wurde das Gesülze immer unglaubwürdiger. »Auch bei den Festspielen habt ihr zusammen gearbeitet?«, fragte sie, um gleich darauf nachzuhaken, warum Simon sich bei dem Stück ›Der Name der Rose‹ als Bühnenarbeiter ausgeklinkt hatte.

»Der hasste das Stück, hatte ein sehr gespaltenes Verhältnis zu Schwarzröcken. Genau weiß ich nicht, warum. Hatte wohl mit seiner Mutter zu tun. Die hat Simon ja allein großgezogen. Er kannte seinen Vater nicht. Zumindest hat er das gesagt.«

»Und was hat Simon dann an den Abenden gemacht, wenn du arbeiten musstest?«, wagte sich Fatma vor.

Hajo schüttelte verständnislos den Kopf.

»Hä? Was soll die Frage? Ich bin doch nicht mit dem verheiratet? Was weiß ich? Was man halt abends macht. Vor der Glotze hocken, chatten. Du stellst ja behämmerte Fragen.«

»Sorry. Konnte ja sein, dass er dann mit Heike was

unternommen hat.«

Entrüstet blieb Hajo stehen, schlug sich energisch an die Stirn. »Geht's noch? Spinnst du jetzt völlig? Heike konnte Simon nicht ausstehen. Die ist total eifersüchtig auf unsere Freundschaft gewesen. Wenn ich mal abends mit Simon unterwegs war, hat sie geschmollt. Ich glaube, die dachte, er sei schwul und hätte was mit mir.«

Fatma wollte gerade etwas dazu sagen, als ihr Handy bimmelte. Sie ging ein Stück zur Seite, nahm das Gespräch an. PC war am Apparat.

»Hey Fatma, das musst du dir angucken. Der war total verbuggt und abgefuckt. Ich könnt kotzen. Holy Shit, wenn ich den in die Pranken gekriegt hätte ... Mach hin, ich krieg hier sonst 'nen Screenitus.«

Fatma schmunzelte. »Nun mal langsam. Ich bin deine Vorgesetzte, Daniel. Vergiss das nicht. Was du mir da so dringlich machen wolltest, hab ich nur zur Hälfte verstanden. Ich bin hier gleich fertig, dann komme ich ins Büro. Leg dir schon mal die hochdeutsche Übersetzung zurecht. Tschau.«

»Hau rein!«, antwortete er.

Grinsend drückte sie den roten Hörer, steckte das Handy zurück in die Gesäßtasche ihrer Jeans. *Hau rein? Was sollte das nun wieder heißen? Kann nicht schaden, wenn ich die Sprache der Jungen verstehe, aber PC muss im Dienst die normale Umgangssprache benutzen. So geht das nicht. Trotzdem ... Toller Typ. Ich mag ihn.* Sie schaute Hajo an, der verlegen einen Stein mit den Füßen bearbeitete. *Der wird nichts mehr sagen, was mir jetzt weiterhilft,* dachte sie niedergeschlagen und sagte: »Machen wir erst mal Schluss. Aber das war's noch nicht, Hajo. Ich hab das komische Gefühl, du spielst nicht mit offenen Karten, und ich will wissen, warum. Hast du was mit Simons Tod zu tun? Oder weißt du was und willst mir nichts sagen?«

Hajo lief rot an, kratzte sich am Kinn. Sie wartete.

»Ehrlich, ich weiß nichts«, versuchte er ihr zu versichern.

»Du kannst schlecht lügen, mein Lieber. Ich finde es raus.

Da kannst du Gift drauf nehmen. Ich melde mich. Besser wäre es allerdings, wenn du dich bei mir meldest. Und noch was. Heike muss dir was sagen, wenn sie es noch nicht getan hat.«

Das hatte gesessen. Mit knirschenden Zähnen und schlaff herunterhängenden Armen stand Hajo wie ein begossener Pudel da, sah ihr zu, wie sie zum Rad ging und wegfuhr. Erst als sie auf die Straße einbog, hörte sie ihn brüllen: »Scheiße!«

Auf dem Weg in ihr Büro stolperte Fatma beinahe auf dem dunklen Flur über PC. Angespannt lief er hin und her, einen Kaffee in der Hand.

»Ich musste mich bewegen. Das hat mich so geschockt. Ey. Der war doch einer von hier! Ich raff das nicht. So'n Brunftiger!«

»Nun beruhige dich mal. YOLO! You only live once!«, zitierte Fatma den jungen Kollegen und hakte ihn unter.

Prompt kam die Antwort. »Isso.«

»Ab jetzt hochdeutsch, klar? Ich führe hier die Ermittlungen und muss alles korrekt verstehen. In der Freizeit kannst du mir deine Sprache beibringen. Ich bin scharf drauf. Im Dienst bitte Klartext auf Hochdeutsch, okay?« Sie hielt ihm die Hand hin.

»Zu Befehl, Frau Hauptkommissarin«, salutierte er grinsend und schlug ein. Fatma nahm sich den Besucherstuhl und setzte sich neben den jungen Kollegen.

»Ich hoffe, du kannst das ertragen«, sagte er, als er die Seiten auf dem Computer von Simon Breitschneider anklickte.

Fatma sog Luft durch die Nase, zog die Schultern hoch und wiegte den Kopf. »Ich hoffe es auch. So schlimm?«

Nach einer halben Stunde drückte sie aufgewühlt mit hochrotem Kopf die Enter-Taste. »Für heute reicht's. Kannst du die Namen und Adressen der Mädchen herausfinden?«

»Ich weiß nicht, die meisten haben einen Nickname, können überall auf der Welt wohnen. Ich versuche über die Interne für ›sexualisierte Gewalt im Internet‹ was herauszukriegen. Ist doch krass, oder? Der holt sich einen runter, wenn die kleinen Mädchen sich blutig schneiden. Dabei säuselt der denen Liebesschwüre ins Ohr und tut, als wären sie die schönsten auf der Welt. So einer gehört in die Geschlossene! Wie er die psychisch unter Druck setzt! Zuckerbrot und Peitsche. Die sind doch höchstens dreizehn oder vierzehn und machen alles für ihn. Stell dir mal vor, du bist die Mutter von so einem Mädchen und kriegst das raus!«

»Das stell ich mir lieber nicht vor.« Fatma holte sich ein Glas, ging zum Waschbecken, ließ kaltes Wasser einlaufen und trank es in einem Zug leer.

»Ja, wo sollen wir jetzt anfangen? So viele hatten einen triftigen Grund, Simon Breitschneider umzubringen. Auch wenn ich den Täter gut verstehen kann, müssen wir ihn finden. Wir leben schließlich in einem Rechtsstaat«, versuchte Fatma sich selbst und auch PC klarzumachen.

»Wer sind die Mädchen? Wo wohnen die? Müssen wir bei den Eltern unseren Mörder suchen? Oder doch im Rathaus, bei Kollegen, bei Heike oder Hajo? Ich hatte ein ganz anderes Bild von Simon. Kaum vorstellbar, dass dieser Mann der gleiche ist, den ich kenne.«

Fatma machte eine kurze Denkpause, schlug dann mit der Hand energisch auf den Tisch und erhob sich.

»Du kriegst die Namen und Adressen der Mädchen raus. Ich ruf nochmal bei der SpuSi an. Vielleicht haben sie inzwischen was gefunden, verwertbare Spuren an dem Abhang zur Straße oder wer wo das Messer gekauft hat. Dann klingele ich beim Bürgermeister an. Von dem will ich wissen, was in Simons anonymen Briefen stand. Ich hoffe, er zeigt sie mir, ohne dass ich den Dienstweg über den Staatsanwalt gehen muss. Wenn ich das alles schaffe ...« Mit dem festen Willen, den Fall schnell zu beenden, ging Fatma rüber in ihr Büro.

War es falsch, was ich getan habe?
Ich hab es doch für dich getan, meine Liebe!
Bitte, tu mir das nicht an! Komm zurück!
Du bist alles, was ich habe.

Der Arbeitstag neigte sich dem Ende zu. Vom Bürgermeister hatte Fatma eine Kopie der Briefe bekommen, die sie nach kurzem Überfliegen an die Kollegen zur Durchsicht weitergab. Leider wuchs der Kreis der Verdächtigen weiter.

PC fand die Namen und Adressen von vier Mädchen heraus. Alle hatten einen Blumennamen: Viola, Jasmin, Rosalie und Liliane. Zwei von ihnen kamen aus der näheren Umgebung. Liliane Weißhaupt wohnte in Northeim, Rosalie Specht in Orxhausen. Er wollte mit Fatma darüber sprechen, doch weil die gerade das Telefon nahm, um eine Nummer zu wählen und ziemlich angespannt aussah, legte er ihr die Liste auf den Schreibtisch und sagte: »Ich mach jetzt Schluss, Frau Hauptkommissarin. Bis morgen!«

Fatma nickte, hob den Daumen, rief die Nummer der Rechtsmedizin auf und hoffte, dass Uwe noch nicht Feierabend gemacht hatte. Ihr war eingefallen, dass Hajo offensichtlich Linkshänder war. Sie musste dringend klären, ob der Mörder Rechts- oder Linkshänder war.

»Rechtsmedizin. Sie sprechen mit Praktikant Leon Schreiber«, meldete sich eine junge Männerstimme.

»Hauptkommissarin Fatma Friedrich. Ist der Chef noch da? Ich hab eine Frage zum Tod von Simon Breitschneider.«

»Herr Specht war heute nur kurz hier. Haben Sie es noch nicht gehört?«

»Was soll ich denn gehört haben?«, fragte Fatma irritiert.

»Na ja. Ich weiß nicht, ob ich Ihnen das sagen darf.«

»Ich bin die Polizei. Mir können Sie alles sagen. Raus mit der Sprache«, befahl sie und bekam prompt eine Antwort.

»Die Tochter von Herrn Specht liegt im Krankenhaus. Er ist bei ihr. Es sieht wohl nicht gut aus.«

»Oh je. Hatte sie einen Unfall?«

»Nein, so wie ich gehört hab, hat sie sich die Pulsadern aufgeschnitten.«

Fatma schluckte. »Wie bitte? Suizid? Ist sie hier in der Klinik?«

»Ja.«

»Danke.« Mehr konnte Fatma nicht sagen. Sie legte auf, starrte ins Leere. Sie stellte die Ellenbogen auf den Schreibtisch und legte ihren Kopf in die Hände, schloss die Augen. *Oh Mann. Das ist ja furchtbar. Hoffentlich kommt das Mädchen durch. Seine Frau ist letztes Jahr an Krebs gestorben und er hat nur noch die Tochter. Warum haben manche so schwere Schicksale zu verkraften?*, dachte sie und öffnete die Augen. Ihr Blick fiel auf die Liste, die PC ihr auf den Tisch gelegt hatte.

»Rosalie Specht, Orxhausen!« Der Name sprang ihr regelrecht in die Augen. Hellwach stand Fatma auf, lief konfus im Zimmer umher. *Das kann nicht sein! Uwes Tochter ist eines der Mädchen, die Simon missbraucht hat? Ist Uwe dann der Mörder? Niemals.* Ihr kam in den Sinn, wie Uwe am Tatort gesungen hatte: *Der Mörder ist immer der Gärtner ... wollte er mich in die Irre führen? Nee. Das ist bestimmt ein anderes Mädchen. Ein blöder Zufall.*

Sie setzte sich wieder an ihren Platz, suchte mit klopfendem Herzen die Adresse des Rechtsmediziners heraus. Ihre grausige Ahnung bestätigte sich, machte sie unendlich traurig. Obwohl ihr Uwe nie sympathisch gewesen war, traf es sie tief. *Ein Kollege steht unter dringendem Verdacht, einer von uns. Aber es passt alles. Uwe kennt sich mit Messern und Schnitten aus, mit der Anatomie des Menschen. Er hätte leicht herausfinden können, wo Simon sich befand. Er kannte ihn und seine Gewohnheiten, die Örtlichkeiten. Und wenn er das gesehen hat, was ich gesehen habe, dann ...*

Widerwillig wählte sie die Nummer des Staatsanwaltes, schilderte ihm ihren Verdacht.

Zehn Minuten später waren sie unterwegs zur Klinik. Polizisten sicherten die Ausgänge, während Fatma mit dem Staatsanwalt an der Pforte nach Rosalie Specht fragte. Dann liefen sie hinauf zur Intensivstation. Am Schwesternzimmer erkundigten sie sich nach dem Mädchen und ihrem Vater.

»Rosalie ist leider vor einer halben Stunde verstorben. Sie hatte zu viel Blut verloren. Es tut uns so leid. Der Vater ist noch bei ihr«, sagte die Schwester mitfühlend.

Fatma überkam ein Gefühl der Ohnmacht. »Sollen wir da jetzt wirklich reingehen?«, fragte sie den Staatsanwalt. Auch er rang nach Fassung.

»Warten wir, bis er rauskommt«, meinte er verständnisvoll nickend. »Die Zeit muss sein.«

Nach einer Weile wurde die Tür geöffnet. Ein um Jahre gealterter Uwe Specht trat auf den Flur. Als er Fatma und den Staatsanwalt sah, blieb er stehen, blickte sie mit leeren Augen an, lachte dann ein eiskaltes Lachen, ehe er zusammenbrach.

Sie hat sich das Leben genommen,
weil sie bei Simon sein wollte!
Könnt ihr euch das vorstellen?
Ich bin zum Mörder geworden,
weil ich meine Tochter retten wollte!
Nun trage ich die Schuld an ihrem Tod.

Barbara Merten

LaGa-Klau

Karl-Rainer fährt nach Gandersheim,
zur LaGa will er – ganz geheim.
Roswitha, die Gallicer-Rose,
dazu noch ein paar Herbstzeitlose,
die wird er nehmen - ohne Frage.
Er klaut heut' Nacht, sucht sie am Tage.

Beim letzten Mal - zweitausendachtzehn -
stibitzte in Iburg er zwölf Kakteen.
In Papenburg, vier Jahr zuvor,
schmuggelte er Rittersporn durchs Tor.
Und in Bad Essen, diesem Kaff,
hätt's beinah ihn dahingerafft.

Er wollte nur des Teiches Rosen
heraus dort aus dem Wasser holen,
Da zielte ein Jäger mit dem Schrot
und brüllte: »Du Dieb! Ich schieß dich tot!«
Zum Glück hat er ihn nicht getroffen,
ist abgetaucht, nicht abgesoffen.

Jetzt macht sich Freude in ihm breit,
er fühlt sich fit und sehr gescheit.
Als er lustwandelt an der Gande,
steht nahe dort am Flussesrande
ein Mann, blickt zu den Seeterrassen,
wo Frauen Hüllen fallen lassen.

Doch er muss weiter, muss sie finden,
die Rose. Steht sie bei den Linden?
Gehetzt sucht er im Park herum,
die Zeit verrinnt, der Tag geht um.
Erschöpft setzt er sich an der Quelle
auf eine Bank, so auf die Schnelle.

›Will nur ein wenig dort verschnaufen,
der Park schließt gleich! Ich muss noch laufen!‹,
denkt er, schließt kurz die Augen zu,
schläft sofort ein und schnarcht im Nu.
Roswitha, die begehrte Rose,
erscheint im Traum in rosa Pose.

Als er erwacht, ist es längst Morgen.
Sein Magen knurrt, ihn plagen Sorgen.
Auf seinem Rucksack liegt ein Zettel
mit Absender: ›Korbinian Vettel.‹
Er liest: ›Roswitha ist für immer mein!
Du kommst zu spät! Drauf trink ich ein´!‹

HARZ TEUFEL
ERZ FEUER
Hans-Joachim Wildner
HARZMAGIE
Wer mit Wölfen spielt
MORDS ERBE
ZINNOBER TOD
BIKER DAY
HARZKRIMI
BARBARA MERTEN
Rüdiger A. Glässer
PANDORAS ERBEN
MORD AUF DEM BERGBAUERN-MARKT
ANDREA ILLGEN
harzkrimis.de
NICHTS LOS IM HARZ? VON WEGEN!